Liebe Leserin, lieber Leser,
danke, dass du dich für *Caligor – Im Schatten des Lichts* entschieden hast. Ich freue mich sehr, dass du die Geschichte von Cassandra lesen wirst. Vorab möchte ich dich aber darauf hinweisen, dass in diesem Roman Themen behandelt werden, die triggern können. Am Ende des Buches (S. 266) findest du deshalb eine Triggerwarnung.

Bitte beachte: Sie enthält Spoiler für das gesamte Buch!

Ich wünsche dir viel Spaß in Caligor und hoffe, dass die Zeynas dir ein fantastisch-düsteres Leseerlebnis bescheren.

Deine Katarina und dein THEIL VERLAG

Dieser Titel ist auch als E-Book erschienen.

Wir verfolgen eine nachhaltige Buchproduktion, sind ClimatePartner und verwenden Papiere aus nachhaltiger Forstwirtschaft. Unsere Bücher werden nicht einzeln in Folie eingeschweißt.
Unsere Autoren-Wunder suchen sich jeweils Projekte, die wir fördern.
Diese finden Sie unter dem QR-Code.

Klimaneutral
Druckprodukt
ClimatePartner.com/14701-2102-1002

FSC
www.fsc.org
MIX
Papier aus verantwortungsvollen Quellen
FSC® C115691

ISBN 978-3-96857-008-2

Originalausgabe
1. Auflage

Virginia Theil, Noltenburg 3a, 30890 Barsinghausen

Text: Katarina Podehl
Einband und Illustrationen und Satz: Virginia Theil (www.vie-vantastisch.de)
Lektorat: Cara Kolb | Korrektorat: Ann-Kathrin Möbius
Druck-, Veredelungs- und Bindearbeiten: Totem Polen

Dieses und weitere wundervolle Lesehighlights im Internet unter:
www.theil-verlag.de

Katarina Podehl

CALIGOR

Im Schatten des Lichts

Roman

THEIL

Für alle, die zu viel nachdenken.
Die Wahrheit tragen wir
nahe bei unserem Herzen.

Playlist Caligor

Tommee Profitt – A Storm Is Coming

Hidden Citizens, Keeley Bumford - Immortalized

Neoni – Never Say Die

Generdyn, Svrcina – Chosen

Tommee Profitt, Sam Tinnesz – With You Til The End

Elane – Dämmertal

UNSECRET, Krigarè– Heroes Never Die

Liv Ash – Never Surrender

Ruelle – Empires

Hidden Citizens – Land Of Confusion

IMAscore – Andrew's Song

Pastelle, My City Glory – Sea Foam

Dominik A. Hecker, Kashia Vu – Beyond The Horizon

Prolog

Der Boden bebt gewaltig unter meinen Füßen und Staub wirbelt unaufhaltsam in den aschfahlen Himmel hinauf. Mit zugekniffenen Augen und erhobener Hand versuche ich etwas zu erkennen. Immer wieder scheppert es um mich herum und Steine brechen aus den Mauern heraus. Die Ruine fällt zusammen und ich finde niemanden, der dafür verantwortlich ist. Nicht ein Mensch ist da, um die Reaktivierung hervorzurufen. Wieso ist hier keiner?

»Hallo?«, rufe ich laut und huste, als ich den Staub einatme. Ich drehe mich im Kreis, während die Hilflosigkeit an mir nagt. Alles in mir schreit nach der Gefahr, die hinter den Lost Places lauert. Sie werden kommen, wenn ich die Reaktivierung nicht unterbreche.

Die azurblaue Aura ist ihr Zeichen, zurückzukommen. Die blauen Nebelschwaden schlängeln sich bereits um ihr Opfer und pressen das Leben aus ihm heraus. Doch dieses Leben darf auf keinen Fall zu uns - und zu den Menschen, die diesen seelenlosen Monstern aus Caligor hilflos ausgeliefert wären.

Wieder kracht es hinter mir und eine riesige Steinmauer fällt, wie ein Kartenhaus, in sich zusammen. Mit einem Satz springe ich vor den heranrollenden Steinen zurück, die mich nur knapp verfehlen. Schützend halte ich mir die Hände vor das Gesicht, als die gewaltige Staubwolke mich einhüllt und mir jede Sicht nimmt. Ich kneife die Augen angestrengt zusammen, doch der Reiz löst reflexartig Tränen aus, die den Dreck herausspülen. Ich muss immer wieder husten und mir die Augen reiben.

Es dauert viel zu lange, bis ich halbwegs etwas erkennen kann und sich meine Zellen in Alarmbereitschaft setzen. Jeden Moment wird es passieren und ich kann nichts dagegen unternehmen, außer mich dem Tecus gegenüberzustellen und zu kämpfen. Hilflos starre ich vor mich hin und weiß, dass es zu spät ist.

Ein Ruck geht durch meinen Körper und ich erstarre. Das entsetzliche Pfeifen in meinem Kopf dröhnt durch mein gesamtes Mark und zwingt mich in die Knie. Ich breche auf allen vieren zusammen. Alles in mir krümmt sich und ich spanne mich automatisch an, um den Schmerzen zu entkommen, bis sie wie aus dem Nichts verpuffen.

Vorsichtig richte ich mich auf und suche die Umgebung instinktiv ab. Meine Knie zittern. Der Staub hat sich wie eine Decke über den Boden gelegt, aber die plötzliche Stille trügt. Ich habe Angst vor dem, was dort lauert. Die komplette Bergstadt ist zerfallen und nicht eine einzige Mauer scheint das Beben überstanden zu haben. Ich schlucke die Anspannung herunter und mache mich für einen Kampf bereit. Der Himmel verdunkelt sich und ein eisiger Windzug weht mir durch die Haare. Ich bin nicht länger allein. In der Ferne erkenne ich etwas Schwarzes, das sich aufrichtet. Nein, nicht nur ein Schatten. Es sind etliche dunkle schemenhafte Gestalten.

»Verdammt!«, fluche ich und suche Schutz hinter einem Haufen Steinbrocken. Meine Atmung ist unkontrolliert und ängstlich kneife ich die Augen zu. Die Steine schneiden mir in die Haut und eine warme Flüssigkeit läuft mir den Rücken herunter. Ich beiße die Zähne zusammen und versuche, mir einen Plan zu überlegen, aber wie soll ich es gegen so viele Tecus aufnehmen? Jeder Muskel in meinen Körper ist angespannt.

Mit einem lauten Knall verliere ich den Boden unter den Füßen und werde durch die Luft geschleudert, bis ich gegen etwas Hartes pralle und ein stechender Schmerz meine Schulter erfasst. Ich krümme mich und schreie auf, bevor ich die Hand auf die verletzte Stelle presse. Es wird feucht und vorsichtig hebe ich die Hand. Alles ist voller Blut und rinnt meinen Arm hinab. Für einen Augenblick wird mir schummerig.

Als ich wieder klar sehen kann, entdecke ich drei dunkle Schatten vor mir. Sie schweben über den Boden. Alles in mir zieht sich zusammen, als der stickige Geruch von Verwesung zu mir dringt. Sie besitzen keinen festen Körper. Wo eigentlich Beine sein sollten, sind nur Rauchfäden, die in den Untergrund sickern und nichts weiter als Asche zurücklassen. Schwarze Federn ragen wie Flügel aus ihrem Rücken, und ich kann auch kein Gesicht ausmachen. Es ist alles eine einzige wabernde Masse, deren Augen rot leuchten. Mit zitternden Händen suche ich Halt, finde jedoch nichts.

»Was wollt ihr von mir?«, schreie ich.

Doch sie regen sich nicht. Ich richte mich auf, aber meine klappernden Beine bringen mich zum Wanken. Es dauert zwei Sekunden, bis ich fest stehe und ihnen gegenübertreten kann. Wie kämpft man gegen Schatten? Wieso ist niemand hier, um mir zu helfen? Weshalb bin ich allein?

Die Verzweiflung kriecht mir die Kehle hinauf. Ich habe Angst und kann das Zittern nicht unterdrücken. Warme Tränen benetzen meine Wangen. Ich presse die Lippen fest zusammen. Sie werden mich töten, und die Tecus werden sich all die unschuldigen Menschen holen und ihnen sämtliche Lebenskraft aussaugen.

Der mittlere Tecus kommt näher und will nach mir greifen. Reflexartig schlage ich seinen Arm beiseite, gleite jedoch nur hindurch. Erschrocken sehe ich in die roten Augen und weiß, dass das mein Ende ist.

Der Schatten greift mir direkt in die Brust und ich schreie den Schmerz heraus. Es brennt wie Feuer und ich winde mich unter der Berührung - vergebens.

Mit ausgestreckten Armen verliere ich erneut den Boden unter den Füßen und schwebe in der Luft. Das Rot in den Augen des Tecus glüht auf. Ich sehe mich darin und die blauen Flammen, die mich einhüllen. Das Feuer wütet hinter mir und brennt alles nieder. Der stechende Schmerz von eben ist verschwunden, jedes Gefühl ist fort. Und dann ist da nur noch Kälte, die mich in die Dunkelheit zieht und eine Träne, die als letztes Lebenszeichen heiß über meine Wange rinnt.

Mit einem Ruck sitze ich im Bett und bekomme kaum Luft. Meine Lunge hat sich zusammengezogen und ich fasse mir panisch an die Brust. Mein Herz schlägt schnell. Ich wische mir den Schweiß von der Stirn und drehe mich zur Seite. Das Rauschen in meinen Kopf nimmt langsam ab, als ich die Möbelstücke aus meinem Apartment erkenne. Die ersten Sonnenstrahlen suchen sich ihren Weg vorbei an den Vorhängen. Erleichtert atme ich aus, weil ich zu Hause bin und nicht dort. Ich bin in Sicherheit. Alle sind in Sicherheit.

Es war wieder dieser Traum, der mich schon seit Ewigkeiten begleitet. Noch benommen schlage ich die Decke beiseite und schwinge die Beine über die Bettkante. Meine nackten Füße berühren den flauschigen Teppich vor meinem Bett. Er kitzelt meine Zehen. Ich lasse meinen Kopf in den Schoss fallen und raufe mir die Haare. Wie immer, brauche ich einen Augenblick, diesen entsetzlichen Albtraum und meinen eigenen Tod zu verarbeiten. Dieses Szenario mit ihnen ist so real und jagt mir eine höllische Angst ein.

Ich schüttle mich und tapse vom Schlafzimmer in das angrenzende Wohnzimmer mit offener Küche. Mein Zuhause.

Aus dem Kühlschrank hole ich mir eine Wasserflasche und leere sie in einem Zug. Das Wasser belebt meinen ausgetrockneten Mund und vertreibt das ekelige Gefühl. Ich will auf keinen Fall, dass sich der Traum bewahrheitet und diese seelenlosen Monster zurückkommen. Dafür werde ich die Lost Places beschützen – bis zum letzten Atemzug.

Kapitel 1

Eine Woche später

Zurück in London begrüßen mich die unterschiedlichen Gerüche: Abgase, feuchte Ziegelsteine und Bauschuttstaub. London ist ganz anders als dieses kleine verschlafene Dorf in Frankreich. Es ist laut, groß und ziemlich überfüllt – mein Zuhause und ich liebe es. Ich biege um die Ecke zum Institut und betrachte das große Gebäude. Niemand würde je darauf kommen, was sich dort drinnen abspielt. Schnurstracks gehe ich lächelnd hinein, um mir erst mal einen Kaffee zu gönnen.

Die Jugendlichen beim *Château Pavarotti* waren anstrengend. Dennoch kann ich nicht aufhören zu schmunzeln. Wie spielend leicht es war, sie fortzuschicken. Ein Bündel Geldscheine ist dann zu verlockend und erst recht für Heranwachsende. Dass ich zu solchen Mitteln greife, um sie mit meiner Gabe endgültig wegzuschicken, würde Thia oder Joel nicht gefallen. Sie legen viel Wert darauf, dass wir uns an gewisse moralische Regeln halten und Erpressen steht nicht auf der Liste. Wir sollen kein Risiko eingehen.

Ich zucke mit den Schultern. Sie sind nicht hier, um mich zu tadeln. Besondere Situationen erfordern besondere Maßnahmen. Zwar wurde ich die Jugendlichen schnell los, doch dafür habe ich eine andere Aura deutlich wahrgenommen. Sie war so kraftvoll, dass ich für einen Augenblick in Schockstarre verfiel. Zu sehr erinnerte es mich an den Albtraum von vor einer Woche, der mich schon viel zu lange verfolgt. Er taucht alle paar Monate auf und ruft mir ins Gedächtnis, wie groß die Gefahr in Caligor ist. Es ist wichtig, dass die fünf Lost Places sich nicht reaktivieren und die Aura vorhin war sehr nah dran. Nachdem das Schwingen der Zellen nachgelassen hat, konnte ich aufatmen und war froh, dass Billy die Situation unter Kontrolle gebracht hat.

Gerade fülle ich die dampfende Flüssigkeit in meine Lieblingstasse, da öffnet sich die Tür und Joel platzt in die Küche.

»Cass, ich dachte, du bist noch in Frankreich.« Er bleibt abrupt stehen. Trotz der vielen Arbeit sieht er topfit aus. Keine tiefen Augenränder, so wie es bei mir oft der Fall ist. Sein blondes Haar ist an den Seiten wieder kürzer, was bedeutet, dass er sogar Zeit für einen Friseurbesuch hatte. Gedankenverloren berühre ich meine trockenen Spitzen, die mir mittlerweile bis zum Bauchnabel reichen. Schon mehr als einmal hatte ich deswegen die Schere in der Hand, doch den finalen Schnitt gab es nie.

»Erde an Sommersprosse, bist du da?« Joel taucht vor mir auf und schnippt meine Nase an.

»Hey, nenn mich nicht so!« Ich strecke ihm den Zeigefinger ins Gesicht, aber er grinst nur frech. »Du weißt doch, dass ich nicht lange von zu Hause fernbleiben kann«, antworte ich ehrlich.

Tatsächlich bin ich nie länger als nötig abwesend. Viel zu schnell vermisse ich meine Familie. Zwar haben Thia, Isy, Billy und ich nicht dieselbe Blutlinie, dennoch nennen wir uns ›Schwestern‹, weil es sich so anfühlt. Joel ist drei Jahre älter als ich und wie ein großer Bruder. Er ist ein Nox und arbeitet, so wie wir alle, für das Institut Sola Nocte. Die Nox und wir Zeynas ähneln den Menschen äußerlich. Allerdings ist das Gehirn der Nox gegenüber den Sterblichen anders. Sie verfügen über weitaus mehr Intelligenz und erschaffen fortgeschrittene Technik, von welcher die meisten noch träumen. Rein äußerlich ist das Institut für die Menschen eine Forschungseinrichtung. Dafür bekommen die Nox großzügige Spenden und Forschungsgelder.

»Wo ist Vicky?«, frage ich.

»Sie müsste gleich zurück sein. Sie war für zwei Tage verreist, um etwas zu erledigen.«

Ich nicke. Mit einer lässigen Haltung und fast schon fließenden Bewegung schlendert er zur Küchenzeile, um eine Kaffeetasse aus dem Schrank zu holen. Das weiße Hemd hat er an den Ärmeln hochgekrempelt und seine kräftigen Unterarme kommen dadurch zum Vorschein. Die meisten weiblichen Nox haben ein Auge auf ihn geworfen, doch bis auf ein paar Bettgeschichten ist nichts drin. So ergeht es uns leider allen. Beziehungen bedeuten Zeit und die haben wir nicht. Unsere Mission lautet die fünf Lost Places zu bewachen, damit keiner von ihnen reaktiviert wird.

»Cass? Alles in Ordnung?«, reißt er mich schon wieder aus den Gedanken. Für eine Sekunde schließe ich die Augen und umklammere die warme Tasse.

»Ja klar«, erwidere ich und trinke einen Schluck. Das Koffein weckt meine trägen Sinne und ich frage mich, weshalb das Schwingen vorhin so stark war. Joel lehnt sich mit dem Hintern an die Arbeitsfläche der Küche und mustert mich weiterhin.

»Du kannst mit mir reden, das weißt du.«

Bin ich so ein offenes Buch? Keine Ahnung, ob es der Satz ist, auf den ich gewartet habe, doch auf einmal spreche ich die beängstigenden Gedanken laut aus.

»Ich habe bei der Bergstadt Craco vorhin ein heftiges Vibrieren wahrgenommen, es war als ob …« Die Worte bleiben mir im Hals stecken. Nein, so penetrant war es nicht, oder?

Es sind keine Zweifel an Billy und ihren Fähigkeiten, dennoch komme ich mir vor wie eine Petze. Die Sichtung ist wichtig. Das ist, wofür wir hier sind, unsere Aufgabe, das oberste Ziel.

Joel fasst sich nachdenklich ans Kinn.

»Worauf willst du hinaus?«

Ich antworte mit einem leisen Seufzer.

»Was, wenn der Lost Place reaktiviert wurde?«, erkundige ich mich. Sofort schießen mir die Bilder von den seelenfressenden Monstern aus meinem Albtraum in den Kopf.

»Wenn eine Verbindung gekappt worden wäre, dann würden wir hier nicht gemütlich in der Küche stehen.« Er zwinkert mir zu und hat recht. Der Albtraum steckt mir anscheinend noch gehörig in den Knochen. Normalerweise ist es unsere oberste Prämisse, die Schaulustigen so schnell wie möglich vom Lost Place wegzulocken. Doch bei Billy gab es heute Komplikationen.

Nach dem kurzen Gespräch mit Joel fühle ich mich nicht mehr ganz so unbehaglich. Es gibt keinen Grund zur Sorge. Eine zärtliche Berührung an meinem Kinn lässt mich aufblicken und die blaue Iris mit den hellen Sprenkeln blitzt auf. Vermutlich fallen reihenweise Frauen bei diesen Augen in Ohnmacht. Doch jede Ablenkung meinerseits wäre der Untergang unserer Welt. Und Joel ist definitiv eine Ablenkung, nur nicht für mich.

Ehe ich darauf reagieren kann, springt die Tür auf und schwere Schritte donnern durch den Raum. Sofort weichen wir ein wenig voneinander. Ich will nicht, dass sie die Situation falsch interpretiert.

Der Holzstuhl schleift auf dem Betonboden. Schwarze Overkneestiefel legen sich auf den hölzernen Esstisch, an dem ich bis dato gern die Mahlzeiten zu mir genommen habe.

»Isy, schieb deine Latschen von unserem Tisch!« Ich stemme die Hände in die Hüften und fixiere sie mit einem bitterbösen Blick. Doch Isy pustet sich nur eine schwarze Haarsträhne aus dem Gesicht und verschränkt die Arme vor der Brust.

»Wozu? Sie sind blitzeblank! Und kannst du dir auch vorstellen wieso?« Sie schenkt mir ein sarkastisches Lächeln. »Weil ich so gut wie nie Zeit habe, sie auszuführen.« Isy ist wie immer genervt. Obwohl ich es verstehe, haben wir keine Wahl. Keine von uns hat sich dieses Leben ausgesucht und sobald das sanfte Schwingen der Zellen erklingt, ist es unsere Pflicht, die Menschen zu beschützen. Auch Isy weiß das. Und ich würde niemals zulassen, dass dieser Albtraum wahr wird und unsere schöne Welt von den Tecus vernichtet wird.

»Dann hast du ja Glück, dass du sie später ausführen darfst«, antworte ich und zwinkere ihr zu.

Sie nimmt die Beine vom Tisch und setzt sich aufrecht hin.

Das Septum reflektiert die Sonne, die durch das Fenster der Küche scheint. Isy hat es sich vor Kurzem stechen lassen, dadurch wirkt sie rebellischer, als sie es ohnehin schon ist. Ihre eisblauen Augen, die im starken Kontrast zu dem schwarzen Haar stehen, weiten sich.

»Habe ich mich da gerade verhört? Hast du eben das Wort *ausführen* in den Mund genommen?« Mittlerweile stützt sie sich auf dem Tisch ab und hängt, wie hypnotisiert, an meinen Lippen. Ich lasse sie bewusst ein wenig zappeln, da ich diesen Augenblick ein bisschen genieße. »Cass, jetzt spuck schon aus!«

Ich öffne den Mund, um ihr eine Antwort zu geben, da räuspert sich Joel neben mir.

»Ihr habt für ein paar Stunden Zeit, Thias Geburtstag zu feiern. Cass übernimmt die Bereitschaft für alle fünf Lost Places. Der Rest von euch kann den Abend genießen.«

Joel spricht die Worte mit so viel Anmut aus, als wäre er ein Heiliger. Isy springt wie von einer Biene gestochen auf und kommt auf mich zu. Sie hängt sich an meinen Hals und küsst meine Wange.

»Mega! Das ist großartig, endlich mal raus und einfach leben. Und du schaffst das auch alles allein? Ach klar, du schaffst das. Wer sonst, wenn nicht du!«

»Aber«, setzt Joel an und sieht zu mir. »Wenn es zu viel für dich wird, ist der Abend vorbei und die anderen unterstützen dich.«

»Ein Glück ist nachts nicht mehr so viel los«, erwidere ich schulterzuckend und trinke einen Schluck von dem Kaffee. »Ich hoffe, ich kann zumindest mit euch auf Thias fünfundzwanzigsten Geburtstag anzustoßen. Billy müsste auch jeden Moment hier sein. Sie weiß noch nichts.«

Wo bleibt sie nur? Ich werfe einen Blick auf die Uhr, die an der Wand hängt, und mache mir allmählich Sorgen.

»Sie hatte anscheinend gut zu tun. Ich habe die Vibration auch deutlich gespürt«, erwidert Isy knapp. Sie presst ihre vollen Lippen aufeinander, gleichzeitig starrt sie mich erneut bitterböse an. »Den

Blick kenne ich. Cass, lass es. Wenn sie Probleme hatte, dann sollten wir nicht auch noch darauf herumreiten. Sie wird sich genug Vorwürfe machen. Da musst du nicht *Mutter Theresa* spielen.«

»Schon gut, schon gut. Ich halte mich zurück.«

Joel stupst mich sanft an. »Du machst dir zu viele Sorgen. Es ist alles in Ordnung.«

Ich verdrehe die Augen und klammere mich an die Wärme der Kaffeetasse.

Die Tür öffnet sich erneut und meine innere Anspannung löst sich. Ich lächle Billy zu. Das schulterlange, platinblonde Haar hat sie zu einem kleinen Zopf gebunden und ihre helle Haut wirkt so zerbrechlich wie Porzellan. Doch sie ist hart im Nehmen und nicht zu unterschätzen.

»Hey, Leute«, begrüßt sie uns.

Isy greift Billys Hand und zieht sie direkt zu sich. War ja klar, dass sie die Neuigkeit nicht für sich behält. Joel braucht nicht einmal daran denken, hier das Wort zu übernehmen.

»Wir haben heute ein Date, Billylein«, verkündet Isy und macht eine kreisende Hüftbewegung auf dem Stuhl. Dabei reißt sie die Arme schwingend in der Luft umher und beißt sich auf die Lippen, woraufhin Joel sich kurz neben mir regt. Ich werfe ihm einen Blick zu, doch er lehnt sich lässig gegen die Stuhllehne und verschränkt die Arme hinter dem Kopf.

»Hör auf zu sabbern«, flüstere ich ihm zu, sodass nur er meine Worte versteht. Seine Mundwinkel zucken belustigt. Wie oft hat er schon versucht, bei Isy zu landen? Ich habe aufgehört zu zählen.

»Wie meinst du das?«, fragt Billy leise, aber deutlich. Sie sieht uns fragend an und wirkt auf mich noch nicht ganz anwesend. Was ist passiert? Isy umfasst Billys Kinn und dreht ihr Gesicht wieder zu sich.

»Wir haben ein paar Stunden frei, um Thias Geburtstag zu feiern! Wo gehen wir eigentlich hin?« Sie sieht zu uns hinüber.

»Gute Frage, ich habe Thia die Entscheidung überlassen«, antwortet Joel achselzuckend.

»Wir gehen aus? Aber wer kümmert sich dann um die Fünf?«, fragt Billy weiter. Das ist heute eindeutig eine kleine Premiere für uns. Wir haben kaum Zeit, um einen Geburtstag ausgelassen zu feiern, und verschwenden eigentlich auch keine großen Gedanken daran. Lost Places sind Besuchermagneten und Menschen sind häufig vor Ort.

»Ich kümmere mich um alle«, antworte ich und ihre Augen weiten sich.

»Wow«, flüstert Billy.

»Mach dir keine Gedanken, vermutlich wird heute kaum was los sein und selbst wenn, ich pack das schon. Gönnt euch den Abend, das habt ihr alle verdient.«

Ich versuche, dabei so entspannt wie möglich zu klingen, obwohl ich weiß, dass es nicht so sein wird und ich in meinem übermüdeten Zustand, Probleme bekommen könnte. Doch das behalte ich für mich und hoffe, dass alles glattgeht.

»Ich muss noch in den Ducator«, erzählt uns Billy mit gedämpfter Stimme. Freude sieht anders aus, aber das kann jede von uns nachempfinden.

Es ist Isy, die das Wort an Joel richtet: »Kann das nicht *einmal* ausfallen?« Und es wäre nicht Isy, wenn sie dabei nicht perfekt mit den Wimpern klimpern würde. Schmunzelnd schaue ich zu Joel, der eine Augenbraue in die Höhe zieht und die Frage mit einem Kopfschütteln verneint.

»Nein, das geht …« Er kommt nicht dazu, den Satz zu beenden.

»… natürlich nicht, weil wir das Training benötigen. Es könnte über Leben und Tod entscheiden … Bla Bla Bla«, beendet Isy den Satz und steht auf. »Dann macht mal! Ich werde mich jetzt meinem Körper widmen und mich in Schale werfen. Wer weiß, was sich heute Abend noch alles ergibt.«

Sie beißt auf ihre Lippen und sieht Joel dabei direkt in die Augen, ehe sie zur Tür hinausschlendert und die Stille von vorhin den Raum wieder erfüllt. Ehe es unangenehm wird, räuspere ich mich.

»Nun, da wir jetzt wissen, was Isy heute Abend geplant hat.

Wie sieht's bei dir aus, Joel?« Ich wackle neckisch mit den Augenbrauen und gebe ihm einen kleinen Stups mit der Schulter. Einer seiner Mundwinkel zuckt in die Höhe und er sieht schmunzelnd seine Kaffeetasse an, die er nicht loslässt. Billy versteckt ihr Kichern hinter ihrer Hand und ich grinse ebenfalls.

»Ich habe mit Vicky im Labor noch einiges zu erledigen. Und unser Vater möchte mit uns sprechen.«

Ich nicke. Mr Eriksson ist der Leiter und der Kopf des Instituts. Er hat uns die Aufgabe übertragen, auf die Lost Places aufzupassen.

»Etwas Wichtiges?«

»Soweit ich weiß, geht es um ein neues Projekt.« Er hält inne und die nächsten Worte überraschen mich nicht. »Aber ihr müsst euch damit nicht befassen, euer Leben ist so schon anstrengend genug.«

Mr Eriksson ist in meinen Augen ein Held. Ich bewundere ihn nahezu. Er hängt an den Menschen und strebt danach, sie zu schützen.

Joel sieht aus dem Fenster und trommelt mit den Fingern sanft auf dem Tisch herum. Das macht er immer, wenn er angespannt ist. Ihn scheint die Sicht ins Freie zu beruhigen. Ich dagegen entspanne mich nur mit einer Sache und das ist Backen. Apropos, die Torte für Thia wartet in meinem Apartment darauf, dass sie endlich wie eine Geburtstagstorte aussieht. Dabei frage ich mich, wo Thia überhaupt steckt. Wir sind uns heute noch nicht über den Weg gelaufen, da sie am Morgen wichtige Gespräche mit Bauleitern führen musste, deren Interesse am *Casino Constanta* wieder einmal zu groß geworden war.

»Okay Mädels, ich muss an die Arbeit. Billy, wir sehen uns in einer Stunde im Ducator.«

»Geht klar Joel, bis später.«

Sie wirkt cool und entschlossen. Dabei habe auch ich, jedes Mal ein beklemmendes Gefühl, wenn ich zum Training muss. Selbst wenn es wöchentlich stattfindet.

»Cass? Ist bei dir alles in Ordnung?«, holt mich Billy aus dem Gedankenkarussell, das sich derzeit eindeutig zu oft dreht. Joel steht im Türrahmen und sieht ebenfalls abwartend zu mir.

»Ja, entschuldigt. Ich bin schon bei heute Abend. Ihr sollt euren Spaß haben und dazu muss ich unbedingt noch den Kuchen für Thia verzieren.«

Mit meiner Antwort zufrieden, nickt uns Joel kurz zu, dann huscht er ebenfalls zur Tür hinaus. Einen Augenblick überlege ich, Billy auf die Vorkommnisse an ihrem Lost Place anzusprechen, doch sie lächelt mich voller Dankbarkeit an, dass ich es nicht übers Herz bringe, diesen Moment zu zerstören. Ich liebe sie genau wie Thia und Isy. Deswegen habe ich mich freiwillig für den Bereitschaftsdienst heute gemeldet. Normalerweise gibt es sowas nicht. Jeder ist immer auf Abruf. Joel hatte vor, das Los entscheiden zu lassen. Doch das habe ich schnell überworfen. Isy braucht dieses Gefühl von Freiheit mehr als ich, und Billy ist die Jüngste. Sie ist vor Kurzem erst achtzehn geworden und ich gönne es ihr, den Geburtstag im gleichen Zug mit Thia nachzufeiern.

»Ich muss dann auch. Wir sehen uns in der Bar. Ich möchte zumindest mit euch anstoßen. Bis dahin verziere ich noch den Kuchen. Und womöglich muss ich mittendrin los, aber vielleicht ist das Schicksal ja gnädig mit mir.«

Die Nox können so viel Informationen aus dem Internet löschen, wie sie wollen. Irgendwer lädt die Koordinaten wieder hoch und das Spiel beginnt von vorn. Die Menschen stöbern gern in der Vergangenheit und das ist nachvollziehbar. So ein Lost Place ist ein Hingucker. Diese alten Ruinen und verlassenen Gebäude erzählen eine Geschichte und beim Betreten wird man ein Teil der Vergangenheit.

»Cass, ich freu mich auf heute Abend. Den Ducator rocke ich mit links, versprochen!«

Ich gebe ihr einen Kuss auf die Wange.

»Das weiß ich. Pass auf dich auf. Ich hab dich lieb.«

»Ich dich auch.«

Kapitel 2

Das Institut der Nox ist ein auffallendes Gebäude mitten in London. Es sticht durch seine futuristische Architektur heraus. Die Wände bestehen aus verspiegeltem Glas und die verschiedenen Stockwerke stapeln sich in unterschiedlichen Breiten in die Höhe. Durch die Fenster hat man einen grandiosen Blick auf eine weitläufige Grünfläche. Die Gänge sind in einem sterilen Weiß gehalten und die meisten Türen sind elektronisch verriegelt. Auf meinem Weg komme ich an unterschiedlichen Räumlichkeiten vorbei. Zimmer, die mit Servern ausgestattet sind oder Labore, wo diverse Versuche stattfinden. Ein Lächeln huscht beim Gedanken, dass ich gleich an einem besonderen Raum vorbeigehe, über mein Gesicht. Ich schaue gern durch das kleine Bullauge in der Tür und versuche einen Blick auf die nächsten Zeynas zu erhaschen, die wissbegierig all die Informationen aufsaugen, die sie als zukünftige Generation benötigen. Sie sind noch grün hinter den Ohren, wie Kinder nun mal sind. Eine hat es mir total angetan und das ist Tera. Sie entdeckt mich ziemlich schnell und winkt mir mit einem breiten Grinsen zu. Ihre braunen Haare sind kaum zu bändigen und stehen wieder einmal in sämtliche Himmelsrichtungen ab. Ich verstecke mich, damit es keinen Ärger gibt. Es ist schön, Zeit mir ihr zu verbringen. Tera lenkt mich ab und ich mag unsere unbeschwerte Art, wenn wir zusammen sind. Auch wenn wir nie viel Zeit haben, genieße ich jeden Moment, sei er auch noch so kurz.

In einem Nebengebäude sind unsere Apartments. Ich schlängle mich durch die Gänge und grüße hin und wieder einige Mitarbeiter. Ich kenne nicht jeden mit Namen, dafür arbeiten hier zu viele. Nicht nur Nox, auch Menschen sind hier angestellt. Die meisten Nox sind eher zurückhaltend und weichen mir aus, daher kommt es kaum zu Gesprächen. Joel meinte mal, dass wir Zeynas sie einschüchtern. Sie haben großen Respekt vor unserer Gabe und glauben, dass wir mit Hilfe der Amulette jeden beeinflussen können. Albern, denn die Nox haben sie uns gegeben. Wieso sollten wir uns gegen sie stellen, wo wir doch einen gemeinsamen Feind haben.

In meinem Apartment schalte ich das Licht ein und schlüpfe aus der Lederjacke, die ich an die Garderobe hänge. Ich lege mein Handy auf den Küchentresen und hole die Torte aus dem Kühlschrank. Ich schalte meine neue Playlist an und starte sofort mit dem Verzieren der Torte. Allzu viel Zeit habe ich nicht. Geburtstage sind immer etwas seltsam. Zwar versuchen wir, den Tag möglichst zusammen zu verbringen – wenn wir schon keine Verwandtschaft haben, mit der wir feiern können – aber einer der Lost Places macht uns immer einen Strich durch die Rechnung. Um den Gedanken zu entfliehen, konzentriere ich mich auf das Verzieren und bin voller Vorfreude auf den heutigen Abend. Er wird anders werden, weil meine Schwestern zum ersten Mal gelöst feiern können, ohne an die Lost Places denken zu müssen. Natürlich kann ich nicht an allen gleichzeitig sein, aber das wissen sie und mir würde jemand zu Hilfe kommen, falls dieser Fall eintreten sollte. Gedankenverloren träume ich davon, wie es wäre, alles um mich herum auszublenden, und ein Leben zu führen, ohne die große Verantwortung, die wir täglich mit uns tragen. Dabei schreibe ich *Happy Birthday Thia* auf die Torte.

Die enge, dunkle Lederhose trägt sich wie eine zweite Haut und ein schlichtes, schwarzes Top ergänzt das Outfit. Vermutlich hat Thia zur Feier des Tages ihr schönstes Kleid aus dem Kleiderschrank geholt. Sie hat ein gutes Gespür für Mode. Bei ihr ist jedes Detail perfekt aufeinander abgestimmt. Die Accessoires passen zum Outfit, selbst der Schmuck ist gezielt ausgesucht. Ich seufze laut auf, weil ich mich nie trauen würde, etwas Auffälligeres zu tragen. Bei anderen finde ich es schön, doch an mir nicht.

Meine Haare habe ich zu einem Zopf gebunden und ein bisschen Mascara lassen meine Augen größer wirken. Zufrieden nicke ich dem Spiegelbild zu. Ich beeile mich und schnappe mir die schwarz-weiße Collagejacke von der Garderobe. Ob sich das Schminken gelohnt hat, ist ohnehin fraglich. Bisher hatten wir keinen einzigen Tag, an dem sich nicht mindestens vier der Lost Places gemeldet haben. Es gibt Tage, da sind wir stündlich unterwegs.

Schnell schlüpfe ich in die Sneaker und gehe zum Kühlschrank, um den Kuchen für Thia herauszuholen und halte inne. Meine Zellen setzen sich in Alarmbereitschaft. Das Schwingen ist wie das Aufwachen eines eingeschlafenen Körperteils, nur, dass es am ganzen Körper stattfindet. Begleitet wird es bei mir durch ein und dasselbe Bild. Es ist wie Magie, die mich mit einer Gänsehaut durchströmt und meine nackten Füße im Sand versinken lässt. Wasser spült eine Muschel an, wo all die Informationen zu finden sind, die ich benötige. Also lege ich wohl einen Umweg ein, bevor ich zu der Party dazustoße.

Das *New Slains Castle* ruft. Es liegt in Schottland, direkt am Meer und es kribbelt mir schon in den Fingern, wenn ich an diesen Ort denke. Es fällt mir schwer, diese Verbindung zu beschreiben. Es ist wie nach Hause kommen, obwohl es ein verlassenes Schloss ist und nichts auf ein gemütliches Zuhause hindeutet. Doch wann immer ich dort bin, sind es die Klippen, die mich anziehen, und das tosende Meer, das mich ruft. Die Sicht in die endlose Weite vermittelt mir das Gefühl von Freiheit. Ich schließe die Augen und muss mich konzentrieren. Es hat etwas von Meditation und ich löse meinen Körper und meine Seele voneinander. Zuerst ist alles schwarz, bis kleine weiße Punkte ein verschwommenes Bild zeichnen. Mit meinen Sinnen schärfe ich die Konturen und in wenigen Sekunden ist das *New Slains Castle* klar und deutlich zu erkennen. Meine Haut kribbelt, bevor mich ein gewaltiger Wirbel erfasst und der Iter mich wie eine alte Bekannte begrüßt. Lächelnd verschmelze ich für einen kurzen Atemzug mit ihm, nur um im nächsten Augenblick vor der Ruine des ehemaligen Schlosses zu stehen.

Die Anfangszeit als Zeyna war schwer, da man sich die verschiedenen Orte mit reiner Willens- und Vorstellungskraft aufbauen muss. Ein falsches Bild vor Augen kann in einer Katastrophe enden. Schließlich öffnen wir ein Portal zwischen Raum und Zeit. Wenn ich an die unzähligen Fehlversuche zurückdenke, kann ich nur mit dem Kopf schütteln. Aber so ist das, aller Anfang ist schwer. Doch das waren nur Übungen und ein fester Bestandteil unserer Ausbildung. Entspannter wurde es, als wir keinerlei Probleme mehr hatten und von einem Ort zum anderen gesprungen sind. Solange wir genau wissen, wie es an dem Ort aussieht, wo wir hinwollen, können wir einmal quer über den Erdball reisen. Allerdings ist die Zeit für solche Unternehmungen kaum vorhanden.

Das *New Slains Castle* ist vom Zerfall betroffen. Genauso wie die anderen Lost Places. Das hohe Gras hat sich um die Ruine gelegt und hütet diesen längst vergessenen Schatz. Aus den aufragenden Mauern sind Steine herausgebrochen und liegen verteilt auf dem Boden. Das Schloss befindet sich direkt an den steilen Klippen und wirkt gespenstisch zu dieser Uhrzeit. Die Türme kann man nur noch erahnen. Der Verfall hat sich hier deutlich gezeigt und dennoch spüre ich diese Anziehung immer wieder aufs Neue. Seltsamerweise ist die Präsenz nur hier so enorm. Vielleicht liegt es auch an dieser ganz besonderen Umgebung. Schottland besitzt viele solcher Ecken, die wie gemalt aussehen. Zu gern würde ich hier mal eine Entdeckungstour einlegen, aber daran ist nicht zu denken.

Das Schwingen meiner Zellen wird kräftiger, erinnert mich, dass ich nicht ohne Grund hier bin. Und so begebe ich mich auf die Suche, nach der Person, dessen Interesse an diesem Lost Place umgehend aufhören muss. Umso länger jemand an einer der Schnittstellen ist, desto stärker wird die getrennte Verbindung zur Welt. Wir nennen es *reaktivieren*, denn wenn Menschen sich zu lange an diesen verlassenen Orten aufhalten, hauchen sie den Fünf erneut Lebendigkeit ein und die Verbannung von Caligor bricht. Generell suchen um diese Uhrzeit nur wenige Besucher die Lost Places auf, da in der Dunkelheit nicht viel zu erkennen ist. Doch natürlich gibt es diese Handvoll Abenteurer, die genau diesen Adrenalinkick brauchen.

Die Schwingungen nehmen zu und die leichte Anspannung ebenfalls. Also betrete ich schnellen Schrittes die Ruine und laufe einen schmalen Schotterweg entlang, der ins Innere führt. Links und rechts wuchert das Unkraut und große Steinmauern ragen in die Höhe. Nach kurzer Zeit entdecke ich einen Mann, auf den ich zielstrebig zugehe.

»Entschuldigen Sie bitte. Mein Auto springt nicht mehr an. Könnten Sie mir helfen?«, spreche ich ihn an und versuche, ein wenig verzweifelt zu klingen. Das Lügen gefällt mir nicht, aber es ist unausweichlich und mittlerweile habe ich genug Übung darin.

Der ältere Mann lächelt mich an.

»Selbstverständlich. Wo steht denn Ihr Auto?«

Dankend nicke ich ihm zu und zeige in die Richtung, wo die Straße verläuft. Nach wenigen Schritten entfernen wir uns immer mehr von der Ruine.

»Wieso sind Sie allein in der Gegend unterwegs?«, erkundigt er sich, was nicht selten passiert.

»Ich bin auf dem Weg zu einer Geburtstagsfeier.« Immerhin ist es die halbe Wahrheit. Schließlich warten Thia und die Mädels tatsächlich auf mich.

»Keine Sorge. Ich habe mal eine eigene Werkstatt besessen. Wir bekommen Ihr Auto schon wieder flott.«

Grinsend betrachte ich ihn genauer. Er lacht gern, was die Falten um seine Augen- und Mundpartie bestätigen.

»Weshalb haben Sie sich das Schloss angesehen?«

Normalerweise frage ich sowas nicht und erledige schnell die

Sichtung. Aber aus unerklärlichen Gründen scheine ich etwas für ihn übrig zu haben.

»Oh, ich bin einmal mit meiner Frau hier vorbeigefahren und wir hatten uns vorgenommen, das Schloss zu einem späteren Zeitpunkt zu besichtigen. Leider kam meine Frau nicht mehr dazu, sie ist letztes Jahr verstorben und ich wollte diese Reise für sie nachholen. Sie hat die weite Landschaft geliebt und es fühlt sich gut an, hier zu sein. Als wäre ich ihr noch einmal nah. Ich weiß, das klingt seltsam.«

»Nein überhaupt nicht. Das ist wunderschön und Ihr Verlust tut mir sehr leid.«

Ich presse die Lippen aufeinander. Genau wegen sowas wäre es besser, auf private Gespräche zu verzichten. Sofort zieht sich mein Magen zusammen, bei dem, was folgt.

»Unsere gemeinsame Zeit war schön und wir haben zwei wundervolle Kinder großgezogen.«

Ich nicke und denke automatisch an meine Eltern. Auch wenn ich keine Erinnerung an sie habe, fehlt etwas. Ein Seufzen entweicht mir. Das Schwingen meiner Zellen verblasst und ich bleibe stehen. Der Griff zum Amulett drückt meine gute Laune.

»Alles in Ordnung?«, fragt der alte Herr und sieht zu mir.

»Sie werden sich dem *New Slains Castle* nicht mehr nähern und vergessen, dass Sie mich hier getroffen haben.«

Das Pulsieren des Amuletts ist deutlich wahrnehmbar. Die Kräfte wirken und der Mann nickt mir zu, ehe er verschwindet. Bedrückt schaue ich ihm hinterher.

»Es tut mir leid«, flüstere ich in die nächtliche Stille, denn von nun an wird er nichts mehr mit dem Schloss verbinden. Die Erinnerungen an die schöne Zeit hier, mit seiner Frau sind weg, genauso wie der heutige Abend. Ein Schleier legt sich über mein Sichtfeld und ich reibe mir die Augen.

Jetzt nicht anfangen zu heulen, Cass.

Bevor ich den Iter öffne, verweile ich einen Augenblick und suche das Umfeld ab. Ein Teil von mir würde gern die schottischen Highlands genießen und hierbleiben, aber meine Schwestern warten auf mich. Also schließe ich die Augen und gebe mich erneut dem Iter hin. Einige Haarsträhnen haben sich aus meinem Zopf gelöst, wehen mir ins Gesicht und kitzeln an meiner Nase. Der Wirbel erfasst mich und mit einem eigenartigen Gefühl lasse ich das *New Slains Castle* hinter mir.

Kapitel 3

Meine Augen brennen sofort, nachdem ich über die Schwelle der Bar trete. Eine Gitarre erfüllt den rustikalen Raum mit einer schwungvollen Melodie und eine männliche Stimme singt dazu. Die Menschen sitzen an runden Tischen und sind in Gespräche vertieft. Einige tanzen auf einem höher gelegenen Podest und schmachten den Sänger an. Eine ausgelassene Stimmung, wie es sich gehört. Ich fühle mich etwas fehl am Platz, was vermutlich an meinem fehlenden Tanztalent liegt. Sobald ich nur ein wenig die Hüfte bewege, ist es, als ob mich jeder beobachtet und alles in mir spannt sich an. Dabei tanze ich wirklich gern, nur eben lieber allein in meinem Apartment. Außerdem war ich erst zweimal in einer Bar. Zu wenig Zeit.

Ich recke den Kopf in die Höhe, um Thia, Isy oder Billy zu finden. Doch es scheint mir schlicht unmöglich. Das bedeutet für mich, die Torte durch die feiernde Meute zu transportieren, ohne zu stolpern, und dabei meine Schwestern suchen. Ich habe sie vorsichtshalber in eine geschlossene Schachtel verpackt. Bei jedem Schritt werde ich angerempelt und konzentriere mich auf die Torte in meinen Händen. Bloß nicht fallen.

»Hey Süße, ist das Geschenk für mich?«, höre ich jemanden rufen und drehe mich ruckartig um. Ein Mann winkt wir freudig zu, doch ich schüttle lächelnd den Kopf. Er zieht einen Schmollmund, aber ich beachte ihn nicht weiter. Ich tapse vorbei an ein paar tanzenden jungen Frauen und entdecke in der hinteren Ecke Thia. Sie sticht durch ihre lange rote Mähne sofort hervor. Direkt neben ihr sitzt Isy, die an einer Bierflasche nippt.

Das Geburtstagskind bemerkt mich zuerst und kommt mit

ausgebreiteten Armen zu mir gelaufen. Der Ausschnitt des grünen Kleides lässt tief blicken.

»Da bist du ja endlich«, ruft sie mir zu und senkt die Arme wieder. Sie sieht auf die Schachtel, bei der ich den Deckel öffne, und Thia greift sich lächelnd ans Herz.

»Happy Birthday«, rufe ich ihr etwas lauter zu und hoffe, dass ich den Geräuschpegel der Musik übertöne.

»Wow! Sie sieht köstlich aus. Ich danke dir, Cass. Komm, setz dich zu uns.«

Die Torte ist ein kleines Meisterwerk in Rosa. Ich ziehe meine Jacke aus und lege sie auf den Barhocker, auf den ich mich setze. Isy schiebt mir eine Bierflasche über den Holztisch zu. In dem dichten Rauch hat Thia etwas von einer Rose, die von morgendlichem Nebel eingehüllt ist. Dagegen wirkt Isy wie ein Schatten von ihr. Wo ist der feurige Elan von vorhin? Sie trägt ein knappes, schwarzes bauchfreies Shirt und eine kurze Jeanshose. Läuft die Männersuche nicht wie erhofft?

»Auf dich, Thia.« Isy und ich jubeln im Gleichklang.

»Auf uns! Und auf Cass, die uns diesen Abend ermöglicht«, erwidert sie ausgelassen.

Ich lächle ihnen zu, weil es mich freut, dass die Überraschung so gut ankommt. Aber ich merke sofort, dass jemand in dieser bezaubernden Runde fehlt.

»Wo ist Billy?«

So langsam wird es zur Gewohnheit, dass wir auf sie warten müssen, was merkwürdig ist, denn Billy ist äußerst zuverlässig und immer pünktlich.

»Sie ist noch nicht aufgetaucht«, antwortet Thia schulterzuckend. Das ist seltsam.

»Seid ihr nicht gemeinsam zur Bar gegangen?«, frage ich daher.

»Nein, sie hat mir eine Nachricht geschrieben, dass wir schon losgehen sollen«, erklärt Isy.

Ich hole mein Handy hervor und versuche, sie anzurufen, doch es meldet sich sofort die Mailbox, was ebenso untypisch für sie ist.

»Wie lange ist die Nachricht her?«

Isy sieht auf die Uhr und zieht die Brauen in die Höhe. »Etwas über eine Stunde.«

Ich blende die Musik um mich herum aus und auch die Gespräche nehme ich kaum noch wahr. Ich trommle auf den Holztisch und das beunruhigende Gefühl nimmt zu. Was ist passiert? Ist etwas im Ducator schiefgelaufen? Aber dann hätte sich Joel doch bei mir oder den anderen gemeldet.

»Ich werde schnell im Institut vorbeischauen, ob alles in Ordnung ist.«

Es ist gerade ruhig bei den Lost Places und ich will diese Zeit nutzen, um nach Billy zu sehen, schließlich sind wir immer füreinander da.

»Sollen wir mitkommen?«, fragt Thia, aber ich winke ab und werfe einen Blick auf die Torte. Sie verstehen sofort und nicken zustimmend.

Eilig verlasse ich die Bar, laufe aber direkt in jemanden hinein.

»Entschuldigung«, presse ich hervor und versuche mich, an dem unbekannten Mann vorbeizuschieben. Sofort trifft mich ein heftiger Schlag. Ein zimtiger Duft verweilt in der Luft. Möglichst unauffällig drehe ich mich um und möchte einen weiteren Blick erhaschen. Doch ich erkenne nur einen dunklen Haarschopf, der in der vollen Kneipe untergeht.

Vor der Bar empfängt mich die kühle Nachtluft, sodass ich eine Gänsehaut bekomme und mich sofort schüttle. Ich reibe über die raue Haut meiner Arme und schlüpfe zügig in die Collegejacke. Schnell laufe ich den Weg entlang und bemerke die Geschäfte und Häuser links und rechts von mir kaum. Auf der Suche nach einem geeigneten Ort, um so schnell wie möglich zum Institut zu gelangen, biege ich in eine kleine Seitengasse ab.

Rasant und ohne Gedanken zu verschwenden, schließe ich die Augen. Als die Umrisse des Instituts scharf sind, erregt ein Geräusch meine Aufmerksamkeit und ich unterbreche den Iter. Ich schaue mich um, vorbei an der Mülltonne und zucke zusammen. Dort steht jemand. Ein dunkler Schatten. Es ist zu dämmrig, um ein Gesicht auszumachen. Wir dürfen die Magie nicht öffentlich zeigen, daher verlasse ich die Gasse, um ein paar Straßen weiter einen geschützteren Platz zu finden.

Der Iter packt mich mit einem Windzug und ich stehe, einen Atemzug später vor dem Institut. Das beunruhigende Gefühl, dass etwas mit Billy nicht stimmt, wächst. Wieso sollte sie die Geburtstagsfeier von Thia verpassen? Das ergibt keinen Sinn.

In der Ferne sehe ich die Sicherheitsleute am Eingang stehen, sie unterhalten sich mit jemandem, der in einem schwarzen Auto sitzt. Mir schenken sie keinerlei Beachtung und so betrete ich das Gebäude durch eine Glastür, hinter der mich Rosie am Empfang begrüßt. Es ist immer wieder witzig, entweder sie hat ihre Nase in ein Buch gesteckt oder sie sieht sich wieder mal eine Serie auf dem Tablet an. Heute ist es ein Buch.

„Was liest du schönes?“, rufe ich ihr beim Durchqueren des Eingangsbereiches zu.

„Age of Ivy. Es geht um ein Online Survival Game im apokalyptischen London.“

Rosie hebt nicht einmal den Kopf, so gefesselt ist sie. Die kurze Konversation ist schon zu einem kleinen Ritual geworden. Rosies Job ist relativ eintönig. Sie übernimmt die Nachtschichten, während Connor tagsüber am Empfang sitzt. Beide achten darauf, wer hier ein und aus geht. Unbefugte haben keinen Zugang. Ob Rosie bei ihren nächtlichen Lesestunden und Serienmarathons diese Aufgabe allerdings ordentlich erledigt, sei dahingestellt. Dennoch mag ich ihre unbeschwerte Art und mal ehrlich, wer würde es schaffen bei den vielen Sicherheitsleuten und Überwachungskameras einfach hereinzuspazieren. Von daher stört es mich nicht, dass sie nur halbherzig bei der Sache ist.

Billys Apartment liegt auf derselben Etage wie das von Isy. Ich klopfe energisch an die Tür.

»Billy?«, rufe ich, doch hinter der Tür bleibt es still. Schließlich schallt das dumpfe Geräusch des Klopfens erneut den Flur entlang – wieder nichts. Ich kenne den Zugangscode zum Apartment und atme tief ein und aus. Es gehört sich nicht, aber es könnte ein Notfall sein.

»Billy, ich komme jetzt rein!«, warne ich und tippe die Zahlen ein. Das rote Licht wechselt auf Grün und die Tür öffnet sich mit einem Summen. Ich knipse den Lichtschalter ein.

»Billy, bist du da?«

Es bleibt still. Ich schaue mich um und finde eine saubere und ordentliche Wohnung vor. Alles steht an Ort und Stelle. Das Bett ist heute noch nicht benutzt worden. Alarmiert verlasse ich das Apartment und halte im Flur inne, um nochmal in die Wohnung zu schauen.

Wo bist du, Billy?

Ich zwinge mich dazu, mich von dem Raum abzuwenden, und renne über den Flur zurück und zwei weitere Etagen hinauf. Auf dieser Ebene sind die Apartments von Joel, Vicky und ein paar anderen Nox. Vor einer der Holztüren bleibe ich abrupt stehen.

»Joel mach auf. Ich bin's!«, rufe ich und hämmere gleichzeitig gegen die Tür. Irgendetwas fällt zu Boden, dann höre ich Schritte und die Tür öffnet sich. Joel hat nichts weiter an, bis auf eine graue Jogginghose, die eindeutig zu tief sitzt. Er greift zu einem Shirt auf der Armlehne der Couch und zieht es sich über.

»Komm doch rein«, nuschelt er. Die Tür fällt ins Schloss und ich reibe mir die Schläfen.

»Hast du Billy gesehen?«

Joels Blick haftet an mir, während ich in seiner Wohnung auf und ab gehe. Ich lasse den Blick schweifen und begutachte den Wäscheberg auf der Couch. Kopfschüttelnd wende ich mich wieder ihm zu.

»Nur vorhin beim Training. Wieso ist sie nicht bei euch?«

Er verschränkt die Arme vor der Brust, wodurch sich seine Muskeln anspannen, und runzelt die Stirn.

»Nein, sie ist nicht in der Bar aufgetaucht und in ihrem Apartment ist sie auch nicht. Auf dem Handy erreiche ich sie ebenfalls nicht.«

Wie in Trance schaue ich mich in der Wohnung um, dabei fällt mir das Hemd ins Auge, das er heute anhatte. Doch im Gegensatz zu vorhin sind jetzt einige rote Flecken darauf verteilt.

»Hast du dich verletzt? Oder ist Billy im Ducator etwas zugestoßen?« Bei dem Gedanken, dass es sich um ihr Blut handelt, dreht sich mir der Magen.

»Ich habe mich vorhin an einer Glasscherbe geschnitten. Dumm von mir«, weicht Joel aus und greift sich verlegen in sein volles, blondes Haar. Jetzt fällt mir auch das Pflaster an der Innenseite seiner Hand auf.

Fürs Erste bin ich erleichtert, dass es nicht Billys Blut ist. Aber wo ist sie? Das nagende Gefühl, dass ihr etwas passiert ist, wird intensiver. Krampfhaft versuche ich die Sorge herunterzuschlucken, aber sie bleibt, genauso wie die Anspannung in meinem Körper.

»Also ihr Handy ist aus, sagst du? Vielleicht kann ich es trotzdem orten.« Joel greift sich ans Kinn und kräuselt die Lippen.

»Ein Versuch ist es wert! Der letzte Standort wäre ein wertvoller Anhaltspunkt.«

Er nickt bestätigend und tritt in die Küchennische, um das Notebook von der Arbeitsfläche zu nehmen, und kommt zu mir zurück.

»Komm, wir müssen ins Labor.«

Bevor ich weiter über Billys Verbleib nachdenke, hole ich tief Luft und folge ihm.

Keine zehn Minuten später hämmert Joel wie wild auf der Tastatur herum. Sein Kopf bewegt sich schnell von einem Bildschirm zum anderen. Wozu braucht man drei Monitore und ein Notebook? Ein lautes *Ping* ertönt und ich schrecke hoch.

»Hast du etwas gefunden?«

»Nein, das war dein Handy.« Joel verzieht den Mund zu einem belustigten Lächeln. Ich hätte gern etwas von seiner Gelassenheit. Kopfschüttelnd ziehe ich mein Telefon hervor.

Ist es eine Nachricht von Billy?

Die Enttäuschung trifft mich sofort und ich werfe den Kopf in den Nacken, ehe ich den Text lese.

»Es ist Isy.« Ich seufze tief. »Sie fragt, ob ich Billy gefunden habe.«

»Das bedeutet, Billy ist immer noch nicht in der Bar aufgetaucht«, stellt er fest und klebt weiterhin an den Bildschirmen vor sich.

»Nein.«

Ich antworte Isy, dass wir gerade versuchen, Billys Handy zu orten. Als Antwort bekomme ich ein Bild von Isy und Thia, wie sie mit zwei Männern fröhlich weiter Bier trinken. Zumindest sie haben ihren Spaß.

Ich stecke das Handy wieder in die Tasche und werfe Joel einen Blick über die Schulter zu.

»Und hast du was gefunden?«, frage ich mit einem leicht nervösen Unterton. Die Sorge um meine Schwester wächst und ich habe wirklich Angst, dass ihr etwas passiert sein könnte. Vermutlich ist es übertrieben und unbegründet. Dennoch kann ich diese Gedanken nicht abschütteln. Erst dieser Traum, dann die heftige Vibration bei dem Lost Place und jetzt ist Billy verschwunden. Das kann doch kein Zufall sein.

»Ja, schon, aber das hilft uns nicht weiter. Das Handy war zuletzt vor dem Institut aktiv. Ich versuche …«

»Wo?«, falle ich ihm ins Wort.

»Bei der großen Eiche.«

»Such weiter, ich bin gleich wieder da.«

Hastig verlasse das Institut über die große Steintreppe und trete hinaus in die dunkle Nacht. Mein Herz rast und meine Hände sind schwitzig.

Die Eiche steht unmittelbar am Eingang. Nicht weit vom Hauptweg entfernt und ich erreiche sie über eine großflächige Wiese. In den warmen Sommertagen spendet der Baum Schatten und wir haben schon oft darunter gelegen und über alles Mögliche gesprochen. Vor ein paar Jahren hat sich Isy wie ein Äffchen kopfüber an den Ast gehangen. Nur der Abgang gestaltete sich schwieriger als gedacht. Sie kam nicht mehr allein runter und wir haben uns gekugelt vor Lachen. Ich habe Isy nie wieder so quietschen gehört, wie an diesem Tag. Eine schöne Erinnerung, an die ich gern zurückdenke.

Ich suche die Umgebung ab, kann jedoch, bis auf weiße Kieselsteine, nichts finden. Frustriert schiebe ich die Strähnen aus meinem Gesicht und hebe anschließend den Kopf.

Billy ist nicht hier und ich lasse die angehaltene Luft aus meiner Lunge strömen. Kurz lehne ich mich an den Baumstamm und schaue in den sternenklaren Himmel hinauf. Hoffentlich ist alles in Ordnung bei ihr, egal wo sie sich aufhält. So sollte der Abend nicht verlaufen. Nein, sie hätten ein paar schöne Stunden haben sollen. Das ungute Gefühl hat sich bestätigt. Ich wäge ab, ob ich sie informiere oder vielleicht noch einen Moment warte. Aber das würde ich auch nicht wollen, deshalb schicke ich Thia und Isy eine Nachricht. Ich brauche sie jetzt hier.

Ich schiebe die Hände in die Hosentaschen und gehe mit gesenktem Kopf zurück. Ihr letzter Standpunkt war hier im Institut und dann ist sie verschwunden. Fieberhaft überlege ich, wo sie sein könnte. Zurück bei Joel, lehnt dieser mit einer Kaffeetasse an einem Tisch und hebt den Kopf, als ich den Raum betrete.

»Und?«, fragt er.

Ich schüttle den Kopf.

»Konntest du etwas herausfinden?«

Er verzieht den Mund zu einer schmalen Linie und ich ahne die Antwort bereits, obwohl ich sie nicht hören will.

»Tut mir leid, Cass. Ich konnte nichts finden.«

Ich lasse mich in einen der Stühle fallen, dann schüttle ich betrübt den Kopf. Sekundenlang weiß ich nicht, wie ich reagieren soll. Wie in Schockstarre betrachte ich die helle Decke über unseren Köpfen und dann die Monitore an der Wand.

»Was ist mit den Überwachungskameras?«

Joel stellt die Kaffeetasse ab und sieht mich an.

»Bei der Eiche gibt es keine Kamera.«

»Echt jetzt? Ihr habt das ganze Gelände im Blick, nur dieser Abschnitt ist ungesichert?«

Ich werfe die Arme in die Luft und kann es nicht glauben. Joel kommt zu mir und legt seine Hände auf meine Schultern. Das leichte Massieren soll mich beruhigen, aber es hilft nicht.

»Ihr geht es sicher gut.« Seine Stimme ist sanft und einfühlsam.

»Woher willst du das wissen?« Ich zittere bei jeder Silbe. Wie kann er sich so sicher sein? Solang wir nicht wissen, was mit Billy ist, kann alles sein.

Er presst die Lippen zusammen und senkt den Kopf. Die Antwort bleibt aus und gibt mir den Rest. Wir sind auf alles vorbereitet, aber nicht auf so eine Situation. Dass jemand von uns ohne ein Wort verschwindet, ist noch nie passiert. Wir melden uns immer ab, wenn wir etwas vorhaben.

Dumpfes Getrampel ist zu hören und wir drehen uns zeitgleich um. Im Türrahmen stehen Thia und Isy, ihre Gesichter sind genauso zerknautscht, wie ich mich fühle.

»Was unternehmen wir jetzt?«, fragt Isy und schielt zu Joel.

»Ich werde mit meinem Vater sprechen. Es gibt strikte Anweisungen. Wir müssen sie überall suchen, bei den Lost Places, an Orten, an denen sie gern war … Cass, du schaust bitte noch mal in ihrem Apartment. Vielleicht findet sich ja doch noch ein Hinweis. Wenn wir sie heute nicht finden, dann suchen wir morgen weiter.«

Ich nicke, er hat Recht.

»Thia, du übernimmst Craco und das *Casino Constanta*. Isy, du kümmerst dich weiterhin um den Autofriedhof und heute auch um das *New Slains Castle*.«

Isy und Thia nicken bestätigend. Mir gefällt es nicht, das Schloss abzugeben – auch wenn es nur für eine Nacht ist.

»Ich gehe noch mal zu ihrem Apartment. Wenn ich etwas finde, sage ich euch direkt Bescheid. Ansonsten sehen wir uns beim Frühstück«, teile ich ihnen mit und alle nicken.

»Wir werden sie wiedersehen«, verspricht Thia und nimmt mich fest in die Arme. Isy schmiegt sich dazu.

»Meine Familie, mein Halt, mein Leben«, flüstern wir gemeinsam und ich schließe die Augen, um die Tränen zurückzuhalten.

»Danke für deine Mühe, bis morgen.«

»Bis morgen«, antwortet Joel mit Sorgenfalten auf der Stirn. Ehe ich mich zurückziehe, halte ich bei Billys Apartment an. Doch selbst beim genaueren Hinschauen ist nichts zu finden.

Zurück in meiner Wohnung, lege mich auf die Couch. Ich träume davon, wie Billy mit uns lachend am Frühstückstisch sitzt und von ihrem heimlichen Abenteuer erzählt. Thia wird sie mahnen, Isy wird sie dafür feiern und ich werde schmunzelnd dasitzen und mir vorstellen, etwas Ähnliches zu veranstalten.

Kapitel 4

»Ich verstehe es nicht«, flüstere ich in die Stille der Institutsküche, als ich die Kanne nehme und die dampfende Flüssigkeit in die Tasse vor mir plätschert. Der fruchtige Geruch des bunten Blumenstraußes auf dem Tisch vermischt sich mit dem des Kamillentees. Eigentlich wirkt Tee immer beruhigend auf mich, aber das innere Zittern kann er heute nicht vertreiben. Meine Hände sind kalt. Ich habe keine Ahnung, wie lange wir uns schon schweigend gegenübersitzen.

Anders als erhofft, saß Billy heute Morgen nicht am Frühstückstisch. Wir haben mittlerweile ganz London abgeklappert. Doch nirgends ist sie zu finden.

Mein Blick wandert unweigerlich zu Isy, die wie paralysiert ihre Tasse anstarrt. Thia springt alle paar Minuten auf, um einen Blick aus dem Fenster zu werfen. Die ernüchternde Erkenntnis trifft sie jedes Mal aufs Neue, so wie jetzt. Seufzend lässt sie sich erneut auf den Stuhl fallen.

»Unser Team setzt alles daran, Billy wiederzufinden. Geht bitte wieder euren Aufgaben nach«, mahnt Joel, der mit verschränkten Armen an der Wand lehnt. Wie in Zeitlupe drehe ich den Kopf zu ihm. Ist das sein Ernst?

»Billy ist verschwunden«, faucht Isy ihn an. Ihre Augen glänzen und die vollen Lippen zittern. Ich kann ihre Wut nachempfinden. In mir hat sich ein unangenehmer Knoten gebildet, der sich immer fester zusammenzieht und mir das Atmen erschwert. Das Fragenkarussell dreht sich unermüdlich weiter. Antworten finde ich nicht. Es ist zum Haareraufen. Ich mache mir Vorwürfe, weil ich auf Joel und Isy gehört habe. Es wäre besser gewesen mit

Billy zu reden. Immerhin war es ihr anzusehen, dass etwas nicht in Ordnung war.

»Ihr wisst was passiert, wenn sich die Lost Places reaktivieren. Ich möchte eine Katastrophe vermeiden.« Sein Tonfall ist bedacht, lässt aber keine Widerworte zu. Er wirkt angespannt, scheint jedoch bei klarem Verstand zu sein, mehr als wir. Und Joel hat recht, wir dürfen unsere Aufgabe nicht vernachlässigen. Es muss einen Weg geben, beides zu vereinbaren. Die Suche nach Billy und die Sichtungen.

»Wie auch immer.« Isy verschränkt die Arme vor ihrer Brust und sieht zur Seite.

»Wie wollt ihr vorgehen? Habt ihr schon einen Plan?«, frage ich in der Hoffnung, Joel doch ein paar Details zu entlocken.

»Ich informiere euch, wenn es etwas zu berichten gibt.«

Er stößt sich von der Wand ab und verschwindet ohne ein weiteres Wort zur Tür hinaus. Im gleichen Zug wird ein Stuhl lautstark über den Betonboden geschoben, als Thia erneut zum Fenster läuft. In mir zieht sich alles zusammen. Allgemein habe ich das Gefühl, jeden Augenblick aus meinem üblichen Verhaltensmuster auszubrechen. Für mich standen die Lost Places immer an oberster Stelle, aber jetzt gibt es nichts Wichtigeres als Billy zu suchen. Doch Joels Anweisung war klar und deutlich.

»Wieso ist sie verschwunden?«

Thia schlingt die Arme um sich und eine Träne kullert ihr über die Wange, die sie mit der Armbeuge wegwischt. Mein Herz pocht wild unter der Brust. Am liebsten möchte ich die Augen verschließen. Vor der Realität und vor der Ungewissheit, was mit Billy geschehen ist. Wieso sollte sie uns verlassen?

»Ich muss hier raus.« Mit diesen Worten verlasse ich schnurstracks die Küche und bin froh, als ich ins Freie trete und meine Lunge sich mit Sauerstoff füllt. Billys Verschwinden hinterlässt eine Lücke, die nicht zu schließen ist. Ich weiß nicht, wie lange ich dastehe und nichts mache, außer zu atmen.

Irgendwann beschließe ich, mich in mein Apartment zurückzuziehen, und setze den Weg fort.

Als ich die Eingangshalle betrete, breitet sich ein kribbelndes Gefühl vom Nacken über meine Arme aus und ich wage einen Blick zum Empfang. Ruckartig bleibe ich stehen und habe das Gefühl kurz nicht richtig atmen zu können.

Wo ist Connor und wer ist das? Ich blinzle ein paar Mal, um mich zu vergewissern, dass ich nicht träume. Aber nein, dort steht nicht der schleimige, nervige Mann, mit dem starren Blick und dem kahlen Kopf.

Am Empfang finde ich eine männliche Person vor, die den Tresen weit überragt. Unsere Blicke treffen sich und mein Herz setzt für einen Moment aus. Seine Augen sind dunkel und ähneln einer Gewitternacht. Eine faserige Narbe, die unter seinem linken Auge über die Wange verläuft und in dem dunklen Vollbart verschwindet, erregen meine Aufmerksamkeit. Ich öffne den Mund, um etwas zu sagen, werde aber von einem klackernden Geräusch unterbrochen.

Vicky taucht wie aus dem Nichts auf. Das blonde Haar hat sie zu einem seitlichen Zopf geflochten. Sie trägt ein schwarzes Etuikleid, darüber einen weißen Kittel, so wie die anderen Nox auch und schiebt sich mit dem Finger die Brille ein Stück hoch, als sie mich begrüßt.

»Hi, Cass! Darf ich dir Ayden vorstellen? Er übernimmt fortan Conners Schichten.«

Sie zwinkert und grinst mich frech an. So forsch kenne ich Vicky gar nicht und bin ein wenig irritiert. Ayden sieht zu uns und ich schlucke den dicken Kloß in meinem Hals herunter, als er eine Weile bei mir verharrt. Ich weiche seinen Blick aus und reibe mir den Oberarm.

»Äh ja. Schön. Herzlich willkommen.«

Auch wenn es unhöflich ist, lass ich die beiden stehen. Für Smalltalk habe ich keinen freien Kopf.

Ich lasse die Tür meines Apartments hinter mir ins Schloss fallen und presse meinen Rücken dagegen. Was passiert hier? Das heftige Beben in Craco, Billys Verschwinden, die Albträume und ein neuer Mitarbeiter. Ein Typ, zu dem ich mich vom ersten Moment an hingezogen fühle. Dass seine Präsenz mich bis zu meinem Apartment begleitet, spricht nicht gerade für meine emotionale Stabilität. Dabei brauche ich doch einen klaren Kopf, das hat jetzt oberste Priorität. Zum ersten Mal seit Langem hoffe ich, dass sich einer der Lost Places bald wieder melden wird. Ich benötige eine Aufgabe, die meine ganze Konzentration fordert.

Gähnend strecke ich die Arme von mir. Ich sollte ein wenig schlafen, bevor die nächste Sichtung ruft. Also lasse ich mich in den Hängesessel fallen und merke schon nach kurzer Zeit, wie meine Augen schwer werden. Mit der Gewissheit, dass das Schwingen der Zellen mich wecken wird, ertaste ich schläfrig die Kugel, die in meinem Dekolleté verweilt. Sie erinnert mich an eine Sphäre und schimmert blau. In der Dunkelheit leuchtet sie und das Licht pulsiert. Es beruhigt mich auf eine Weise, wie es kein Kamillentee der Welt schafft, und ich schlafe endgültig ein.

Blinzelnd öffne ich die Augen und sehe verschwommen. Unter mir gibt die Matratze nach. Um meine Beine hat sich eine rosa Samtdecke gewickelt. Langsam richte ich mich auf, meine Gedanken sind noch immer so schwerfällig, als hätte ich Watte im Kopf. Merkwürdig, dieses Zimmer ist mir fremd. Wo bin ich? Nach und nach klärt sich mein Blick und ich betrachte mein Umfeld genauer. Es ist ein herrlicher Anblick. Efeu rankt an den hellen Wänden entlang. Fenster, sechs an der Zahl, gewähren einen Blick ins Freie. Ich schwinge meine Beine über die Bettkante, stehe auf und versuche einen Fuß in diese Richtung zu setzen, doch etwas blockiert meinen Weg, fast so, als würde ich festkleben. Seltsam. Ich drehe mich um und sehe ein Himmelbett mit feinen Laken, die an der Decke befestigt sind. Auch hier entdecke ich einige Pflanzen. Sogar ein Baum steht in diesem Zimmer. Die dicken Wurzeln sind mit dem Fußboden verbunden und ich frage mich, wie das funktioniert. Wind weht durch eins der offenen Fenster und kitzelt meine Nase. Im nächsten Augenblick höre ich Flügelschläge. Ein Vogel flattert an mir vorbei und setzt sich auf einen der Äste. Sein kleines hellblaues Köpfchen legt sich von einer Seite auf die andere. Er sieht direkt zu mir. Zu gern würde ich einen Schritt in seine Richtung setzen, doch es gelingt mir nicht. Abrupt wird mir schwindelig und ich sacke zu Boden. Das Letzte, was ich sehe, ist ein Rabe, der am Fenster vorbeifliegt.

Meine Zellen beginnen zu schwingen und ich bin sofort hellwach. Das Schloss ruft und die Vorfreude macht sich durch ein leichtes Kribbeln bemerkbar. Schnell schließe ich die Augen und verbinde die weißen Punkte zu einem perfekten Bild. Meine Haut prickelt und der Iter wirbelt mich hinfort.

Die frische Luft belebt meine Sinne. Mein Blick wandert zum Eingang, der ehemals mit einer großen Holztür bestückt gewesen war. Jetzt klafft dort nur noch ein Loch und man schaut direkt ins Innere, wo die Natur ihr Territorium zurückgefordert hat. Das Gebäude ist nur noch ein brüchiges Gerüst, aber dennoch betrachte ich gern die spitzen Dächer und kleinen Türme, die nach oben offen sind. Ich lege den Kopf in den Nacken und atme die salzige Meeresluft ein, die perfekt zu dem grauen Himmel über mir passt. Vermutlich fängt es jeden Moment an zu regnen.

Der kalte Wind bläst mir kräftig ins Gesicht, doch das stört mich nicht. Ich genieße es und lausche dem Meer, das am Abhang tobt. Ein altbekanntes Gefühl von Heimat keimt auf und ich schließe für eine Sekunde die Augen, um es einzufangen und nicht wieder loszulassen. Zu gern würde ich mich mit dem seltsamen Traum befassen, doch zuvor muss ich die Reaktivierung des Lost Place unterbrechen.

Zurück in London halte ich in einem kleinen Café an. Ich brauche eine kurze Auszeit von all dem Chaos. Thia und Isy sind ebenfalls unterwegs, das habe ich wahrgenommen, während ich die zwei jungen Frauen vom Schloss fortgeschickt habe.

Bei der netten Bedienung bestelle ich mir einen Cappuccino, den ich in einem kleinen Pappbecher dankend annehme und wieder hinaustrete. Die Straßen von London sind zu dieser Zeit voll und Menschen eilen auf den Fußwegen entlang. Einige telefonieren, andere unterhalten sich angeregt mit ihren Begleitern. Ich mag diese kleinen Augenblicke, sie fühlen sich so normal an. Vorsichtig nippe ich an dem heißen Getränk und starre hinaus auf die stark befahrene Straße. Bis mir plötzlich eine Gestalt auffällt, die mir vage bekannt vorkommt. Ich lege den Kopf schief und runzle die Stirn.

Ist das Ayden?

Ich kneife die Augen zusammen, in der Hoffnung mehr zu sehen. Er lehnt an einer Hauswand und hat die Arme verschränkt. Im ersten Moment bin ich unsicher, aber er sieht direkt zu mir hinüber. Ich werfe einen Blick auf meine Armbanduhr. Er dürfte nicht hier sein. Eigentlich müsste er im Institut den Eingang zu unseren Apartments überwachen. Seine Schicht ist noch nicht vorbei. Doch als ich erneut den Kopf hebe, ist er plötzlich verschwunden.

Na klasse, jetzt halluziniere ich schon, oder nicht?

Um der nagenden Ungewissheit ein Ende zu bereiten, renne ich auf die andere Straßenseite. Suchend gehe ich den Gehweg rauf und runter, schaue nach links und rechts. Wo ist er? Hat er mich tatsächlich beobachtet? Und warum?

Die Gedanken an Ayden und wie er mich angestarrt hat, begleiten mich den ganzen Weg zurück zum Institut. Immer wieder werfe ich einen Blick über meine Schulter, als würde mir jemand folgen. Ein älterer Mann läuft an mir vorbei und verzieht das Gesicht zu einer merkwürdigen Fratze. Etwas erschrocken weiche ich dem Blick aus und schaue an mir herab, kann aber nichts Ungewöhnliches feststellen. Weitere Menschen starren mich an, was mir nicht geheuer ist. Ich krame mein Handy heraus und öffne die Kamera, um das Gesicht zu überprüfen. Aber selbst da ist nichts Auffälliges. Die Leute fangen plötzlich an zu tuscheln und meine Schritte beschleunigen sich, bis ich anfange zu rennen. Jemand rempelt mich an und mein Kaffeebecher fällt zu Boden. Die braune Flüssigkeit verteilt sich vor meinen Füßen und das Flüstern wird immer lauter.

Vor mir tauchen trübe blaue Augen auf, die von einem faltigen Gesicht umgeben sind. Eine ältere Dame, gestützt auf einen Gehstock, sieht mich mitfühlend an.

»Alles in Ordnung mit dir, Kindchen?«

Ich schlucke beim Klang ihrer warmen Stimme und bringe nichts hervor, außer einem Nicken. Sie lächelt, ehe sie an mir vorbeigeht. Plötzlich ist das Tuscheln verstummt. Auch die merkwürdigen Blicke hören auf. Jeder geht wieder seiner eigenen Wege und keiner achtet auf den anderen. Was ist nur los mit mir? Erst dieser verrückte Traum in dem Zimmer, dann Ayden und jetzt das hier. Mit mir stimmt etwas nicht.

Ich setze den Rückweg fort und erreiche das Gelände des Instituts. Schnell renne ich in das Nebengebäude und halte am Eingang inne. Dort steht er und sieht auf, als ich die Halle betrete. Ich stürme zum Tresen und schlage mit meinen Händen auf den Tisch.

»Wieso beobachtest du mich?«, blaffe ich ihn an. Er zuckt zurück, woraufhin mir erst bewusst wird, wie harsch ich geklungen habe. »Entschuldige bitte. Ich bin etwas durch den Wind. Wieso warst du auf der anderen Straßenseite und hast mich beobachtet?«

Ayden sieht von oben zu mir herab. Mein Herz schlägt rasant, ob vor Aufregung oder vom Laufen ist allerdings fraglich.

»Keine Ahnung, wovon du sprichst.«

Diese tiefe, melancholische Stimme lässt mich kurz innehalten und vergessen, wieso ich überhaupt hier bin. Ich seufze laut auf und schüttle den Kopf.

»Wenn du mich heimlich beobachtest …« Ich komme nicht dazu, den Satz zu beenden, denn Ayden stützt sich ebenfalls auf dem Tresen ab und nur wenige Millimeter trennen unsere Köpfe. Der Geruch von Zimt dringt zu mir und erinnert mich an die Begegnung in der Bar. War er das? Die schwarzen Haare sprechen jedenfalls dafür. Sein warmer Atem streift meine Nase, als er kurz vor meinem Gesicht innehält.

»Jetzt pass mal auf. Ich habe keine Ahnung, wovon du sprichst. Ich habe hier einen Job zu erledigen, der mir wichtig ist. Wenn du eine Aufmerksamkeitsstörung hast, dann lass dich behandeln.«

Erschrocken reiße ich die Augen auf und weiche zurück.

»Ich habe keine Störung! Okay? Du bist meine Zeit nicht wert.«

Ich schnaube und muss fast auflachen, weil die Situation so lächerlich ist. Sicher, was habe ich erwartet? Dass er mir sagt, dass er mir heimlich folgt? Oder dass er nett reagiert, während ich ihn anpöble? Ich schüttle den Kopf und stampfe davon und laufe direkt in Vicky hinein. Sie sieht erschrocken zu Ayden, dann zu mir. Ihr Mund öffnet sich kurz, ehe ihr Blick erneut zwischen uns wechselt. Sie hat unsere Auseinandersetzung mitbekommen. Wieso ist sie andauernd hier?

»Hallo, Vicky«, begrüßt Ayden sie. Ein kurzes Schmunzeln erhellt seine Miene und ich muss einen Würgereiz unterdrücken. In zwei Schritten steht Vicky bei ihm und lächelt ihn an.

»Hi, Ayden, findest du dich überall zurecht?«

Wie festgewachsen beobachte ich die Blicke, die sie austauschen. Als er sich zu ihr beugt und ihr tief in die Augen schaut, brodelt etwas in mir, was nicht brodeln dürfte.

»Es ist alles in bester Ordnung.«

Mein Herz hämmert wild gegen meinen Brustkorb. Aber nicht auf eine aufregende Art. Nein, eher bedrohlich. Aber wieso? Er interessiert mich nicht. Ich kenne ihn nicht mal. Und es ist mir total egal, was da zwischen den beiden läuft. Gerade drehe ich mich um und will so schnell wie möglich weg, da höre ich Vicky: »Cass?«

Ich seufze und bleibe mit dem Rücken zu ihnen gewandt stehen.

»Ja?«

»Joel möchte, dass du in den Ducator gehst.«

Ich drehe mich zu den beiden und mag das Bild nicht, was sich mir zeigt. Ayden und Vicky. Nein. Das fühlt sich falsch an.

»Jetzt?«

Sie nickt, wendet sich wieder Ayden zu und spielt mit ihrem blonden Pferdeschwanz. Ich kotze gleich. Meine Kiefermuskulatur spannt sich an und verselbstständigt sich zu einer seltsamen Grimasse. Mir soll es recht sein. Training ist genau das, was ich jetzt benötige. Mit erhobenem Kopf kehre ich ihnen den Rücken zu und verlasse das Nebengebäude. Draußen begrüßt mich ein beißender Wind und ich ziehe den Kopf etwas ein. Das Bild von Ayden und Vicky begleitet mich den ganzen Weg bis zu Joel. Es ärgert mich, dass er so eine Wirkung auf mich hat, die er nicht haben sollte.

Kapitel 5

Der Ducator ist unser wöchentliches Training. Die Nox haben es mit Hilfe von Hologrammen entwickelt und es gehört mittlerweile zu uns wie die Farbe aufs Papier. Bisher ist der dunkle Raum ein weißes Blatt, was sich jeden Moment ändern wird. Mit uns wird es bunter und wir erschaffen ein neues Bild. Durch die Dreidimensionalität werden Elemente und eine Umgebung erzeugt, die von der Realität kaum zu unterscheiden ist. Ein individuelles Kampfsystem, das von den Nox für uns Zeynas entwickelt wurde.

Jedes Mal, wenn ich hier bin, denke ich an *diese eine Erinnerung.* Ich sehe mich als dürre Zehnjährige mit kurzem braunem Haar. Mr Eriksson tritt in den Raum und wuschelt mir durch die Mähne.

»Du brauchst keine Angst haben. Wir passen auf dich auf, so wie wir es immer schon gemacht haben.« Seine Worte hallen in meiner Erinnerung nach. Bevor sich die Tür automatisch verriegelt, sehe ich Thia, die mich mit diesem typischen Kinderlächeln breit angrinst und beide Daumen in die Höhe streckt. Daneben eine Frau, die ich nicht kenne, dennoch ist sie mir im Gedächtnis geblieben. Ich erinnere mich an die schulterlangen braunen Haare genauso wie an die Wärme, die sie ausstrahlte. Eine Hand, die mir zärtlich über die Wange streichelt und ein Geruch aus sanftem Sommerregen und etwas Blumigem, das meine Nase kitzelt. Sie flüstert mir ins Ohr: »Die Wahrheit tragen wir nahe bei unserem Herzen.«

Sie greift an ihre Brust, während das laute Summen die metallische Tür verriegelt. Das war das einzige Mal, dass ich sie gesehen habe. Auf die Frage, wer sie war, habe ich nie eine Antwort erhalten. Und das ist leider auch nicht die einzige Frage, die unbeantwortet geblieben ist. Die Nox meinen, es ist zu unserem Besten, wenn wir nicht alles wissen. Ob das wirklich so ist, sei dahingestellt.

»Bist du bereit, Cass?« Joels Stimme schallt durch die versteckten Lautsprecher an den gläsernen Wänden und holt mich in die Realität zurück.

»Ja.«

»Wir werden aufgrund der aktuellen Lage, die Simulation auf Stufe acht starten«, erklärt er mir.

Ich renne erst langsam und dann immer schneller auf der Stelle, um meine Muskeln aufzuwärmen. Kurz bin ich irritiert, denn eigentlich trainieren wir auf Stufe sechs, was uns meistens schon ordentlich ins Schwitzen bringt, aber wenn Joel meint, dass wir Stufe acht schaffen, dann glaube ich ihm.

»Lass uns anfangen!«

Der Raum dunkelt sich langsam ab. Blaue und orangefarbene Lichter verschmelzen ineinander und katapultieren mich in ein Waldgebiet. Alles um mich herum ist nicht echt, es sind nur Hologramme. Vögel zwitschern und singen ihre Lieder. Im hohen Gras höre ich es rascheln und ein Eichhörnchen rennt rasant einen Baum hinauf. Die Sonne scheint nur dürftig durch die Baumkronen und wenige Strahlen finden ihren Weg bis zu meinen Füßen. Es ist fast so faszinierend wie das Schwarz eines Augenpaares, das sich schon nach so kurzer Zeit in mein Gehirn gebrannt hat. Ein Stich in die Rippen lässt mich aufschreien und ich greife mir instinktiv an die Stelle.

»Verdammt«, blaffe ich los. Meine Konzentration leidet eindeutig. Ein neuer Pfeil kommt auf mich zu geflogen und ich springe mit einem Satz zur Seite. Nur knapp verfehlt er mich. Wachsam bleibe ich stehen und beobachte das Umfeld. Ich schnaube verächtlich. Jetzt lenkt dieser überhebliche Typ mich schon vom Training ab. Mit zu Fäusten geballten Händen warte ich auf den heutigen Kampfpartner.

Eine dunkle Gestalt, eingehüllt in schwarze Kleidung und bedeckt mit einer Kapuze, tritt zu mir. Ein Gesicht ist nicht zu erkennen. Durch die höhere Stufe ist die Simulation schwieriger und die Geschwindigkeit weitaus schneller. Das schwarze Shirt klebt nach wenigen Minuten an meiner Haut und ist feucht. In diesem ersten Teil des Trainings spielt vor allem das vorausschauende Handeln eine Rolle. Das ist wichtig für Kämpfe. Wo bin ich eine leichte Beute? Wo findet man die beste Deckung? Ein stechender Schmerz an der Schulter zwingt mich in die Knie und ich beiße die Zähne zusammen. Hektisch sehe ich mich um und entdecke einen zweiten Gegner, der sich zu meiner linken Seite positioniert hat. Das ist neu, dennoch heiße ich die Herausforderung willkommen. Blut läuft an meinen Armen hinab, aber das ist aktuell die kleinste Sorge. Zeynas können einen hohen Blutverlust gut kompensieren. Wir sind nicht unsterblich wie die Tecus, dennoch besitzen wir besondere Fähigkeiten. Unsere Stärke liegt vor allem in der Geschwindigkeit der Heilung. Wir regenerieren schneller als Normalsterbliche. Zudem sind wir in der Lage unseren Gegnern rasant auszuweichen und die Gabe der Beeinflussung zu nutzen. Jetzt mit zwei Gegnern helfen mir diese Fähigkeiten ungemein und nach einigen Treffern finde ich mich besser zurecht und weiche den Angriffen sehr gut aus. Meine Lunge drückt vor Anstrengung und ich stoße einen Luftzug aus, als ich das leise Summen höre und die Gegner sich mit einem Knistern auflösen.

»Sehr gut, Cass, hol dir deine Waffen für den Zweikampf.«

Das Summen ertönt erneut und weist darauf hin, dass es direkt weitergeht. Joel lässt mir keine Zeit zum Verschnaufen und so folge ich seiner Anweisung. Es flackert ein paar Mal und der Wald verschwindet. Zurückbleiben orangefarbene und blaue Lichter.

Auf der gegenüberliegenden Seite der Wand drücke ich auf einen roten Knopf. Eine Schublade öffnet sich und ich nehme mir das Katana. Das geschwungene Langschwert ist meine Lieblingswaffe. Für die nächste Stufe im Ducator benötige ich etwas, das optimal in beiden Händen liegt. Wieder am Ausgangspunkt angekommen, bereite ich mich auf den neuen Gegner vor. Doch bei seinem Anblick schrecke ich zurück.

»Was soll das, Joel?«, frage ich. Allerdings bleibt mir keine Zeit, denn Billy rennt schreiend auf mich zu. All das Liebevolle und Weiche, das ihre Persönlichkeit sonst ausmacht, ist hinter einer emotionslosen Maske verschwunden. Ansonsten erkenne ich kaum Unterschiede zu der Person, die seit etwas mehr als vierundzwanzig Stunden vermisst wird. In der Hand hält sie zwei Messer und an ihrem Ziel, mich damit zu erwischen, besteht kein Zweifel. Ich weiche aus, bin aber nicht in der Lage auch nur den kleinen Finger gegen sie zu erheben. Ich renne, so schnell mich die Beine durch die Halle tragen. Dabei sehe ich zur Kamera in der oberen Ecke.

»Joel!«

Doch ich bekomme keine Antwort, stattdessen trifft mich ein Messer an der anderen Schulter und ich verziehe das Gesicht.

Es ist nur ein Trugbild, rufe ich mir ins Gedächtnis, greife mit dem Katana in der Hand an und versichere mich, dass es sich um eine Projektion handelt.

Keinerlei Regung und kein Blut.

Erleichtert atme ich aus. Dann legt sich ein Schalter in meinem Kopf um und Wut flackert in mir auf. Die Messer klirren und knallen gegeneinander. Das Abbild von Billy weicht jedes Mal aus und es scheint mir unmöglich, diesen Kampf zu gewinnen. Sie ist schnell und immer wieder trifft sie mich, bis ich sogar stolpere und sie vor mir zum Stehen kommt. Das Messer tänzelt über mir und erschrocken reiße ich die Augen auf. Kurz atme ich einmal tief durch, dann ramme ich ihr das Katana direkt in den Bauch. Ein lautes Summen ertönt und das Hologramm löst sich flackernd vor mir auf.

Ich versuche meine schnelle Atmung unter Kontrolle zu bekommen. Doch alles dreht sich. Mein Kopf dröhnt. Blut tropft aus mehreren Wunden. Um mich herum flackert es mehrmals, bis der Raum hell wird. Mit einem weiteren Summen springt die Tür auf und das medizinische Personal eilt herein. Ein paar Arme versuchen, mich auf die Trage zu legen, doch ich winke ab. Die

Erschöpfung wird durch Bitterkeit abgelöst. Für eine Sekunde verschwimmt meine Sicht und ich schwanke. Joel erwartet mich am Ausgang und neben ihm sein Vater, der die Augen zusammenkneift. Das blonde Haar wellt sich und reicht dem Institutsleiter bis zu den Schultern. Er trägt wie immer einen schwarzen Anzug mit einem weißen Hemd und dunkler Krawatte.

»Cassandra, lass dir doch helfen«, höre ich ihn und ich schnaube wütend. Zum ersten Mal sehe ich die Nox anders, obwohl sie jahrelang alles für mich waren. Etwas in mir bricht und ich habe Angst, dass es nicht mehr zu reparieren ist. Das, was eben passiert ist, fühlt sich falsch an und ich spüre, wie sich meine Fingernägel ins eigene Fleisch bohren. Ich bin irritiert. Warum haben sie das getan? Mein Körper schmerzt, aber das ist nichts gegen das psychische Erlebnis gegen die eigene Familie gekämpft zu haben.

»Wieso der Kampf mit Billy?«, brumme ich mit zusammengebissenen Zähnen, ohne Mr Eriksson weiter anzusehen.

»Das gehört zum neuen Training. Ihr kämpft gegeneinander, das macht euch psychisch stark und du hast dich sehr gut geschlagen«, antwortet er kühl und dennoch bedacht. Ich bin sprachlos und weiß nicht, was ich darauf erwidern soll. Für mich bleibt nur noch ein Ziel, so schnell wie möglich raus.

»Kann ich gehen?«

Die Frage klingt genauso fremd, wie ich mich fühle.

»Nein«, erwidert Joel.

Entsetzt starre ich ihn an. Was ist hier los? Sieht er nicht, wie erledigt ich bin?

»Ich brauche dein Amulett.«

»Wie bitte?« Schützend lege ich meine Hand auf den Anhänger unter meinem T-Shirt. Niemals nehme ich es ab, es ist ein Teil von mir.

»Cass«, seufzt er. »Wir müssen es wieder mit deinem Blut vernetzen. Es dauert nicht lang, versprochen.«

Ich nicke, weil es sein muss. Jedes Jahr werden unsere Amulette mit unserem eigenen Blut benetzt, damit sie konstant funktionieren und wir die Menschen weiterhin beeinflussen können.

In einem Nebenraum ist alles vorbereitet. Eine schlichte Liege, auf die ich mich setze. Es klappert neben mir und Joel schaltet den Computer an und holt eine Pipette hervor.

Er klingt unsicher, als er sagt: »Du bist sauer.«

»Schwer nachzuvollziehen?«

Ich schüttle genervt den Kopf und betrachte die helle Betondecke über mir. Joel umschließt vorsichtig meinen Arm mit seinen Händen und es pikst kurz. Dann nimmt er mir einen Tropfen Blut ab. Das reicht schon. Er könnte auch in den Ducator gehen, schließlich wurde ich reichlich verletzt.

»Wenn ich vorher mit dir darüber gesprochen hätte, wäre der Effekt nicht derselbe gewesen. Du hast dich super geschlagen.«

Noch immer irritiert wende ich mich ab. Meine Gedanken rasen und ich überlege, was diese Simulation zu bedeuten hatte. Denken sie ernsthaft darüber nach, dass Billy sich gegen uns wendet? Eine Träne läuft mir unbemerkt über die Wange, bevor ich mich zusammenreißen kann.

Joel seufzt und behält seine übrigen Gedanken für sich. Er nimmt mir den Anhänger ab und öffnet eine weiße Schatulle, in die er das Amulett legt und den Deckel schließt. Er tippt ein wenig auf der Tastatur seines Computers herum und ich sehne den Moment herbei, aufzustehen. Joel nimmt das kleine Glasröhrchen und setzt es in ein zweites Gerät, an dem zwei Schläuche hängen. Einer ist an einem weiteren Apparat angeschlossen, aus dem eine blaue Flüssigkeit läuft, sich mit meinem Blut vermischt und durch den anderen Schlauch zur Schatulle mit dem Amulett fließt. Kurze Zeit später gibt Joel mir den Anhänger zurück, woraufhin ich ohne ein weiteres Wort das Zimmer verlasse.

Der Kampf gegen Billy hat mich überfordert. Ich habe zwar gewonnen, aber es fühlt sich nicht wie ein Sieg an. Denn nun stelle ich mir die Frage, wie ich handeln würde, wenn ich gegen die echte Billy kämpfen müsste. Am liebsten würde ich mich ablenken und erneut alles nach ihr absuchen, aber ich fühle mich nach dem Ducator zu ausgeknockt. Ich möchte mich nur noch auf die Couch legen und kurz zur Ruhe kommen. Auf den Weg zum Apartment kommt mir Tera entgegen.

»Hi, Cass«, begrüßt sie mich freudig und springt mir in die Arme. Ich zucke kurz zusammen und Tera weicht ruckartig zurück. »Geht es dir nicht gut?«

»Alles in Ordnung, Süße. Ich brauche nur ein wenig Ruhe.«

Sie macht einen Schmollmund und sieht mich abwartend an. Ihr liegt etwas auf dem Herzen. »Möchtest du mich begleiten?«, frage ich.

Sie nickt eifrig und wir gehen nebeneinanderher. »Also erzähl, wie war dein Tag bisher?«

»Wir haben etwas über die Arbeit der Nox gelernt.«

»Ah ja und was findest du besonders spannend?«

Tera überlegt kurz, ehe sie antwortet: »Nichts. Es ist langweilig. Viel mehr gefällt mir das, was ihr macht.«

Ich muss lächeln.

»Das freut mich, aber jede Aufgabe ist wichtig, auch wenn sie noch so klein erscheint. Wir sind ein großes Team und nur gemeinsam können wir die Tecus von den Menschen fernhalten.«

Sie nickt wieder und greift meine Hand.

»Kannst du mir etwas über Caligor erzählen?«

Ich zögere, bis sie meine Hand gänzlich umschließt und mich abwartend ansieht. »Klar, was möchtest du wissen?«

»Wie sieht es dort aus?«

Ich presse die Lippen aufeinander und muss kurz nachdenken. Sehr viel wurde uns darüber nämlich auch nicht erzählt.

»Angeblich ist Caligor eine Insel mitten im Meer, nicht weit von uns entfernt. Und wie du weißt, leben dort die Tecus. Sie sind schattenartige Wesen und existierten einst im Verborgenen unter den Menschen. Sie hatten ihre Freude daran, mit ihnen zu spielen, sie verrückt werden zu lassen, und zu Tode zu quälen. Sie ernährten sich von den Seelen der Menschen. Eines Tages kamen die Nox den Menschen zu Hilfe und verbannten die Tecus durch die Lost Places von dieser Welt. Ihre Heimat – Caligor – ist mit den Fünf verbunden. Die Lost Places hüllen Caligor in Nebel. Niemand kann hinein oder heraus.«

Tera zuckt zusammen und öffnet leicht den Mund. Sie scheint über meinen kleinen Vortrag nachzudenken. Ich hoffe, ich habe ihr keine Angst gemacht.

»Du brauchst keine Bedenken haben. Wir, die Zeynas, sind dafür verantwortlich, Caligors Reaktivierung zu verhindern. Wir sind die Verknüpfung zwischen den Schnittstellen.«

»Hast du sie je gesehen?«, fragt Tera mit zittriger Stimme und deutliche Ehrfurcht ist herauszuhören.

»Nein.«

Nur in meinem Traum, aber das behalte ich für mich. Mein Körper spannt sich bei der Erzählung über die Tecus an. Sie macht sie lebendig.

»Woher weißt du dann, dass sie böse sind?«

Ich halte inne und blicke Tera perplex an. Sie sieht mich mit ihren großen braunen Augen an und legt den Kopf schräg.

»I-ich weiß es nicht«, antworte ich.

Wortlos stehen wir uns einen Moment gegenüber, ehe ich die passenden Worte finde. »Unsere Vorgängerinnen haben dafür gesorgt und ich vertraue ihnen.«

Tera nickt. Ob ich sie überzeugt habe? Ich bin mir selber unsicher und ihre Worte spielen Pingpong in meinem Kopf.

Woher weiß ich, dass sie böse sind?

Ich weiß es nicht. Wie so vieles nicht. Zum Beispiel, wo Billy ist und das alles macht mir Angst.

»Kannst du dich an die anderen Zeynas erinnern?«, erkundigt sie sich weiter und holt mich aus meinen wirren Gedanken zurück in die Gegenwart.

»Nein, unsere Erinnerungen werden gelöscht, sobald wir die Plätze tauschen.«

»Das bedeutet, wir werden uns auch irgendwann nicht mehr aneinander erinnern können?« Ihre Augen werden glasig, als sie zu mir sieht. Ruckartig bleibe ich stehen und drücke sie fest an mich.

»Wie könnte ich dich jemals vergessen?«, flüstere ich ihr ins Ohr und Tera drückt sich noch mehr an mich.

»Ich möchte dich nicht vergessen«, sagt Tera traurig und schnieft.

Liebevoll löse ich die Umarmung, streichle ihr über die Wange und schaue direkt in die Augen. »Ich verspreche dir, dass ich alles versuchen werde, dass das niemals geschieht.« Sie schnieft erneut und nickt. Ich habe etwas Unmögliches versprochen und das zerfrisst mich gerade innerlich. »Jetzt genieß den Tag und lenk dich ab.« Ich kitzle sie ein wenig, woraufhin Tera auflacht und fröhlich los quietscht.

»Okay. Ich hab dich lieb.« Sie flitzt los und dreht sich noch mal um. »Cass?«

»Ja?«

Tera presst die Lippen aufeinander, ehe sie mir ein ehrliches Lächeln schenkt und sagt: »Ich hoffe, Billy geht es gut.«

»Das hoffe ich auch.«

Kapitel 6

Die Enttäuschung über das Training im Ducator sitzt noch immer tief. Auch, dass Billy weiterhin verschwunden ist und niemand einen Anhaltspunkt findet, belastet mich sehr.

Da kommt es mir nur gelegen, dass es ungewöhnlich viele Sichtungen gibt. So habe ich genug Ablenkung und bleibe länger als üblich an den Lost Places.

Seufzend öffne ich die Klappe des Backofens. Schnell greife ich die Auflaufform und schließe den Ofen wieder. Ich hoffe, die vegetarische Lasagne baut uns etwas auf. Es klappert und knallt, während ich die Teller aus dem Schrank hole und auf dem Tisch verteile. Es zischt, als ich die Wasserflasche öffne, und sprudelt, während ich die Flüssigkeit in die Gläser fülle.

Aus meiner Jackentasche hole ich das Handy hervor und schicke Thia und Isy eine Nachricht, dass das Essen fertig ist.

Drei Gläser stehen auf dem Tisch und ich blinzle die aufsteigenden Tränen weg. Billy fehlt so sehr. Ihre Liebe zu kleinen Details, die hauptsächlich in ihrem Apartment zur Geltung kommt. Wie sie die Sterne angesehen hat, als wäre da noch viel mehr, von dem wir nichts wissen. Billy und ich konnten stundenlang erzählen, und sie hielt stets den Blickkontakt, als ob sie in mein Inneres sehen konnte. Ich beiße mir fest auf die Lippen, doch die Sorge bleibt.

Ich höre Schritte im Gang, die Tür öffnet sich und Thia sieht zu mir herüber. Sie hat die Arme hinter dem Rücken verschränkt. Ihre Körpersprache zeigt mir sehr eindeutig, dass sie genauso angespannt ist wie ich. Ich hoffe, dass uns die gemeinsame Zeit etwas ablenkt. Gleichzeitig betrachte ich kurz ihr Outfit, eine schwarze Stoffhose sitzt locker auf der Hüfte, ein bisschen nackte Haut blitzt unter dem dunklen Pullover hervor. Keine fröhlichen Farben, so wie wir sie kennen. Hinter ihr tritt Isy ins Bild, sie hat die Haare zu einem Knoten auf den Kopf gebunden, schnuppert übertrieben in der Luft umher, ehe sie neben Thia vorbeiläuft und sich direkt an den Tisch setzt.

»Wie war euer Tag bisher?«, erkundige ich mich.

»Ich hatte echt Probleme, mich zu konzentrieren«, gesteht Thia. »Meine Gedanken sind stets bei Billy.«

»Mir ging es ähnlich«, wispert Isy und legt den Kopf in den Nacken. Es ist seltsam, wie schnell sich das Leben verändert. Aber ich habe die Zwei nicht ohne Grund zum Essen eingeladen. Mir liegt das Geschehende noch schwer im Magen und ich möchte, dass sie darauf vorbereitet sind. Nicht, so wie ich.

»Ich muss euch etwas erzählen.«

Ihre Gesichter verfinstern sich im Laufe des Berichts über das Training im Ducator immer mehr. Isy ist die Erste, die aufspringt. Der Stuhl kracht geräuschvoll auf den Boden.

»Die bekommen was zu hören!«, faucht sie und schlägt mit der Faust auf den Tisch, dass aus den Gläsern das Wasser schwappt.

»Isy, setz dich!«

Ich zucke zusammen. Thias Stimme duldet kein Widerwort.

»Nein, werde ich nicht. Was soll dieser Bullshit?«

»Es geht schon wieder«, lüge ich. »Ihr sollt wissen, was euch erwartet.«

Isy rollt die Augen, ehe sie sich dann doch setzt. Ich bin ihr unglaublich dankbar, dass sie sich so für mich einsetzt. Das ist ihre Art zu zeigen, wie viel ihr jemand bedeutet. Sie ist kein Mensch der liebevollen Worte, aber sie ist sofort zur Stelle und stärkt einem den Rücken, wenn irgendetwas falsch läuft und ungerecht ist. Ich danke ihr stumm, ehe ich antworte.

»Aktuell versuche ich, es zu verarbeiten. Sie haben mir erklärt, dass es für unsere psychische Stärkung ist.«

»Ich verstehe. Wenn sie der Meinung sind, dass es gut für

uns ist, dann sollten wir lernen, mit der Situation umzugehen.« Thia legt ihre Hand auf meine. »Vermutlich rechnen sie mit dem Schlimmsten und wollen uns auf jede Eventualität vorbereiten, bis sie …« Thia bricht den Satz ab.

»Bis sie was?«

»Nun ja, sie brauchen vier Zeynas und wenn Billy nicht wieder auftaucht, dann wird eines der jüngeren Mädchen genommen, das in der Ausbildung ist.«

Ich presse die Lippen aufeinander und schüttle betrübt den Kopf. Darüber habe ich bisher nicht nachgedacht.

»Aber das Amulett?«, wirft Isy ein.

»Die haben sie schon einmal erschaffen. Warum sollten sie das nicht wieder können?«, antwortet Thia.

Aber die Anwärterinnen sind noch so jung. Bei dem Gedanken daran wird mir sofort übel. Sie sind Kinder, selbst wenn sie vorbereitet wurden.

»Abwarten«, unterbricht Isy meine Gedanken. »Bisher hat es auch gut zu dritt funktioniert. Wir müssen nur höllisch aufpassen und dürfen keine Fehler machen.«

Genau, keine voreiligen Schlüsse ziehen. Ich nicke ihr bestätigend zu.

»Findet ihr es auch merkwürdig, wie Vicky sich momentan verhält?«, fragt Thia und wechselt damit das Thema.

»Ja, sie ist wie ausgewechselt«, erwidert Isy.

»Vermutlich liegt es an dem neuen Security-Typ«, spreche ich meine Gedanken aus. Sie ist andauernd in seiner Nähe.

»Wir haben einen neuen Mitarbeiter?«, fragen beide zeitgleich. Ich runzle die Stirn und kann mir kaum vorstellen, dass er ihnen nicht aufgefallen ist. Ich meine, er strahlt eine enorme Präsenz aus, man kann ihn eigentlich gar nicht übersehen. Aber möglicherweise ist er für sie auch völlig uninteressant, weil er nur für den Einlass verantwortlich ist. Die Mitarbeiter, die menschlich sind, haben in der Regel keine Ahnung, wer ihr Arbeitgeber ist. Und wenn sie doch mal die ein oder andere Information mitbekommen, die nicht für ihre Ohren bestimmt ist, dann werden sie mit einer großzügigen Abfindung und einer kleinen Beeinflussung entlassen. Womöglich ist es so Connor ergangen. Er war zu neugierig.

»Er hat die Schichten von Connor übernommen. Habt ihr ihn noch nicht gesehen? Er sieht umwerfend aus, aber ist total überheblich.« Ich schnaube und schüttle genervt den Kopf.

Thia und Isy grinsen sich an.

»Umwerfend sagst du?«

Meine Wangen glühen sofort. Thia grinst mich weiterhin an und Isy wackelt neckisch mit den Augenbrauen. Ich kann nur mit den Augen rollen.

»So war das nicht gemeint.« Ich verschränke die Arme vor der Brust.

»Für einen One-Night-Stand muss er ja nicht nett sein«, zwitschert Isy und zwinkert mir zu.

»Ich schlafe bestimmt nicht mit einem Mitarbeiter des Instituts.«

»Wieso nicht?« Thias Grinsen wird breiter.

»Ihr seid unmöglich.« Warnend hebe ich den Finger.

Schon die Vorstellung ist absurd. Wir würden uns jeden Tag über den Weg laufen, zwangsläufig würden Gefühle entstehen und ich würde mich nicht mehr hundertprozentig auf meine Aufgabe konzentrieren können.

»Wie du meinst.« Beide zucken mit den Schultern, woraufhin ich doch grinsen muss. Aber nur weil die Situation völlig realitätsfremd ist. Auch wenn er total heiß ist, habe ich keine Zeit für sowas. Vor allem nicht jetzt.

»Können wir jetzt essen? Ich habe extremen Hunger und es riecht einfach zu köstlich.« Isy schnappt sich die Kelle und nimmt sich direkt zwei Portionen. Während sie alles in sich hinein scheffelt, stochert Thia nur darin herum.

»Schmeckt es dir nicht?«, frage ich.

»Doch, doch. Du machst die beste vegetarische Lasagne.«

Da Thia kein Fleisch isst, habe ich mir viele alternative Rezepte für sie rausgesucht und schon einiges ausprobiert. Isy hebt den Daumen in die Luft und schiebt sich schmatzend die nächste Gabel in den Mund. Ich muss schmunzeln. Thia räuspert sich und die nächsten Worte lassen mich innehalten.

»Wir wollen uns mit den zwei Typen aus der Bar treffen«, erwähnt sie und legt die Gabel ab.

»Ein Doppeldate?«

»Du weißt, dass sowas zeitlich nicht möglich ist. Aber sie haben uns gefragt und wir haben ja gesagt«, erklärt sie.

»Meint ihr, das ist der richtige Zeitpunkt?«

Thia und Isy tauschen einen Blick miteinander aus, was mich sofort ein wenig zurückrudern lässt. »Ich meine das nicht böse. Ihr wisst, dass ich euch alles gönne …«

»Cass, schon in Ordnung.« Thia legt ihre Hand behutsam auf meine. »Wir haben auch Zweifel und sind uns nicht sicher. Aber ein bisschen Aufmunterung würde uns guttun und dir sicherlich auch.«

Ich verstehe sie und dennoch ist die Unsicherheit da. Wäre es nicht besser, sich jetzt voll und ganz auf die Lost Places zu konzentrieren und auf die Suche nach Billy? Ich seufze. Sie denken anscheinend anders und brauchen einen Tapetenwechsel. Ja, womöglich würde es mir auch guttun. Aber etwas in mir sagt, dass es in der jetzigen Situation falsch ist. Es bringt nichts, ich kann nicht über ihre Köpfe entscheiden und muss es akzeptieren.

Thia wedelt plötzlich mit der Hand vor dem Mund herum.

»Heiß!«

»Die Lasagne oder die Männer?«, rutscht es mir heraus.

»Beides«, antwortet Isy und ein kurzes, gelöstes Kichern erfüllt die Stille. Doch genauso schnell halten wir wieder inne. Ist es nicht verkehrt, hier zu sitzen und unbeschwert zu lachen, wenn eine von uns spurlos verschwunden ist? Sofort fühle ich mich schlecht.

»Wie heißen sie denn?«, frage ich, um die Stimmung wieder in zwanglosere Bahnen zu lenken.

»Ben und Neo.« In Thias Stimme schwingt Begeisterung mit. Sie stochert ein wenig unbeholfen in der Lasagne herum, während ihre Wangen einen leichten Rosaton annehmen.

»Ich muss gleich in den Ducator. Und die Aussicht, dass ich dann Billy gegenüberstehe, macht es nicht gerade besser«, murmelt Thia, als sie meinen Blick bemerkt.

»Es ist nur eine Simulation«, erinnere ich sie sanft. Unsere größte Schwäche sind wir selbst, da haben die Nox schon recht. Die Psyche ist ein starker Gegner.

»Ich könnte sie mir immer noch zur Brust nehmen«, wirft Isy ein und hebt neckisch eine Augenbraue.

»Mr Eriksson war ebenfalls da«, erinnere ich mich gerade. Thia und Isy wechseln noch einen kurzen Blick. Damit steht fest, dass sie genauso da durch müssen wie ich.

Nachdem wir die Auflaufform leer geputzt haben, macht sich Thia auf den Weg zum Ducator. Isy und ich bleiben zurück und warten auf den nächsten Ruf der Lost Places. Zu zweit alle fünf zu betreuen, ist eine Herausforderung. Schließlich ist es mitten am Tag und jede Menge Menschen sind unterwegs.

Isy steht auf und räumt die Teller in den Geschirrspüler.

»Kannst du zusätzlich Thias Casino übernehmen? Dann kümmere ich mich um den Autofriedhof und Craco«, schlägt sie vor.

»Geht klar.«

Draußen empfängt mich eine leichte Brise. Die Sonne scheint und lädt regelrecht dazu ein, im Freien zu sein. Meine Füße tragen mich wie von selbst zu der großen Eiche. Der letzte Aufenthaltspunkt von Billy, bevor sie verschwand. Mit dem Rücken lehne ich mich an den gewaltigen Baumstamm und denke nach. Wieso war Billy hier? Wo wollte sie hin? Und weshalb hatte sie keine Gelegenheit mit uns zu reden? Welche Sorgen musste sie mit sich tragen?

Ich lasse mich seufzend am Stamm der alten Eiche hinabgleiten, bis ich auf den warmen Erdboden treffe.

Es tut mir so leid, Billy. Ich hätte für dich da sein müssen. So viele Gedanken und ehe ich mich versehe, fallen mir die Augen zu.

Ein Vogel sitzt auf einem Ast und zwitschert ein sanft klingendes Lied. Eine Melodie, die mir bekannt vorkommt. Ich setze mich auf die Bettkante, um ihn zu beobachten.

»Was ist das nur für ein Ort?«, frage ich den Vogel und lache. Jetzt rede ich sogar mit Tieren. So weit ist es schon mit mir. Mit der flachen Hand gleite ich das seidige Bettlaken entlang und frage mich, wie mein Kopf so etwas zurechtspinnen kann. Was ist das hier? Eine unterdrückte Sehnsucht, von der ich bislang nichts wusste?

Ich atme die angestaunte Luft aus. Auf einmal ist es still. Der Vogel hat aufgehört zu singen, und der Boden knarzt. Ich richte mich auf und dort steht er. Lässig lehnt er an der Wand und sieht zu mir hinüber. Er trägt ein weißes Leinenhemd, bei dem die oberen Knöpfe geöffnet sind und einen Hauch seiner nackten Brust preisgeben. Dazu hat er eine lockere braune Stoffhose an. Doch etwas ist anders an ihm. Seine Gesichtszüge sind entspannt, die zornige Falte zwischen den Augenbrauen ist verschwunden.

»Was machst du hier?«, frage ich.

Ayden stößt sich von der Wand ab und kommt auf mich zu. Die plötzliche Nähe lässt mich die Luft scharf einziehen und ich greife ins Lacken. Er setzt sich zu mir und das Bett gibt unter uns nach.

Wieso fühlt es sich so echt an?

»Sag du es mir«, antwortet er und ich runzle die Stirn. Seine Stimme ist weich und erinnert mich an heiße Schokolade. Zu gern wäre ich die Sahne. Meine Wangen werden warm und ich sehe vermutlich aus wie eine Tomate.

»Was soll ich dir sagen?«

Er senkt den Kopf und ein Mundwinkel zuckt in die Höhe.

»Du hast mich gefragt, was ich hier mache.«

Stimmt. Das habe ich und es innerhalb weniger Sekunden vergessen.

»Es tut mir leid. Ich weiß nicht, warum wir hier sind. Anscheinend habe ich irgendeine besondere Gabe, von der ich bis eben noch nichts wusste.«

»Eine Gabe?« Der tiefe Klang seiner Stimme lässt mein Inneres leicht vibrieren.

»Na ja, so wie Zauberei halt.«

Ich komme mir albern vor und spiele nervös mit dem Saum meines Nachthemdes. Erschrocken reiße ich die Augen auf. Erst jetzt fällt mir auf, dass es viel mehr von meinem Körper zeigt, als es sollte. Mir wird auf einmal heiß und ich glühe förmlich. Schnell schiele ich zur Seite, doch Ayden scheint sich nicht für mein freizügiges Outfit zu interessieren. Er sieht sich weiter um. Die Faszination steht ihm ins Gesicht geschrieben.

»Und kannst du mich auch wieder fortschicken?«, murmelt er vor sich hin.

»Möchtest du denn gehen?« Die Frage rutscht mir einfach so heraus und mein Hals fühlt sich auf einmal ganz trocken an.

»Nein«, antwortet er und ich hebe den Kopf, um ihn anzusehen. Dann schlucke ich und nicke. Er sieht zu mir und die fast schwarze Iris ist ganz weit davon entfernt, gruselig zu sein.

»Gut.« Mehr Worte bringe ich nicht hervor. Mein Blick huscht über seine Hände. Eine weitere Narbe ziert die Haut auf seinem rechten Handrücken. Mich würde interessieren, wie er zu den Narben gekommen ist.

»Was machen wir jetzt?«, fragt er, als sich unsere Blicke endlich voneinander lösen.

»Ich weiß nicht.« Ich zucke mit den Schultern. Auf dem Nachttisch finde ich ein Kartenspiel. Daneben liegt ein Würfel. Er sieht aus wie eine Raute.

»Leider keine Anleitung dabei.«

»Sollen wir sie suchen?«

Ich winke ab. »Bloß keine Umstände.«

Meine Bewegungsfreiheit ist eingeschränkt, also brauche ich es gar nicht erst versuchen. Eine zarte Berührung am Kinn lässt mich aufblicken und Aydens Gesicht ist nur wenige Millimeter von mir entfernt. Sein Atem streift meine Haut und ich atme einen anderen Duft ein. Kein Zimt, sondern etwas Herbes.

»Ciao, kleine Zeyna.«

»Ciao«, antworte ich und alles wird dunkel.

Ich schlage die Augen auf und sitze nach wie vor unter der Eiche. Der Himmel hat sich zugezogen und die Sonne ist verschwunden. Gänsehaut breitete sich auf meinen Oberarmen aus und ich reibe mir leicht darüber. Ich sollte hineingehen, aber verharre noch einen Moment. Wie funktionieren diese Träume und weshalb habe ich sie? Und wieso träume ich von Ayden?

Gähnend finde ich ihn hinter dem Empfangstresen. Er trägt ein weißes Hemd, das ihm augenscheinlich zu klein ist. Es spannt an den Schultern und im Brustbereich. Der Ayden im Leinenhemd gefiel mir wesentlich besser als dieser Anzugträger.

»Wie lang willst du mich noch anstarren?«, brummt er und würdigt mich keines Blickes.

Ich zucke zusammen bei der Härte, die in seinen Worten mitschwingt.

»Wie bitte?«

»Jetzt hast du auch noch was mit den Ohren.« Sein Gelächter schallt durch die Halle. Ich rümpfe die Nase und meine Augen formen sich zu Schlitzen. Dieser Ayden hat eindeutig nichts mit dem aus meinem Traum gleich.

»Du bist ziemlich unhöflich, weißt du das?«

Er zuckt nur mit den Schultern.

»Wie war das? Ich bin deine Zeit nicht wert?«

Dieser abfällige Ton macht mich rasend vor Wut. Was bildet der sich ein? Taucht hier aus dem Nichts auf und bringt nur Chaos in mein Leben!

»Da hast du vollkommen Recht und deshalb gehe ich jetzt auch.«

»Ciao, Cassandra.«

Meine Zähne knirschen aufeinander und mir fällt es schwer, den Blick zu lösen. Doch dann stürme ich aus dem Gebäude, um Joel einen Besuch abzustatten.

Kapitel 7

Am Ende des Ganges biegt Thia schnellen Schrittes um die Ecke. Ihre saphirblauen Augen sind feucht und das sonst so unbeschwerte Lächeln ist verschwunden. An ihrem Hals und in ihrem Gesicht befinden sich mehrere Schnitte und am Handgelenk trägt sie einen weißen Verband.

Regungslos bleibt sie vor mir stehen und zittert am ganzen Körper, ehe sie mir um den Hals fällt und laut anfängt zu schluchzen.

»Es ist alles gut. Es war nur eine Simulation. Es ist nicht echt«, beteuere ich, um sie etwas zu besänftigen. Ich drücke sie fest an mich und versuche ihr den Trost und die Wärme zu spenden, die sie aktuell braucht.

»Willst du zu ihm?« Sie macht eine Kopfbewegung zur Tür. Die rote Lampe der Kamera leuchtet und ist so ausgerichtet, dass sie jede Bewegung auf dem Flur wahrnimmt. Es ist nicht die einzige Videoüberwachung, das komplette Gebäude ist damit ausgestattet. Ich habe mir nie Gedanken gemacht weshalb. Das Institut ist gut bewacht und wird streng kontrolliert. Nun ja außer wenn Rosie Nachtschicht hat, aber bislang gab es keinen kritischen Vorfall. Ob Joel mich schon gesehen hat?

»Ich brauche ein paar Antworten.«

»Natürlich. Joel bezeichnet dich nicht umsonst immer wieder als Dickschädel.«

Sie lächelt und wischt sich abermals übers Gesicht. Ich drücke sie erneut fest an mich.

»Wer weiß, wofür mein Dickschädel noch gut sein wird«, erwidere ich und zwinkere ihr zu.

»Pass bitte auf dich auf.« Thia winkt mir zu, ehe sie fortgeht. Zielstrebig gehe ich zur Tür, die sich, kaum dass ich davorstehe, mit einem Summen öffnet.

Das Erste, was mir ins Auge springt, sind die vielen Bildschirme, auf denen unterschiedliche Nachrichtensender aus aller Welt laufen. Joel steht mit dem Rücken vor dem großen Pult, auf dem unzählige Tasten blinken, leuchten oder nur grau sind.

»Cass, wie kann ich dir helfen?«

Er kommt lächelnd auf mich zu, als wäre nichts gewesen. Ich verschränke die Arme vor der Brust und ziehe eine Augenbraue hoch. Ich bin noch immer sauer und das soll er ruhig spüren. Es funktioniert, denn Joel legt den Kopf schief und bleibt eine Armlänge vor mir stehen.

»Ich wollte fragen, wie es mit der Suche nach Billy läuft? Gibt es schon Neuigkeiten?«

Er kratzt sich am Kopf und presst die Lippen aufeinander.

»Wir sind noch nicht wirklich vorangekommen.«

Höre ich da ein wenig Enttäuschung heraus? Nein, nicht so wie es sein sollte. Diese Antwort ist so kalt wie dieser sterile Raum, den ich mir jetzt ein wenig genauer anschaue.

Joel beobachtet argwöhnisch jeden meiner Schritte, obwohl ich mich kaum bewege. Irgendetwas scheint ihn nervös zu machen, aber wieso?

»Und wie geht es jetzt weiter?«, frage ich und greife zu einem Reagenzglas, das eine blaue Flüssigkeit beinhaltet. Ich lege den Kopf schräg und bewege das Glas etwas, sodass sich der Inhalt fließend bewegt. Eine Hand legt sich auf meine und entzieht mir das Laborglas.

»Lass das mal unsere Sorge sein.«

»Ach ja?«, antworte ich provozierend. Sein warmer Atem streift meine Nase. Eine fruchtige Note. Hat er getrunken? Ich sehe an ihm vorbei und entdecke eine Weinflasche und ein halbleeres Glas auf seinem Schreibtisch. »Du trinkst nie. Was ist los?«

»Spielt doch keine Rolle. Cass, was wird das hier?«

Er sieht mich von oben herab an und verzieht dabei den Mund. Ihm missfällt meine aggressive Haltung sichtlich. Aber das ist mir herzlich egal. Hier geht es um Billy. Meine Schwester. Meine Familie.

»Ich habe mich nur gefragt, warum ihr es nicht schafft eine junge Frau ausfindig zu machen. Dabei sind hier doch die klügsten Köpfe der Welt versammelt. So schwer kann das eigentlich nicht sein!«

Meine Stimme wird immer lauter und meine Beherrschung bröckelt mit jeder Minute. Joel schließt kurz die Augen, als müsste er sich zusammenreißen, um nicht ebenfalls aus der Haut zu fahren.

»Ich habe deine Kritik zur Kenntnis genommen. Würdest du jetzt bitte mein Labor verlassen? Ich habe noch einiges zu erledigen.«

Die plötzliche Kälte zwischen uns nimmt zu und lässt mich für einen Moment frösteln. Haben wir jemals so miteinander gesprochen? Ich habe es drauf angelegt, weil ich enttäuscht bin und dieser Frust rausmusste.

»Cass, wir arbeiten mit Hochdruck daran, Billy wiederzufinden, bitte vertrau uns.«

»Joel«, erwidere ich und betone seinen Namen, wie er meinen. »Das würde ich gern, aber ihr liefert keine Ergebnisse. Stattdessen sollen wir gegen unsere eigene Schwester kämpfen. Wozu der Mist?«

»Mein Vater hat es dir doch erklärt.« Er seufzt laut auf und reibt sich das Gesicht. Ich atme die angestaute Wut laut aus. Die Diskussion führt zu nichts. Joel wird sich nicht erklären und bevor ich Dinge sage oder tue, die ich später bereuen werde, wende ich mich von ihm ab, um den Raum so schnell wie möglich zu verlassen.

Doch ich komme nicht weit, die Tür springt auf und Vicky steht mit Tera im Türrahmen. Sie grinst mich frech an und klitzekleine Grübchen legen sich auf ihre bronzefarbene Haut. »Hey, meine Süße«, begrüße ich sie und stupse sie an die Nase, woraufhin Tera anfängt zu quieken.

Ich nicke Vicky zu.

»Welches Training hast du heute?«, will ich von Tera wissen.

Dabei stütze ich die Hände auf meine Oberschenkel, um mit ihr auf Augenhöhe zu sein.

»Das geht dich nichts an«, antwortet Joel und legt Tera seine Hand auf ihre zarte Schulter.

Tera wirkt unverkennbar erschrocken über den schroffen Ton zwischen uns. Um ihr keine Angst zu machen, streichle ich ihr einmal über die Wange, ehe ich hinausgehe. Es fällt mir schwer, den Mund zu halten. Aber es ist besser so. Ich möchte nicht, dass Tera Angst hat, und verlasse das Labor.

Zügig verschwinde ich aus dem Hauptgebäude, was mir immer fremder wird, und setze mich auf die Steinstufen vor dem Institut. Es ist friedvoll, kaum jemand ist unterwegs, nur die Lampen beleuchten den gepflasterten Gehweg. Der Rasen ist fein säuberlich geschnitten. Eine dunkle Wolkendecke zieht über mir auf. Doch ich weigere mich, ins Institut zurückzugehen. Plötzlich fallen mir Thias Worte wieder ein und ich hoffe sehr, dass sie nicht auf die Idee kommen, Billy durch Tera zu ersetzen. Sie ist zu jung. Ich richte mich auf und laufe den Weg entlang. Stillsitzen fiel mir schon immer schwer. Wütend trete ich gegen einen Stein, der direkt in der angrenzenden Wiese landet.

»Na, Stress im Paradies?«

Ich zucke bei dem Klang seiner Stimme zusammen und ignoriere das seltsame Gefühl der Aufregung in der Magengegend.

»Halt den Mund, okay?«

Verstohlen werfe ich einen Blick zur Seite und bemerke, wie dicht er bei mir steht. Nur wenige Zentimeter trennen uns. Ich betrachte sein seitliches Profil. Er hat den Kopf in den Nacken gelegt und schaut in den Himmel. Das schwarze Hemd schmeichelt seiner Figur und betont die kräftigen Schultern sowie seine schmale Taille. Er hat sich umgezogen und ist vermutlich auf dem Weg nach Hause. Ob er eine Frau hat? Möglicherweise ein Kind? Ein echtes Leben?

»Bist du immer so?« Ayden wendet sich vom Himmel ab und

sieht zu mir. Ich fühle mich ertappt und erröte leicht, weil ich ihn schon wieder angestarrt habe.

»Wie bin ich denn?«, frage ich.

»Du wirkst verzweifelt.«

»Das bin ich auch. Meine Schwester ist spurlos verschwunden.«

Ein Moment der Stille herrscht zwischen uns, ehe sich Ayden wieder zu mir wendet und das aufregende Kribbeln deutlich zunimmt. Wie sind wir noch mal hierhergekommen? Vor ein paar Stunden konnten wir uns nicht leiden und jetzt führen wir ein normales Gespräch.

»Sie wird schon wieder auftauchen«, haucht er und irgendwie habe ich das Gefühl, er sagt die Wahrheit.

»Ich hoffe es.«

Dann dreht er sich plötzlich um und verschwindet in der dämmrigen Nacht, ohne ein weiteres Wort. Als hätte dieses kurze Gespräch nie stattgefunden. Ich starre dem dunklen Schatten hinterher, bis er aus meinem Sichtfeld verschwindet.

Dann spüre ich wie meine Zellen anfangen zu schwingen. Jemand ist in der Bergstadt Craco unterwegs, Billys Lost Place. Aber da Isy ihn vorerst übernommen hat, brauche ich mir keine Sorgen zu machen. Ich sollte die Zeit lieber nutzen und mich ein wenig ausruhen. Also beschließe ich, mich auf mein Zimmer zurückzuziehen. Doch ich komme nicht weit, denn das Schwingen scheint stärker zu werden. Sofort erinnere ich mich wieder an den Tag, als Billy zuletzt in Craco unterwegs war. Meine Zellen vibrieren immer mehr und ich bleibe stehen. Das ist zu schnell. Normalerweise ist es ein fließender Übergang. Doch jetzt scheint jemand gegen mein Inneres zu hämmern.

Ohne weiter nachzudenken, öffne ich den Iter, um sofort nach Craco zu gelangen. Ich konzentriere mich, aber alles bleibt unscharf und blass, egal wie oft ich es versuche. Was zur Hölle ist hier los?

»Was …«, wispere ich und meine Muskeln krampfen. Ich atme erstickt aus. Das Letzte, was ich höre, sind ein Pfeifen und ein Schrei, die mich in ein schwarzes Nichts ziehen.

Vorsichtig öffne ich die Augen, um sie direkt wieder zu schließen. Das grelle Licht blendet. Um mich herum sind Stimmen zu hören, die wirr durcheinanderreden. Ich kann nur Fetzen auffangen, bei dem Wort *Reaktivierung* kehrt meine Erinnerung zurück. Craco.

»Was ist passiert?« Ich versuche mich aufzurichten, und ignoriere das Stechen hinter meiner Schläfe. Mein Körper schmerzt und alle Muskeln brennen wie Feuer.

»Sie ist wach«, höre ich eine bekannte Stimme, doch als ich in sein Gesicht blicke, sehe ich da nur eine starre Maske. Joel verschwindet wieder aus meinem Blickfeld und jemand anderes fuchtelt mit einem Lichtstrahl vor mir herum. Ich folge dem Schein, bis das Licht ausgeknipst wird.

»Was ist passiert?«, wiederhole ich meine Worte.

»Die Bergstadt Craco wurde reaktiviert«, antwortet Vicky und das Bett bewegt sich leicht, als sie sich setzt. Sie steckt die Taschenlampe in die Brusttasche des weißen Kittels und will nach meiner Hand greifen. Vicky hat eine Ausbildung zur Intensivkrankenpflegerin und möchte mich womöglich untersuchen. Ich schiebe sie allerdings beiseite. Ich bin etwas angeschlagen, aber klar bei Verstand. Die restliche Heilung übernimmt mein Körper. Außerdem interessiert mich mehr, was geschehen ist.

»Nicht jetzt«, unterbreche ich ihre Bemühungen. »Wo sind Thia und Isy?«

Ich habe Angst vor der Antwort, aber ich muss es wissen.

»Sie liegen in den benachbarten Krankenzimmern. Es geht ihnen den Umständen entsprechend gut.« Es ist Mr Eriksson, der ebenfalls an meiner Seite aufgetaucht ist und auf mich hinabschaut. Ich bin froh, dass meinen Schwestern nichts passiert ist. Aber dennoch beschleicht mich ein eigenartiges Gefühl. Ein Lost Place wurde reaktiviert. Es ist das Schreckensszenario, auf das wir unser Leben lang vorbereitet wurden und trotzdem konnten wir es nicht verhindern.

»Wie konnte das passieren? Ich bin nicht durch den Iter gekommen.«

Mr Eriksson nickt. »Wir wissen es nicht. Thia und Isy erging es ähnlich.«

Wieso funktionierte der Iter nicht? Warum blieb das Bild verschwommen? Und wie sieht es in Craco aus? Wie in meinem Traum? Vicky muss meine aufkeimende Panik spüren und greift meine Finger, die sie sanft mit ihren kühlen Händen umschließt. Diese einfache Berührung wirkt und ich atme aus.

Dennoch interessiert mich, was mit dem Iter ist. Deshalb schließe ich die Augen und konzentriere mich auf die Bergstadt Craco, die weißen Punkte formen ein Bild und die Konturen schärfen sich. Die Magie breitet sich aus und der Weg zum Lost Place ist frei.

»Cass, was hast du vor?«, höre ich Joels Stimme, nicht weit von mir.

»Der Weg ist offen.« Ich lass den Iter wieder los und öffne die Augen. Alle sehen mich interessiert an.

»Irgendwas hat den Iter blockiert. Wir müssen herausfinden, was genau geschehen ist. Doch vorher ruht ihr euch ein wenig aus. Ich habe einige Leute an den Lost Places stationiert. Sie haben nicht die Gabe, Menschen zu beeinflussen, aber sie können euch immerhin Zeit verschaffen«, erklärt Mr Eriksson die aktuelle Lage.

Alle verlassen nacheinander das Krankenzimmer und ich bin froh, dass das Stimmenwirrwarr verstummt. Bis auf Joel ist niemand mehr da. Er sitzt auf einem der Stühle und sieht zu mir. Wir haben wirklich einen der Lost Places verloren. Es fällt mir schwer, diese Information zu verarbeiten. Joel räuspert sich.

»Ist noch was?«, frage ich ihn und finde mich selbst ätzend. Wir haben keine Kapazitäten, uns gegenseitig zu misstrauen. Die Umstände haben sich verändert. Wir müssen jetzt füreinander da sein.

»Es tut mir leid, wie ich mit dir umgegangen bin.« Er verzieht den Mund zu einem halbherzigen Lächeln. Die letzten Stunden haben ihn sichtlich mitgenommen.

»Mir tut es auch leid.« Nachdem die Geschehnisse und ihre Tragweite langsam in mein Bewusstsein sickern.

»Wir müssen uns auf den eigentlichen Feind konzentrieren.«

Er hat recht. Joel gibt mir einen Kuss auf die Stirn und will gehen, doch ich halte ihn an der Hand fest.

»Danke.«

Nachdem ich ein paar Minuten gewartet habe, schleiche ich mich aus dem Krankenzimmer und gehe in das benachbarte Zimmer. Dort sitzt Isy auf der Kante von Thias Krankenbett.

»War klar, dass du schon hier bist«, witzle ich, woraufhin sie mich schelmisch angrinst. Thia ohne Isy ist wie Kuchen ohne Mehl. Meistens gibt es sie nur im Doppelpack.

»Cass, wie geht es dir?«, fragt Thia, als ich an ihrem Bettende zum Stehen komme.

»Jetzt, da ich euch sehe und nicht die weißen Kittel, wieder besser.«

Isy wirft ein zerknülltes Taschentuch zu mir.

»Schleimerin.«

»Igitt! Ich hoffe für dich, dass es nicht benutzt ist.«

Doch anstatt einer Antwort wirft sie das nächste Papiertaschentuch nach mir.

»Na, warte! Das bekommst du zurück.«

Ich will auf sie springen und zur Seite ziehen, da sackt mein Bein unter mir weg. Isy ist sofort bei mir und stützt mich.

»Komm, setz dich.«

Ich hätte nicht gedacht, dass unsere Körper so extrem mit den Lost Places verbunden sind und dass wir so heftig darunter leiden, wenn einer von ihnen reaktiviert wird. Die Schmerzen sind wirklich extrem.

»Haben die Nox schon mit euch gesprochen?«

»Ja, haben sie. Ich weiß ehrlich gesagt nicht, wie sie die Tecus zurückbringen wollen. Wer würde freiwillig zurückgehen, eine Tiergestalt annehmen und sich vom Nebel einhüllen lassen?« Thia hat sich mittlerweile im Schneidersitz hingesetzt und die Arme verschränkt.

»Eine Tiergestalt? Ich dachte immer, das hat sich jemand ausgedacht«, frage ich.

Soweit ich mich erinnern kann, ist das in keinem Buch dokumentiert. Wenn ich genau darüber nachdenke, dann habe ich kaum Informationen dahingehend. Ich weiß nur das, was die Nox uns über die Jahre erzählt haben.

»Wer weiß schon, was wahr ist. Immerhin ist es mehrere hundert Jahre her«, antwortet Isy und zuckt mit den Schultern.

»Fakt ist, sie werden sich nicht mit einem kleinen Teil von Caligor zufriedengeben«, mutmaße ich.

»Was meinst du genau?«, fragt Isy.

»Es ist ja nun einmal so, dass jeder Lost Place mit einem Teil aus Caligor verbunden ist. Sobald einer der Fünf reaktiviert wird, kommt ein Teil von Caligor zurück. Das bedeutet, ein Fleck ist frei und bewohnbar.« Unweigerlich muss ich an die Tecus aus meinem Albtraum denken. Ob sie schon unter uns sind?

»Habt ihr euch jemals Gedanken gemacht, wie es dort aussieht?«, unterbricht Thia meine Gedanken.

»Eine unbewohnte Insel? Wo alles trist und leblos ist?«, überlege ich halblaut.

»Sie werden versuchen die anderen Lost Places ebenfalls zu reaktivieren, um ihre komplette Heimat zurückzubekommen«, schlussfolgert Isy.

Wir werden das erste Mal in unserem Leben wirklich kämpfen müssen. Nicht nur im Ducator, sondern im echten Leben. Es liegt an uns, die Tecus zu finden und sie dorthin zurückzubringen, wo sie hergekommen sind. Ich spüre die Anspannung und auch die Angst, wenn ich daran denke, was uns bevorsteht.

»Wie sie wohl sind?«, fragt Thia nachdenklich.

»So wie man sich seelenraubende, energieabsaugende Schatten eben vorstellt, würde ich mal behaupten«, antwortet Isy und presst die Lippen aufeinander.

»Egal, was sie sind und wer sie sind. Wir müssen die Menschen vor ihnen beschützen.«

Kapitel 8

Einige Nox haben ein Lager in der Nähe der Lost Places aufgebaut. Weit genug weg, damit es nicht ständig zu Schwingungen kommt und sie keine unnötige Aufmerksamkeit erregen, aber nah genug, um schnell vor Ort sein zu können. Und es ist gut, dass sie dort sind, denn in den letzten Tagen hatte ich das Gefühl, dass ungewöhnlich viele Menschen die Lost Places aufsuchen. Joel meint, es liegt an der Jahreszeit. Die sommerlichen Temperaturen locken die Leute hinaus. Ich dagegen habe eine andere Vermutung und bin der festen Überzeugung, dass die Tecus dahinterstecken. Bisher haben sie sich nicht gezeigt, dennoch bin ich davon überzeugt, dass sie da draußen sind und uns beobachten.

Erst eben musste ich eine Gruppe, bestehend aus zwei Frauen und drei Männern, vom Château fortschicken und jetzt bin ich wieder hier. Am Anfang des Weges bleibe ich stehen und lasse meinen Blick schweifen. Stirnrunzelnd schaue ich genauer hin, kann aber noch immer niemanden entdecken. Ich gehe den Weg weiter entlang und bleibe vor einer braunen Holztür stehen. Über mir ist eine Brüstung, mit einem Glockenturm. Nur ohne Glocke. Nicht ausgeschlossen, dass mal eine eingebaut werden sollte. Links und rechts ragen zwei kegelförmige Türme in den Himmel und angrenzende Dächer, die mit goldenen, rautenförmigen Kästchen bedeckt sind.

Ich öffne die Tür, gehe hindurch und habe das Gefühl, eine andere Epoche zu betreten. Auf dem zugewachsenen Gelände findet man einen Brunnen und eine Sonnenuhr. Das dichte Unkraut und der Charme des Verlassenen verleihen allem etwas Zeitloses. Das Holz der Fenster sticht durch einen roten Farbton hervor und die vielen Butzenfenster nehmen mich mit in diese andere Zeit. Durch ihre Wölbung ist es kaum möglich, in das Château zu sehen.

Auch hier finde ich keine Besucher. Das bedeutet, ich muss ins Innere. Viel Zeit bleibt mir nicht mehr. Das Schwingen hat rasant zugenommen. Das Nebengebäude ist für die meisten Besucher ein Magnet. Dort ist ein eigenes kleines Theater, welches über eine monumentale Treppe zu erreichen ist. Ich werde zuerst dort nachsehen und beschleunige meine Schritte. Mein Weg führt vorbei an den vielen floralen Wandmalereien, die etwas vom *Schloss Versailles* haben. Ja, es ist nicht so prunkvoll wie das Anwesen des Sonnenkönigs, aber der Erbauer des Châteaus hat sich Mühe gegeben, dem Original nah zu kommen. Sogar eine unechte Kuppel gibt es und fünf Türen im Stil vom *Louis XV.* Schade, dass ausgerechnet dieses Gebäude ein Schnittpunkt werden musste, um Caligor zu verbannen.

Plötzlich höre ich erneut sich nähernde Schritte und drehe mich um. Zwei Frauen, schätzungsweise in meinem Alter, eilen den Gang entlang.

»Hi«, juxt die blonde Frau und strahlt über das ganze Gesicht. Die andere lehnt sich lässig an ihre Begleitung und lächelt mich ebenfalls an.

»Mensch Clara, da haben wir ja Glück, dass wir direkt jemanden treffen. Kennst du dich hier gut aus?«

Sie sehen mich abwartend an und kichern unbeschwert vor sich hin. Ich presse die Lippen aufeinander und greife zu meinem Amulett.

»Ihr vergesst, dass ihr hier wart und mich gesehen habt. Dem *Château Pavarotti* werdet ihr euch nicht mehr nähern!«

Mein Tonfall ist schroff. Wenn das so weitergeht, kann ich mein Lager direkt vor meinen Lost Places aufschlagen. Die Beeinflussung lässt die beiden Frauen fluchtartig das Weite suchen.

Ich bleibe noch ein wenig in der Nähe, bevor ich ins Institut zurückkehre. Die frische Luft tut mir gut und ich genieße für einen Moment die Ruhe, bis ein paar Wortfetzen meine Aufmerksamkeit erregen. Hinter einem Baum verstecke ich mich und presse den Rücken fest an die harte Rinde.

»Ich bin mir sicher, dass Billy etwas mit der Reaktivierung von Craco zu tun hat«, zetert eine männliche Stimme aufgebracht.

»Wie kommst du darauf?«, fragt eine Frau.

»Es ist doch seltsam, dass sie spurlos verschwindet und dann wenige Tage später einer der Lost Places reaktiviert wird.«

»Hm, ich weiß nicht. So offen hätte ich das jetzt nicht gesagt.«

»Weshalb? Hast du Angst vor den Zeynas?«

Der Spot in seiner Stimme lässt mich schnauben. Ich spüre die Baumrinde unter meinen Fingernägeln. Diese Worte treffen mich. Ich dachte, sie schätzen unsere Arbeit, aber das klingt ganz anders. Dieser Nox scheint uns zu hassen.

»Nun ja, sie sind mächtig.«

Daraufhin lacht der männliche Nox und ich beiße die Zähne zusammen. Ich senke den Blick und bin enttäuscht. Wir sollten als Team agieren und uns nicht gegenseitig zerfetzen. Auch die Tatsache, dass sie Billy für eine Verräterin halten, ist nicht richtig.

»Wir haben mehr Macht.«

Darauf folgt Stille, das Gespräch scheint beendet. Dass die Nox so über Billy reden, ist wie ein Schlag ins Gesicht. Ich versuche, die geballte Ladung Wut zu unterdrücken. Ich will nicht so denken wie sie, aber diese Worte über uns, verändern etwas in mir. Am liebsten würde ich ihn am Kragen packen und ihm einen richtigen Grund geben, Angst vor uns zu haben. Sowas von Billy, von uns allen zu denken und das sogar laut auszusprechen, nach alldem, was wir für sie und die Welt der Sterblichen opfern, trifft mich unerwartet.

Sind es die ersten Gedanken in dieser Art oder gab es dieses Misstrauen schon immer?

Ich schnaube. Die Kluft zwischen den Nox und mir wird von Tag zu Tag größer.

Durchatmen, befehle ich mir und die Vernunft siegt. Ich bin zu emotional und impulsiv, was Billy betrifft.

Schnell schließe ich die Augen und konzentriere mich auf das Institut. Ich muss hier weg. Ein leichtes Kribbeln breitete sich auf meiner Haut aus, als ich mich vom Iter fortbringen lasse. Nach dem Gespräch brauche ich Abstand und Ruhe. Die gibt es nur an einem Ort.

Im Apartment setze mich erst einmal auf die lederne Couch und zünde eine Kerze an. Der Duft von Kiefern erreicht meine Nase und ich atme tief ein und aus. Ich merke schon wieder, wie meine Lider schwer werden und wünsche mir insgeheim, dass ich zurück in meine Traumwelt kann. Es wäre genau der Balsam für die Seele, den ich aktuell dringend brauche. Leider habe ich bisher nicht herausgefunden, wie diese Wunschträume funktionieren, ich habe aber auch noch keine große Recherche betreiben können. Ich komme im Augenblick nicht mal dazu etwas zu essen. Frustriert seufze ich. Die ständige Wachsamkeit zerrt an meinen Nerven.

Mein Magen knurrt. Überrascht stelle ich fest, dass ich nicht weiß, wann ich das letzte Mal etwas zu mir genommen habe. War es die Lasagne mit Thia und Isy? Ich beschließe in die Institutsküche zu gehen, um mir ein Sandwicht zu belegen und die Leere in meinem Magen zu füllen. In meinem Apartment würde mir eh ohnehin, die Decke auf den Kopf fallen.

Meine Schritte hallen im Treppenhaus wider, während ich zielstrebig hinuntereile. Als ich den großflächigen Eingangsbereich betrete, huscht mein Blick wie von selbst zu dem Mann am Tresen. Ich betrachte ihn von oben bis unten und bin regelrecht gefesselt. Dieser Kerl hat auf mich eine Anziehung, die ich mir absolut nicht erklären kann. Ich wäre am liebsten ständig in seiner Nähe. Wie zwei Magnete, die durch eine unsichtbare Kraft zueinander gezogen werden. Ich lege den Kopf schräg und versuche, zu verstehen, was mein dummes Herz so hüpfen lässt.

»Cassandra«, höre ich ihn sagen, ohne dass er mich ansieht.

»Ayden«, antworte ich peinlich berührt.

»Kann ich dir helfen?«

Zu mir sehen, wäre ein Anfang. Gedanken, die ich niemals laut aussprechen würde.

»Nein. Ich bin nur auf dem Weg, um mir ein Sandwich zu machen«, antworte ich stattdessen.

Seine Mundwinkel zucken, aber er sieht mich nicht an. Enttäuscht wende ich mich ab und bemerke beim Verlassen des Eingangsbereiches eine Bewegung hinter mir. Langsam halte ich an und werfe einen Blick über meine Schulter. Das kribbelnde Bauchgefühl breitet sich wie ein Stromschlag aus, während wir uns in die Augen sehen.

»Dann wünsche ich dir einen guten Appetit«, antwortet er und widmet sich wieder dem Computer. Zumindest haben wir uns nicht angepöbelt. Das ist ein Fortschritt. Zufrieden drehe ich mich um und gehe ins Freie. Eventuell steckt doch ein wenig von meinem Traum-Ayden in ihm. Ein Lächeln huscht mir über mein Gesicht und meine Schritte werden etwas beschwingter.

Das typische Londoner Wetter empfängt mich. Der Himmel hat sich dunkel verfärbt und die Sonne wird keinen Weg durch die dichten Wolken finden. Ich schicke Thia und Isy eine Nachricht, dass sie doch kurz in der Institutsküche vorbeischauen sollen, wenn es ihnen zeitlich möglich ist.

Ich sitze bereits eine Weile in der Küche, als Thia und Isy hereinkommen. Beide haben dunkle Augenringe und sehen alles andere als fit aus. Gezielt stampfen sie zur Kaffeemaschine und gießen sich die kohlrabenschwarze heiße Flüssigkeit in ihre Tassen.

»Cass, was ist los?«, fragt Thia.

Ich schiebe ihnen jeweils einen Teller mit ihren Lieblingssandwichs zu.

»Oh, danke, Cass. Ich habe so einen Kohldampf«, jubelt Isy und schlingt das Sandwich zügig herunter.

Thia beißt dagegen nur kleine Stücke ab und sieht mich weiterhin erwartungsvoll an.

»Ich habe zufällig ein Gespräch der Nox belauscht. Sie denken, dass Billy hinter der Reaktivierung von Craco steckt.«

Das Sandwich von Thia landet wieder auf dem Teller.

»Ich kann dir nicht ganz folgen«, meint Isy und runzelt die Stirn. Thia richtet sich auf und krempelt sich die Ärmel hoch. Für einen Augenblick denke ich, sie macht sich kampfbereit.

»Ich habe auch schon daran gedacht, wenn ich ehrlich bin«, flüstert sie.

»Was?«, erwidern Isy und ich zeitgleich.

»Nicht, dass sie allein dafür verantwortlich ist. Ich könnte mir aber vorstellen, dass sie von irgendjemandem dazu gezwungen wurde.«

Jedes Wort wiederholt sich in meinem Schädel und ich versuche, sie zu verstehen. Billy wird erpresst? Das würde ihr plötzliches Verschwinden erklären. Jemand könnte sie entführt haben. Aber es weiß doch niemand von den Lost Places.

»Das würde bedeuten, es gibt einen Verräter in den eigenen Reihen«, schlussfolgere ich.

»Uns sind die Hände gebunden. Wir sollten uns weiterhin auf die restlichen Lost Places konzentrieren«, ruft Isy uns in Erinnerung.

»Und auf unser Treffen gleich«, verkündet Thia und zwinkert ihr zu.

»Was für ein Treffen?«

»Wir treffen uns mit Ben und Neo«, antwortet sie und schenkt mir ein Lächeln.

»Wir nutzen jede freie Minute, um uns zu sehen«, erwähnt Isy beiläufig. Ich schlucke den faden Beigeschmack herunter. Es freut mich, aber das unangenehme Gefühl, ausgeschlossen zu werden, nagt an mir.

»Was habt ihr geplant?«, frage ich.

»Neo und ich gehen essen. Was Isy mit Ben macht, keine Ahnung.« Sie sieht zu Isy und grinst. »Ich bin schon ziemlich nervös«, gesteht Thia und reibt sich die Hände.

Ich atme laut aus. Ich weiß nicht so ganz, was ich in der jetzigen Situation davon halten soll. Natürlich freue ich mich für beide, aber haben wir nicht momentan andere Sorgen?

»Gönn uns den Spaß«, sagt Isy und zwinkert. Ich nicke verkrampft kann ihnen jedoch nicht in die Augen sehen.

»Hey, Süße, wir passen auf uns auf. Versprochen.« Schlanke Arme legen sich um mich und ich atme den frischen Pfirsichduft ein. Thias Lieblingsshampoo.

Gesättigt und entspannt bin ich auf dem Weg zurück zum Apartment. Kurz überlege ich, wie ich Ayden gegenübertrete, doch ich bemerke bereits beim Betreten der Eingangshalle, dass sich mein Gedankenpingpong erübrigt hat. Der Platz hinter dem Tresen ist leer. Oh, oh. Wenn ihn das mal nicht den Arbeitsplatz kostet. Ich steuere auf das Treppenhaus zu, um in mein Apartment zu gelangen. Wie immer zähle ich die Stufen, bis mir auf einmal schwummerig wird. Ich suche Halt am Geländer und atme kurz durch. Vor meinen Augen fängt es an zu flimmern und ein stechender Schmerz verteilt sich an meinen Schläfen. Ganz automatisch halte ich mir den Kopf und versuche, meine Atmung zu kontrollieren, doch es gelingt mir nicht. Im nächsten Moment wird alles schwarz und ich sacke zusammen.

Blinzelnd öffne ich die Augen und erkenne die Decke mit den grünen Ranken direkt wieder. Ich setze mich auf und streichle über das weiche Bettlaken. Doch irgendetwas ist seit meinem letzten Besuch anders. Auf dem Nachtschrank liegt eine Krone. Allerdings sieht diese hier ganz anders aus als herkömmliche Modelle. Ich nehme das Schmuckstück in die Hand und betrachte den halben Kreis mit den Verzierungen, Blumen und Totenköpfen, die an zarten Ketten hinabhängen. Fast scheint es, als würde der Kreis in der Luft schweben. Aber durch feine Stege ist dieser mit dem Haarreif verbunden. Am Ende des Bettes liegt ausgebreitet ein schwarzes Kleid. Die Versuchung, es anzuziehen, ist groß. Ich halte es vor mir hoch und lege es an die Brust. Der Stoff ist leicht und weich. Ich schlüpfe hinein und es schmiegt sich an meine Hüften wie eine zweite Haut. Mit den Fingerspitzen berühre ich die goldenen Ketten an den Schultern, sie sind mit einem langen zarten Umhang verbunden, der bis zum Boden fällt. Ich streichle über den Satinstoff. Der Ausschnitt ist perfekt für meine kleine Oberweite und lässt nicht zu tief blicken. Ich beiße mir auf die Lippen, als mir die Krone auf dem Nachtschrank ins Auge fällt. Schnell ergreife ich sie und setze den Haarreif auf den Kopf. Der ist schwerer als gedacht. Am anderen Ende des Zimmers hängt ein Spiegel. Da es mir bisher verweigert wurde, mich vom Bett zu entfernen, versuche ich es erst gar nicht. Ein Blick von Weitem muss daher genügen und selbst das versetzt mich schon in leichte Schnappatmung. In diesem Aufzug könnte ich locker mit der Dunkelheit einer gewissen Person mithalten. Das Kleid sitzt so gut, dass man denken könnte, es wurde extra für mich geschneidert.

»Es steht dir ausgezeichnet«, höre ich ihn sagen und sehe Ayden kurz darauf im Spiegel, wie er hinter mich tritt und seine Hand auf meine Taille legt. Ganz automatisch schließe ich die Augen und genieße den sanften Druck der Berührung. Ich fühle mich berauscht und die Leichtigkeit ist zurück. Doch ich weiß, dass das nur ein Traum ist und er ein Produkt meiner Fantasie. Ich sollte meine Emotionen unter Kontrolle haben, sonst verliebe ich mich in ein Trugbild. Ich drehe mich um, öffne die Augen und verliere im nächsten Augenblick sämtliche Standhaftigkeit. Vorsichtig hebe ich die Hand und lege sie auf seine Wange. Rau und doch angenehm. Die Bartstoppeln kratzen leicht.

»Es fühlt sich so echt an«, flüstere ich. Mit den Fingerspitzen streife ich über die Narbe, woraufhin sich seine Atmung beschleunigt. Er sagt nichts, wehrt sich nicht gegen die Berührung. Seine Mundwinkel zucken leicht. Vor Freude? Oder Belustigung? Ich weiß es nicht.

»Wie fühlt es sich an?«, fragt er und nickt in Richtung der Krone.

»Gut«, antworte ich. »Sehr gut, sogar.«

Ein Gefühl von Macht, Ansehen und Stärke. Doch das behalte ich für mich und schenke ihm ein kleines Lächeln.

»Du bist wunderschön.« Die Rauheit seiner Haut hat sich auf seine Stimme übertragen. Außer einem dämlichen Nicken bringe ich nichts zu Stande und könnte mich selbst dafür schütteln.

»Cassandra? Geht es dir gut?«

»Ja. Ich … ich sollte gehen.«

Ayden tritt einen Schritt zurück und die plötzliche Distanz fühlt sich falsch an. Sein helles Leinenhemd ist aufgeknöpft und nackte Haut blitzt hervor. Am liebsten würde ich die Kluft zwischen uns schließen. Doch wieder einmal siegt die Vernunft in mir und so konzentriere ich mich darauf zurück in die Realität zu kommen. Ich werfe einen letzten Blick auf Ayden. Ich muss aufwachen. Jetzt. Sofort. Doch nichts passiert. Nichts.

»Wieso funktioniert es nicht?«, frage ich und fange an zu zittern. Meine Beine und mein Kopf gehorchen mir nicht mehr. Meine Seele ruht, doch die Gedanken rasen. Ich gehöre hier nicht her. Das ist nicht die Realität.

»Vielleicht willst du gar nicht zurück?«

Ich starre ihn an. Ist das sein Ernst?

»Doch natürlich. Ich muss!« Das Schwingen spüre ich im Schlaf, aber empfinde ich es auch hier? Das hier ist kein normaler Traum. Was, wenn ich das Schwingen nicht mitbekomme und dadurch ein zweiter Lost Place reaktiviert wird? Was, wenn ich und meine dämliche Schwärmerei für diesen Kerl daran schuld sind, dass die Tecus stärker werden?

»Cassandra?«

»Nicht jetzt Ayden. Ich muss nachdenken. Was war letztes Mal anders? Wieso konnte ich ohne Probleme zurück?«

»Du sagtest, du musst. Aber zwischen müssen und wollen liegt ein Unterschied.«

»Hör auf damit! Du bist nicht echt. Du bist nur ein Hirngespinst. Ich muss zurück! Jetzt sofort!«

Das Letzte, was ich sehe, bevor es dunkel wird, ist Ayden, der enttäuscht den Kopf senkt.

Kapitel 9

Ich greife an meine Schläfen und versuche, dem pochenden Schmerz entgegenzuwirken. Woher kommen diese heftigen Kopfschmerzen? Blinzelnd betrachte ich mein Umfeld. Was ist passiert? Vorsichtig stehe ich auf, stütze mich an der Wand ab, komme auf wackeligen Beinen zum Stehen. Und dann bemerke ich es. Das Vibrieren. Es ist längst keine sanfte Erinnerung mehr, sondern es schreit mich förmlich an. Das darf doch nicht wahr sein! Meine Atmung beschleunigt sich.

Ohne zu zögern, öffne ich den Iter und stelle mir das *Casino Constanta* vor – die zahlreichen Säulen und Rundfenster, den Stuck und die kleine Treppe vor dem Eingang. Es liegt direkt an einer Strandpromenade und ist ein wahres Schmuckstück am Rande des Schwarzen Meeres. Seit Jahren soll das Gebäude renoviert werden und wieder in seinem vollen Glanz erstrahlen. Ich habe immer gesagt, wenn wir einen Lost Place verlieren, dann definitiv zuerst das Casino. Letztlich kam es anders, aber darüber kann ich jetzt nicht weiter nachdenken.

Der Iter packt mich und ich komme in Rumänien an. Der Boden bebt gewaltig und die Mauern des Casinos ruckeln verdächtig. Der Wind fährt mir durch das Haar und ich habe alle Mühe, die langen Strähnen aus meinem Gesicht zu fischen. Die blaue Aura ist bereits da. Es sieht aus wie ein bläulicher Film, der sich um das Casino schlängelt. Eine Aura, die nach dem Leben lechzt. Jemand ist hier und wurde bisher nicht fortgeschickt. Ich frage mich, wo Thia ist. Doch bevor ich dieser Frage nachgehe, muss ich mich um unseren ungebetenen Gast kümmern. Also stürme ich die Promenade entlang und horche in mich hinein. Wo soll ich mit der Suche anfangen? Ehe ich weiter darüber nachdenken kann, zwingt mich ein heftiger Pfeifton in die Knie. Ich schreie und greife an meine Ohren. Ein Brennen breitet sich schmerzlich aus und ich krampfe wieder zusammen. Mit aufgerissenem Mund starre ich verzweifelt in den Himmel. Ich habe das Gefühl zu ersticken. Meine Lunge füllt sich kaum mit Sauerstoff, fast als hätte sich eine unsichtbare Schlinge um meinen Hals gelegt. Eine Schwärze legt sich erdrückend auf meine Brust und scheint sämtliches Glück in tausend Stücke zu zerreißen. Mit aller Macht kämpfe ich gegen die bevorstehende Ohnmacht an und tatsächlich ebben die Beschwerden langsam ab. Ich wische mir den nassen Schweiß von der Stirn. Ein Händedruck an der Schulter lässt mich aufblicken. Eine Frau fragt, ob alles in Ordnung sei und ich nicke. Erst jetzt bemerke ich, dass ich auf der Vorderseite des Gebäudes gelandet bin und nicht wie sonst auf der Rückseite. Haben die Menschen den Iter gesehen? Ich kann auf keinen Fall so viele Erinnerungen löschen. Überfordert starre ich zur Promenade, bis sich mein schneller Herzschlag ein wenig beruhigt hat und ich bemerke, dass die Aura verschwunden ist. Aber nicht nur das, ich fühle nichts mehr. Die Verbindung scheint gekappt zu sein.

O nein! Das darf nicht wahr sein! Nicht noch ein Gebäude! Schnell richte ich mich auf und renne schweratmend los. Es kostet mich jegliche Kraft, nicht zusammen zu brechen. Das Adrenalin schießt durch meinen Körper und meine Sinne sind zum Zerreißen gespannt. Ich versuche, alles in mich aufzusaugen, damit ich ja keine Bewegung, keinen Ton, verpasse. Alles könnte wichtig sein.

»Thia«, rufe ich. Ist sie hier? Haben die Tecus sie eventuell entführt?

Immer wieder brülle ich ihren Namen, doch bekomme keine Antwort. Nein, Nein, Nein! Ich höre einen Windzug und ein weiterer Iter öffnet sich. Hoffnung steigt in mir auf und verpufft in Sekundenschnelle.

»Was ist passiert?«, fragt Isy und atmet schwer. Vermutlich hat sie dasselbe durchlebt wie ich.

»Ich glaube, das Casino wurde reaktiviert. Hast du Thia gesehen? Ist sie bei dir?«

»Nein, ich war gerade mit Ben zusammen, als es losging.«

Nur mit Mühe kann ich mir einen wütenden Kommentar verkneifen. Ich wusste, dass eine Beziehung in der jetzigen Situation nur für Ablenkung sorgen würde. Ich sehe zu Isy und sie betrachtet mich mit großen Augen. Auf ihrer blassen Haut rinnt eine Träne hinab und ich atme meine Wut weg. Ruckartig hebt sie den Arm und wischt mit dem Ärmel ihres Pullovers über ihr Gesicht. Dann drückt sie sich an einem Fensterbrett hoch, während ich an etwas anderem hängen bleibe. Ein Symbol, wie ich es noch nie zuvor gesehen habe.

»Isy, schau mal.«

Sie tritt zu mir und legt ihre Hand auf das Symbol, das an der Fassade haftet. Es ähnelt dem Buchstaben *N* und sieht, wie aufgewirbelter Staub aus, nur dass dieses hier azurblau ist und der Aura gleicht. Es schwebt und bewegt sich minimal.

»Ein Zeichen der Tecus«, erwidert Isy.

»Aber wieso? Was bedeutet es?« Ich hole mein Handy hervor und fotografiere das Symbol.

»Der Place wurde reaktiviert, eventuell gibt es eine Verbindung.« Ob in Craco auch so ein Symbol entstanden ist? Wir waren seit der Reaktivierung nicht mehr dort, aber gerade juckt es mich in den Fingern, Antworten auf meine Fragen zu bekommen. Doch vorher müssen wir Thia finden. Also klettern wir durch das offene Fenster, um im Inneren des Casinos nach ihr zu suchen.

»Wären die Tecus hier, hätten sie uns längst angegriffen«, überlege ich laut und hoffe, dass ich recht behalte. Meine Nerven sind zum Zerreißen gespannt. Wir suchen die Ebenen ab und rufen immer wieder Thias Namen, doch bekommen keine Antwort.

»Hier ist niemand«, spreche ich nach einer weiteren Viertelstunde des Suchens die ernüchternde Wahrheit aus.

»Wir sollten zurück zum Institut.«

Die Verbindung zum Lost Place ist gekappt.

Vor dem Gebäude ist nichts zu hören, doch beim Betreten des Eingangsbereiches jaulen die Sirenen laut auf. Es ist der Alarm, der alle Nox versammelt und keine Widerrede duldet. Sobald dieser Ton erklingt, lassen sie ihre Arbeit anstandslos liegen und eilen zur Zentrale. Wir werfen uns einen kurzen Blick zu, ehe wir ihnen hinterherrennen.

»Das ist nicht gut, oder?«, japse ich.

»Gar nicht gut!«

Mit uns zusammen hetzen die Nox zum vereinbarten Treffpunkt. Ich höre Wortfetzen wie: »Dumme Zeynas!« Sie sehen uns voller Hass an. Ich kann mit den aufkeimenden Gefühlen in mir nicht umgehen und schlucke sie wieder herunter. Zur Sorge um Billy gesellt sich jetzt die Angst um Thias Verbleib. Mir ist übel und zeitgleich möchte ich schreien. Erst sprechen sie schlecht über Billy und nun sind wir alle Abschaum. Was fällt denen ein! Wir agieren schon so lange Seite an Seite. Ich spüre den Druck hinter meinen Augen. Ich will nicht anfangen zu heulen. Isy scheint das komplette Gegenteil von mir zu sein. Ihre Hände sind zu Fäusten geballt und ihre Mimik zeigt keine Emotionen. Als wir endlich in der Zentrale ankommen, stehen jede Menge Leute in weißen Kitteln zusammen und diskutieren wild miteinander. Ich entdecke Joel und stupse Isy an.

»Joel!« Die weiße Farbe seiner Augäpfel ist rot unterlaufen.

Was ist geschehen?

»Da seid ihr ja. Wo ist Thia?«

»Ist sie nicht hier?«, fragte ich.

Er schüttelt den Kopf.

»Sie haben Thia. Sie müssen sie haben.«

Panisch greife ich Isy an die Schultern, um mich festzukrallen.

»Ganz ruhig, ganz ruhig. Wir holen sie zurück, versprochen«, antwortet sie und versucht die Starke zu mimen, obwohl sie genauso zittert wie ich. Ich bin drauf und dran, etwas zu erwidern, da geht erneut die Tür auf und Mr Eriksson betritt die Zentrale.

Wie ein Fels in der Brandung steht er da. Seine Präsenz breitet sich aus, bis selbst die letzte Person im Raum verstummt.

Absolute Stille. Dicht hinter Mr Eriksson sehe ich Vicky, die mit gesenktem Kopf ihrem Vater folgt. Große Bildschirme schalten sich rücklings an der Wand an. Auf ihnen sind die fünf Lost Places zu sehen. Die jeweiligen Standorte sind mit einer roten Linie verbunden worden und ergeben ein Pentagon. An der Spitze liegt der Autofriedhof, links und rechts das *New Slains Castle* und das *Casino Constanta.* Die unteren beiden Verbindungen sind das *Château Pavarotti* und die Bergstadt Craco. Doch zwei sind nun mit einem roten Kreuz versehen.

Mr Eriksson räuspert sich.

»Meine Freunde, heute haben wir einen weiteren wichtigen Place verloren, der die Menschen vor den Tecus schützen soll.« Es folgt eine kurze Pause. »Sie sind hier, sie sind unter uns. Die Tecus. Doch nicht nur das trifft uns, sondern auch der weitere Verlust einer sehr begabten Zeyna. Unsere Thia wurde uns genommen.«

Ich schlinge beim Klang ihres Namens die Arme um mich. »Doch wir werden uns nicht unterkriegen lassen. Wir werden die Tecus und Caligor wieder verbannen, auch ohne die vier Zeynas.«

Ohne uns? Wie ist das möglich? Was geht hier vor sich? Welche Pläne haben sie ohne uns geschmiedet? Eine Gedankenspirale beginnt sich zu drehen und meine Glieder zittern wie Espenlaub.

»Cass! Isy!« Mr Eriksson steht wie aus dem Nichts neben uns.

»Mr Eriksson«, sagen wir zeitgleich. Ich brauche einen Moment, um mich etwas zu beruhigen, und versuche meine Atmung wieder unter Kontrolle zu bekommen.

»Was ist geschehen?«

Ich öffne den Mund, bin bereits drauf und dran von dem seltsamen Traum zu erzählen, der mich davon abgehalten hat zum Lost Place zu gehen, aber irgendetwas hält mich ab. Sie würden es für eine Ausrede halten und uns vermutlich noch weniger vertrauen. Das darf ich nicht riskieren.

»Ich hatte beim Autofriedhof zu tun«, antwortet Isy, ohne mit der Wimper zu zucken. Sie erwähnt Ben mit keiner Silbe.

Mr Eriksson nickt ihr zu und richtet seine Aufmerksamkeit auf mich.

»Ich ... bei mir war es ebenso.« Meine Stimme überschlägt sich fast dabei. Dieser Betrug an meiner Familie schmeckt bitter. Sie erwarten Ehrlichkeit und was mache ich? Aus Scham lüge ich und zerschmettere das übriggebliebene Vertrauen.

»In Ordnung«, Mr Eriksson wirkt auf einmal sehr erschöpft, »Ich kann euch nur noch mal ins Gedächtnis rufen, dass ihr euer eigenes Leben nicht über das der Menschen stellen dürft. Sie wären den Tecus hilflos ausgeliefert.«

Ich nicke, um zu signalisieren, dass ich es verstanden habe.

»Was unternehmt ihr bezüglich Thia und Billy?«, frage ich, bevor er sich umdreht.

»Wir suchen sie natürlich, aber die Bekämpfung der Tecus hat jetzt oberste Priorität. Thia und Billy sind ausbildete Zeynas und wissen sich zu verteidigen. Isy, du gehst mit Joel in den Ducator.«

Mit diesen Worten dreht er sich um und lässt uns stehen. Plötzlich überrollt mich eine Welle der Einsamkeit. Wann sind wir von unserem gemeinsamen Weg abgekommen? Seit wann können wir uns nicht mehr in die Augen sehen? Wann haben wir aufgehört, uns zu vertrauen? Ich schlucke den dicken Kloß in meinem Hals herunter.

»Joel, was geht hier vor sich?«

»Die Nox suchen aktuell nach einer Lösung, die Tecus auch ohne euch aufzuhalten. Mehr kann ich dazu nicht sagen. Tut mir leid, Cass.«

Isy schnaubt verächtlich und stürmt aus dem Raum, Joel hinterher. Vermutlich will er sie daran erinnern, dass sie in den Ducator muss. Tausend Gedanken schwirren durch meinen Kopf, während ich mich auf den Weg in mein Apartment mache. Eigentlich würde ich mich gern in meine Traumwelt verkriechen, denn in der Realität bricht gerade alles auseinander. Aber es darf nicht erneut zu so einem Fehltritt von uns Zeynas kommen. Wir müssen wachsam sein und unsere Aufgabe erfüllen. Also atme ich einmal tief durch und überlege, was die nächsten Schritte sind. Bis Isy aus dem Ducator wiederkommt, bin ich für die restlichen Lost Places verantwortlich. Dabei bereitet mir gerade der Autofriedhof Bauchschmerzen. Er liegt in Schweden mitten im Wald und ist superunübersichtlich und weitläufig. Ich hoffe nur, dass sich in den nächsten Stunden keiner dorthin verirrt. Sobald Isy aus dem Ducator zurück ist, brauchen wir einen Plan. Und ich muss mit ihr über Ben und Neo reden. Thia war zuletzt mit Neo zusammen. Vielleicht hat er etwas mitbekommen oder hat Informationen, die uns nützlich sein könnten.

Ich gehe in die Küche und koche mir einen Tee. Nichts von dem, was gerade passiert, ergibt irgendeinen Sinn. Mein Kopf weigert sich, das Geschehene zu realisieren. Die Tür öffnet sich und Vicky kommt herein.

»Hier bist du«, begrüßt sie mich und setzt sich zu mir.

Ich schenke ihr ein halbherziges Lächeln und sie legt mitfühlend eine Hand auf meine. Es ist das erste Mal, dass wir uns so nah sind. Meistens habe ich meine Zeit mit Joel verbracht, der seine kleine Schwester zwar liebt, aber ihre neugierige Art manchmal wirklich anstrengend findet. Die beiden Geschwister sind doch sehr unterschiedlich.

»Es tut mir leid.« Vicky presst ihre Lippen aufeinander.

»Du kannst nichts dafür«, erwidere ich.

»Wenn ich dir irgendwas Gutes tun kann, sag Bescheid.«

Ich nicke. Eine lieb gemeinte Geste, aber wobei könnte sie mir helfen. Zwei Lost Places, die reaktiviert wurden und zwei Zeynas, die verschwunden sind. Alles, was bleibt, ist die Angst, wen es als Nächstes treffen wird. Wenn wir doch nur einen Anhaltspunkt hätten. Wir haben nichts bis auf … Moment. Ich hole mein Handy hervor und öffne die Galerie. Da ist es. Ich schiebe Vicky das Handy zu.

»Kennst du dieses Symbol?«

Sie nimmt das Handy und betrachtet das Foto mit zusammengekniffenen Augen.

»Wo hast du das aufgenommen?«

»Beim Casino, direkt nachdem es reaktiviert wurde, war es da. Und ich bin mir sicher, dass es vorher nicht existiert hat.«

Sie gibt mir das Handy zurück und legt die Hände vor sich gefaltet auf den Tisch.

»Es ist ein Symbol der Tecus. Was es bedeutet, weiß ich nicht. Aber ich kann versuchen, etwas in den Unterlagen darüber herauszufinden.«

»Danke Vicky.«

Mit einem kleinen Hoffnungsschimmer stecke ich das Handy zurück in die Tasche.

»Ich muss dann auch wieder los. Sobald ich etwas weiß, melde ich mich bei dir.«

Sie winkt mir beim Herausgehen zu und ich konzentriere mich auf die verbliebenen Lost Places.

Kapitel 10

Ich spüre die Schwingungen beim Autofriedhof und da Isy bisher nicht aus dem Ducator zurück ist, muss ich mich wohl oder übel auf den Weg machen. Noch einmal lasse ich mir von den Nox nicht nachsagen, dass wir uns zu spät um die Sichtung gekümmert haben. Ich schließe die Augen und konzentriere mich auf den Lost Place. Als alles scharf ist, rufe ich den Iter. Es kribbelt am ganzen Körper, ehe der Windzug mich hinfort trägt und ich in einem dichten Wald lande. Autowracks sind eins mit der Natur geworden. Aus einigen Oldtimern ragen Bäume empor und die Äste werfen Schatten auf die Motorhauben. Ich beschließe entlang der Wracks zu laufen, um zumindest irgendeinen Anhaltspunkt zu haben. Die Hauptstraße ist nicht weit entfernt und vorbeifahrende Autos sind zu hören. Isy liebt dieses Gebiet, wohingegen ich dem Ort wirklich nichts Schönes abgewinnen kann. Es ähnelt einem Museum mit all den ausgeschlachteten Fahrzeugen. Mit ihrem Faible für Technik ist dieser Ort hier perfekt für Isy. Ich bleibe dann doch lieber bei Ruinen und verzichte auf verlassene Wälder mit alten Rostlauben. Während ich an den majestätischen Bäumen vorbeigehe, beschleicht mich ein seltsames Gefühl. Es ist ähnlich wie im Treppenhaus vom Institut. Die Bäume wanken und alles scheint sich wellenartig zu bewegen. Mir wird ganz übel, während ich von einem Baum zum anderen taumle. Ich halte mir den Kopf und kneife wegen der aufziehenden Dunkelheit die Augen zusammen. Wieso wird es jetzt schlagartig duster? Es ist mitten am Tag. Mein Schuh bleibt in einer Wurzel hängen und ich kann mich nicht mehr halten. Ein stechender Schmerz zieht durch mein Knie. Ich schüttle den Kopf und richte mich wieder auf. An einem Baum kralle ich mich fest und konzentriere mich auf den Boden unter mir. Die Erde bewegt sich ebenfalls und rüttelt sich zu mehreren Haufen auf. Es sieht fast so aus, als stünde ich mitten in etlichen Ameisenhaufen. Was geschieht mit mir? Ich greife mir an die Stirn und versuche meine Augen offen zu halten. Selbst das Schwingen der Zellen spüre ich kaum noch. Was passiert hier? Was ist los? Ich sinke auf den moosbewachsenen Boden und lasse den Kopf auf meine Schenkel fallen. Mein Magen dreht sich und ich wimmere leicht. Bis ich mich plötzlich durch einen lauten Schrei alarmiert aufrichte und gebeugt den Weg entlanglaufe, um die Person zu finden. Auch wenn ich schon ein paar Mal hier war, fällt mir die Orientierung durch die fehlende Fokussierung gerade besonders schwer. Zwar spüre ich nach wie vor keine Schwingungen mehr, aber der Schrei eben war unüberhörbar. Also muss jemand hier sein? Ein Mensch? Ein Tecus? Oder etwa Thia oder Billy? Meine Gedanken rasen. Plötzlich entdecke ich einen Schatten hinter den Bäumen. Jemand ist hier.

»Wer ist da?« Meine Stimme hallt durch den Wald und ich lege instinktiv den Kopf in den Nacken, um in die Baumkronen zu sehen. Es krächzt laut und mindestens zwei Raben fliegen hoch über mir hinweg. Ich drehe mich im Kreis und versuche, zu verstehen, was hier los ist, was mit mir geschieht. Meine Beine sacken weg, ich knicke ein und falle vornüber auf die harte Erde.

Wie in Zeitlupe hebe ich den Kopf. Der Schatten ist verschwunden. Habe ich ihn mir nur eingebildet? Ich muss hier weg. Und so mache ich das einzig Vernünftige, ich schließe die Augen und konzentriere mich auf das Institut. Doch noch bevor mich der Iter packt, wird alles schwarz.

Das altbekannte Kribbeln setzt ein, als ich meine Augen öffne und an die Decke starre. Ein paar Blütenknospen entfalten sich bereits und man kann die Schönheit der Blumen erahnen. Ich fühle mich gleich viel besser und die Vertrautheit des Zimmers legt sich sanft wie eine kuschelige Decke um mich. Mit Schwung lege ich die Beine über die Bettkante und kann das Lächeln nicht unterdrücken. Von draußen höre ich Vögel, die eine Melodie zwitschern, und ich wippe mit den Füßen. Tief atme ich die klare, reine Luft ein, schüttle aber nach wenigen Augenblicken verwirrt den Kopf. Es riecht anders als sonst. Eine längst vergangene Kindheitserinnerung. Ist es das salzige Meer? O ja, ich kann es hören. Wasser, das Meer muss direkt vor dem Fenster liegen. Gern würde ich aufstehen und hinausschauen. Einfach abschalten und alles vergessen. Die Lost Places und die Aufgabe, die ich zu erfüllen habe. Dann plötzlich fällt mir wieder ein, dass ich eigentlich gar nicht hier sein dürfte. Was ist geschehen? Ich wollte zurück zum Institut. Stattdessen sitze ich hier fest.

»Wach auf, wach auf«, flüstere ich. Doch nichts passiert. Verdammt, mein Gehirn fühlt sich an wie Matsch. Das muss an diesem Zimmer liegen. Das helle Licht tänzelt durch das gespiegelte Fenster an der Wand. Der kleine Baum in der Ecke hat mehr grüne Blätter als beim letzten Mal. Der flauschige Teppich unter meinen nackten Füßen kitzelt zwischen den Zehen und die waldgrünen Ranken verteilen sich an den Wänden und der Decke. Es ist alles genauso wie sonst auch. Nur Ayden, der mir das Gefühl von Leichtigkeit gegeben hat, ist nicht hier. Seufzend schließe ich die Augen und konzentriere mich auf meine Atmung, versuche, die Last auf meinen Schultern irgendwo in diesem Raum zu lassen. Es dauert einige Atemzüge, aber dann merke ich, wie die Anspannung von mir abfällt. Mit jedem Luftholen kehre ich mehr in mich zurück. Sofort fühle ich mich besser und konzentriere mich nun auf mein Zuhause. An eine lustige Erinnerung mit Thia, Isy und Billy. Wie wir nachts in der Küche saßen, nachdem wir von einer Sichtung im Sturzregen zurückgekommen sind und Thia uns mit einer heißen Schokolade verwöhnt hatte. Ich muss lächeln, weil es noch gar nicht so lange her ist und ich mir solche Augenblicke sehnlichst wieder herbeiwünsche. Nicht unbedingt die Regendusche, aber alles andere. Wir müssen ihnen helfen und sie nach Hause holen. Ich spüre, wie mir die Augen zufallen und ich in das schwarze Nichts tauche.

Als ich mit weitaufgerissenen Augen meine Umgebung anstarre, entdecke ich keine der wundersamen Blüten aus meinem Traumzimmer. Ich drehe den Kopf leicht zur Seite und liege im Gras. Die Wolken am Himmel haben sich gelockert und vereinzelte Sonnenstrahlen suchen sich ihren Weg durch die Baumkronen. Es ist niemand mehr hier und ich will auch nur noch zurück.

Ich schließe die Augen, forme mir das Bild des Instituts und rufe den Iter, der mich mit einem begrüßenden Windzug nach Hause bringt. Ich muss aufhören, von diesem Ort zu träumen, er bringt mich um den Verstand. Zurück im Institut beschließe ich, Isy aufzusuchen, weil wir unbedingt über Ben und Neo reden müssen.

Meine erste Anlaufstelle ist ihr Apartment. Dort angekommen, verweile ich einen Augenblick vor Billys Tür. Gedankenverloren stelle ich mir vor, wie sie lachend die Tür öffnet und mit mir kommt, damit wir gemeinsam zu Abend essen. Doch nichts dergleichen geschieht, die Tür bleibt verschlossen. Ich klopfe bei Isy.

Keine Antwort.

»Isy?«, rufe ich und hämmere erneut gegen die Tür.

Stille. Hm.

Vielleicht ist sie noch bei Joel im Ducator, überlege ich, drehe mich um und laufe in die entgegengesetzte Richtung.

Joel sitzt an seinem Schreibtisch und das monotone Klackern einer Tastatur verrät, dass er zu tun hat. Der Boden unter meinen Füßen knarzt und er hebt den Kopf.

»Cass, geht es dir gut? Deine Augen sind ganz rot.«

»Ja … Nein! Ich … Wo ist Isy?«

»Ich habe sie nach der Simulation nicht mehr gesehen, wieso fragst du?«

Es ist wie ein *Déjà-vu*. Fast schon panisch krame ich das Handy aus meiner Tasche und wähle ihre Nummer. Es klingelt eine Weile und mit jeder Sekunde, krampft sich mein Magen zusammen.

»Verdammt Isy, geh ans Telefon.« Hektisch zwirble ich eine Haarsträhne um meinen Finger, ziehe leicht daran, bis es schmerzt.

Was ist, wenn ihr etwas passiert ist? Wenn sie, nachdem ich mich vom Place entfernt habe, dort gelandet ist und von dem Tecus überrascht wurde? Was ist, wenn der Place reaktiviert wurde?

»Ja«, erklingt am anderen Ende der Leitung ihre Stimme und ich atme erleichtert aus.

»Isy, geht es dir gut?«

»Ja klar, warum fragst du?«

»Komm zum Labor, wir müssen reden.«

»Cass, ich …«

Die letzten Worte kann ich nicht mehr hören, da ich das Telefonat beendet habe. Ich lasse mich in den gegenüberliegenden Schreibstuhl fallen, während ich von Joel misstrauisch beäugt werde.

»Was?«, frage ich und ringe nach Luft. Es ist einfach alles zu viel. Ich kann nicht mehr. Diese wirren Träume, das Reaktivieren der Lost Places, die Tecus, Billy, Thia und ich …

»Alles in Ordnung?«

»Nein«, spreche ich endlich die Worte aus und spüre, wie Tränen über meine Wangen laufen.

»Ich verstehe. Möchtest du darüber reden?«

Meine Augen brennen. Ich will schreien, einfach alles Angestaute hinausbrüllen.

»Wie bleibt man stark, wenn alles auseinanderbricht?«

»Meine Familie, mein Halt, mein Leben«, antwortet Joel, als gebe es nur diese eine Antwort.

Er rüttelt mich wach, ich sehe wieder klar. Dieser kleine Satz, die Liebe gegenüber meinen Schwestern, lösen so viel in mir aus und geben mir Kraft. Ich überwinde den Abgrund mit einem weiten Sprung. Joel hat recht. Egal, wie aussichtslos es gerade scheint und wie sehr ich an meine Grenzen stoße, es geht weiter. Für die Welt der Menschen und meine Familie. Ich werde alles dafür geben, damit wir wieder zusammen sein und gemeinsam in der Küche sitzen und über belangloses Zeug quatschen können.

Die Tür springt auf und schwere Schritte erfüllen den Raum.

»Was ist los? Und wieso drückst du mich einfach weg?«

Isy stemmt die Hände in die Hüfte.

»Die Tecus, sie waren beim Autofriedhof!«

»Das sagst du erst jetzt?« Joel richtet sich auf und rauft sich die Haare.

»Es ist ja anscheinend nichts passiert, oder?«, antworte ich. Eine neutrale Maske legt sich auf meine Gesichtszüge. Ich versuche alle Emotionen, die ich dort durchlebt habe, zu verbergen. Hier ist nicht der richtige Ort für einen weiteren Gefühlsausbruch.

»Moment, wann warst du da?« Isy legt den Kopf leicht schief.

»Als du in der Simulation warst.«

»Aber ich habe nichts gespürt …«

»Dann warst du womöglich zu sehr vom Training abgelenkt. Ich war dort, weil ich deutlich etwas wahrgenommen habe und als ich da war …« Ich stocke, da mich die irritierten Blicke von Isy und Joel verwirren. Glauben sie mir nicht?

Sie tritt zu mir und legt eine Hand auf meine Schulter.

»Ich übernehme für einen Abend die letzten drei Places und du ruhst dich aus.«

»Das geht nicht«, zischt Joel.

»Schau sie dir doch an! Sie ist völlig fertig. Wenn sie so weitermacht, kann sie gleich auf die Krankenstation.«

Ist es wahr? Drehe ich wirklich durch? Habe ich mir das alles nur eingebildet? Ich kneife die Augen angestrengt zusammen. Womöglich kann ich Realität und Traum nicht mehr trennen.

»Ihr macht ja sowieso, was ihr wollt.« Joel wirft die Arme hilflos in die Luft.

»Ruh dich aus, aber nicht die ganze Nacht. Das schafft Isy unmöglich allein. Die Situation verlangt uns allen viel ab.«

Ich nicke nur stumm, ehe ich das Labor verlasse und die Zwei stehenlasse. Bevor die Tür hinter mir ins Schloss fällt, starten Joel und Isy eine hitzige Diskussion.

»Es war niemand bei dem Autofriedhof«, höre ich Isy sagen, ehe sich die Tür endgültig schließt, ich um die nächste Ecke biege und somit außer Hörweite bin.

Schon fast panisch renne ich den langen Flur entlang, um so schnell wie möglich in meinem Apartment zu verschwinden. Doch gerade als ich aufatmen will, laufe ich direkt in jemanden hinein, kippe nach hinten und lande auf dem Po. Ebenso die Person vor mir, es ist Vicky. Sie rückt ihre Brille auf der Nase zurecht, ehe sie entsetzt auf die vielen Blätter auf dem Boden starrt. Ich richte mich schnell auf, um ihr beim Auflesen der Unterlagen zu helfen.

»Entschuldige Vicky, ich war mit den Gedanken woanders.«

»Das habe ich gemerkt.« Ihre Gesichtsfarbe verändert sich und nimmt einen rötlichen Ton an. Sie greift, so schnell sie kann nach allen Dokumenten und schlägt meine Hand weg, als ich helfen möchte.

»Ich mach das allein! Geh einfach.«

»Okay«, antworte ich zögernd. »Alles in Ordnung bei dir?«

Sie streicht ihre Kleidung glatt und der ernste Gesichtsausdruck weicht einem Lächeln.

»Ja, natürlich. Ich muss mich nur beeilen, mein Vater will mich sprechen.«

Ich nicke nur und werfe noch einen kurzen Blick auf das Blatt in ihrer Hand. Es ist eine Skizze, leider kann ich nicht viel erkennen. Nur Häuser, eine Bucht und ein Schloss? Vicky bemerkt mein Interesse und drückt den Papierstapel an ihre Brust. Dann marschiert sie ohne ein weiteres Wort davon. Anscheinend bin ich nicht die Einzige, die durchdreht. Mit einem Kopfschütteln entferne ich mich, doch die Skizze lässt mich nicht los. Irgendwie kommt sie mir bekannt vor. Fieberhaft überlege ich im Gehen, woran sie mich erinnert, doch ich komme einfach nicht drauf.

Als ich mich in meinem Apartment auf die Couch lege, fällt mir ein, dass ich vergessen habe, mit Isy über ihre Freunde zureden. Deshalb schicke ich ihr eine Nachricht, dass sie mit Neo reden soll, ob er etwas von Thia weiß. Prompt erhalte ich eine Antwort, dass es das Erste war, was sie getan hat und Neo keine Ahnung hat, wo Thia ist. Zum Treffen ist sie nicht gekommen und auf ihrem Handy könnte er sie auch nicht erreichen. Alles klingt so ähnlich. Ich frage mich, wie die Tecus es schaffen konnten, Caligor zu entkommen. Als Billy verschwunden ist, war noch keiner der Lost Places reaktiviert. Sie müssen Hilfe bekommen haben, aber von wem? Könnte es wirklich Billy gewesen sein? Ich schüttle den Kopf und ärgere mich über diesen Gedanken. Es wird Zeit, dass ich mich ausruhe und für einen Moment alles ausblende.

Kapitel 11

Obwohl es nur noch drei Lost Places gibt, ist es nicht ruhiger geworden. Ich konnte mich zwar etwas ausruhen, aber meine Gedanken drehen sich dennoch im Kreis. Ich habe öfter darüber nachgedacht, Craco oder dem Casino einen Besuch abzustatten, um nach den Symbolen zu schauen oder anderen Indizien, die den Verbleib meiner Schwestern erklären. Allerdings haben die Nox es untersagt. Wir wären leichte Beute, so ihre Worte.

»Ach, was soll 's!« Ich stehe auf und schließe die Augen. Schnell stelle ich mir jeden Winkel des Casinos vor und rufe den Iter herbei.

Direkt bei meiner Ankunft ist alles anders. Die Menschen sind so nah bei dem verlassenen Lost Place, dass bei mir alle Alarmglocken läuten. Doch das Schwingen der Zellen bleibt stumm. Keine Aura erscheint. Nichts passiert. Kleine Gruppenansammlungen betrachten den imposanten Balkon und zeigen mit den Fingern auf die vielen Details. Doch von den Tecus fehlt jede Spur. Müssten sie nicht die Menschen anfallen? Sie zu sich locken und sie um den Verstand bringen? Es wirkt nichts gefährlich, ganz im Gegenteil. Die Vögel zwitschern im Einklang mit der Geräuschkulisse der vielen Unterhaltungen. Ich höre die Wellen, die gegen die Felsen schlagen und sehe die strahlende Sonne am Horizont. Es ist fast so, als wäre nie eine Verbindung dagewesen. In all dem Chaos wird mir schmerzlich bewusst, wie wenig ich eigentlich weiß. Und es ärgert mich, dass ich in der Vergangenheit nicht hartnäckiger nach Informationen gefragt habe. Ich habe einfach alles so hingenommen, ohne die Dinge zu reflektieren. Stattdessen stehe ich hier vor einem der verlorenen Places und frage mich, weshalb die Tecus es auf uns abgesehen haben, anstatt auf die Menschen. Welches Spiel spielen sie?

Ich gehe um das Casino herum und finde schnell das Fenster, das mir auch letztes Mal unbefugten Zutritt gewährt hat. Das Symbol ist noch an derselben Stelle zu finden. Wenn ich nur wüsste, was es bedeutet. Vicky hat bisher noch nichts herausgefunden und auch meine eigene Recherche verlief in einer Sackgasse. Ich habe einige Bücher gewälzt, sogar das Internet durchforstet, ohne ein Ergebnis.

Ich steige durch das Fenster und lande mit einem Satz im Gebäude. Die zerbrochenen Scherben knarzen unter meinen Stiefeln und ich komme vor einer großen Fensterfront zum Stehen. Ein imposanter Kronleuchter mit unzähligen Lampen hängt über meinem Kopf und zwei Treppen führen rechts und links eine Etage nach oben. Möglichst leise erklimme ich die Stufen. Im nächsten Saal sieht es nicht mehr ganz so ordentlich aus. Steinbrocken sind aus den Wänden gebrochen und liegen auf dem Boden verteilt. Eine dicke Staubschicht bedeckt den Fußboden. Dann entdecke ich etwas, was so gar nicht ins Bild passt. Ich eile hin und betrachte das farbige Stück Stoff. Ein grüner Fetzen. Könnte er von Thia sein? Was hatte sie an dem Abend an? Schon wieder fluche ich darüber, wie wenig Informationen an uns weitergeleitet werden. Ich hätte Isy oder Joel danach fragen sollen. Stattdessen war ich in dieser Traumwelt und mit den Gedanken nicht wirklich bei der Sache. Es muss von ihr sein und wenn es ihr abgerissen wurde, dann war ihr Verschwinden nicht freiwillig. Die Tecus müssen sie verschleppt haben. Hoffentlich geht es ihr gut. Ich schaue mich weiter um, durchquere den Saal und möchte den nächsten Raum betreten, als ich plötzlich unbekannte Stimmen wahrnehme. Das Gebäude ist hellhörig, was den Vorteil hat, dass sie nicht unbedingt auf meiner Etage sein müssen. Gleichzeitig kann ich nicht genau ausmachen, wo sie sich befinden. Ich schleiche wieder zurück zur Treppe, lehne mich über das Geländer und hoffe, dass es mich hält, schließlich ist hier alles alt und morsch.

»Es war so einfach, sie von hier fortzubringen«, rühmt sich

die männliche Stimme und ich höre den Spott deutlich heraus. Ich versteife mich auf der Stelle. Sofort schießt mir Thia in den Kopf. Sind das etwa die Tecus? Das kann nicht sein. Die Nox haben immer gesagt, dass unsere Feinde seelenlose Monster sind, die als Schatten durch die Welt wandern. Die Stimmen dort unten klingen nicht nach einem wahrgewordenen Albtraum.

»Gib nicht so an«, erwidert der andere. Mein Herz beginnt schneller zu schlagen. Wer sind sie und was wollen sie hier?

»Ach komm, ich bin einfach unwiderstehlich und Thia weiß das.«

O Gott.

Mein Herz setzt für einen Augenblick aus.

Der andere bringt nur ein angewidertes Schnaufen zustande und ich gehe in die Hocke. Das müssen sie sein, die Tecus, sie sind hier. Ich muss an meinen Traum denken und an die Stille, die die schattigen Monster umgeben hat, ihre roten Augen und den Geruch von Verwesung. Doch nur weil sie normal klingen, sind sie trotzdem gefährlich. Und sie haben Thia, das hat der eine klar und deutlich gesagt. Ich kann unmöglich gegen zwei kämpfen. Die Schritte werden lauter, sie kommen von der oberen Etage hinunter. Mein Herz hämmert so heftig unter der Brust, dass ich mich ganz bewusst zum Atmen zwingen muss. Wenn sie mich auch schnappen, dann war 's das. Gebückt entferne ich mich von dem Treppenaufgang, schleiche weiter den Gang entlang und gehe durch eine Tür in ein angrenzendes Zimmer. Ich sollte den Iter nutzen, um zu verschwinden. Aber was wenn ich noch Informationen aufschnappen kann, die hilfreich sein könnten? Ich bleibe in dem Zimmer. Hier sieht es noch wüster aus. Glasscherben liegen überall auf dem Boden verteilt. Verdammt, wenn ich hier jetzt einen Fuß falsch setze, hören sie mich.

»Wir müssen uns an den Plan halten, vergiss das nicht«, erwidert der eine.

»Ja, ja. Es nervt einfach nur noch.«

»Hab Geduld.«

»Die musste ich zu lange haben.« Sein Schnaufen ist jetzt so nah, dass mein Herz den Takt noch mal beschleunigt und aufgeregt gegen meine Brust schlägt. Verdammt, sie sind in dem Gang. Auf Zehenspitzen tänzle ich durch das Zimmer, achte auf jeden meiner Schritte und ignoriere die angrenzenden Räume dadurch vollkommen. Fieberhaft suche ich eine weitere Möglichkeit, hinauszukommen. Und dann passiert es, ich trete auf eine große Glasscherbe und das Zersplittern durchdringt die Stille.

»Verdammt«, fluche ich leise und beeile mich, aus diesem Zimmer zu verschwinden. Mit schnellen Schritten laufe ich weiter und finde mich in einem großen Saal wieder. Verzweifelt suche ich nach einem Weg hinaus, finde mich aber in einer Sackgasse wieder. Da sie mich vermutlich sowieso gehört haben, öffne ich zügig den Iter und flüchte so schnell, wie möglich.

Im Institut treffe ich auf Isy. Ich erzähle ihr von meinem Besuch im Casino. Sie wirkt nicht wirklich schockiert, was mich wundert.

»Wir waren auch dort«, gesteht sie mir und zieht mich ein Stück zur Seite. Vermutlich soll uns niemand bei dem Gespräch hören.

»Wer ist wir?«, frage ich verwirrt.

»Ich war mit Ben und Neo dort, um Thia zu suchen.«

»Was?« Ich reiße die Augen auf und starre sie an. Das ist ein Scherz, oder? Das muss ein Witz sein.

»Ich …«, stottert sie und die Anspannung von eben hat meinen Körper wieder komplett eingenommen. »Sie haben sich Sorgen um Thia gemacht und haben nicht verstanden, wie sie spurlos verschwinden konnte.«

»Und dann hast du es ihnen erzählt?«

Ich schlage die Hand vor meinen Mund und bin sprachlos. Eine Träne rinnt über ihre Wange und ich drücke sie reflexartig an mich.

»Ich mache mir solche Sorgen und die Nox handeln nicht. Ich dachte …« Sie bricht den Satz ab und schnieft laut. Sie drückt sich von mir weg und wischt sich die Tränen aus dem Gesicht. Isy so zusehen, hinterlässt einen dicken Kloß in meinem Hals.

»Du dachtest?«

»Dass sie uns bei der Suche helfen können. Neo mag Thia, mehr als er sollte, und ich wollte mit dir darüber reden, wirklich.« Ich atme die angestaunte Luft aus und brauche einen Moment die Informationen zu verdauen. Menschen wissen nichts von uns und unserer Aufgabe. Nicht mal die Sicherheitsleute im Institut haben eine Ahnung von unserer Magie.

»Du hast sie mit durch den Iter genommen?«

Ich bekomme ein zögerndes Nicken als Antwort.

»Wir müssen ihre Erinnerungen löschen.«

»Nein! Cass bitte! Sie wollen uns helfen!«

»Wenn die Nox davon erfahren, dann …« Ich weiß nicht mal, was passieren würde. Woher auch? Es ist uns untersagt, die Magie den Menschen zu zeigen, und bisher kam auch noch keine von uns auf die Idee, sich zu widersetzen. Isy meint, sie wollen helfen, aber ist sie nicht auch blind vor Liebe? Können Gefühle so stark sein, dass man dafür alles riskiert? Ich weiß es nicht.

»Vertraust du ihnen?«

»Ja.«

»Dann möchte ich Ben und Neo kennenlernen.«

Mit einem mulmigen Gefühl gehen Isy und ich ins Innere des Instituts.

Als wir die Institutsküche betreten, sitzen Tera und Emory am Tisch und spielen ein Brettspiel.

»Hey, wieso seid ihr nicht im Aufenthaltsraum?«, frage ich und setze mich zu ihnen.

»Wir haben uns mit den anderen gestritten«, antwortet Emory und zieht einen Schmollmund. Mit den anderen meint sie Feli und Hel. Isy setzt sich mit zwei Kaffeetassen zu uns und schiebt mir eine davon über den Tisch zu. Dankbar nehme ich sie an. Wir haben auf dem Weg hierher kein Wort miteinander gewechselt.

»Worum ging es bei eurem Streit?«, fragt Isy und trinkt einen Schluck.

Tera presst ihre Lippen aufeinander und senkt den Kopf. Auch Emory wirkt verunsichert und spielt mit ihren Fingern.

»Ihr könnt mit uns reden«, bekräftige ich sie.

»Sie haben uns verpetzt, weil wir etwas über die anderen Lost Places herausfinden wollten.«

Isy und ich wechseln einen kurzen Blick, ehe ich mich an Tera und Emory wende.

»Was meint ihr? Welche anderen Lost Places?«

Tera sieht Emory fragend an und runzelt die Stirn, ehe sie beide anfangen zu kichern.

»Cass, du bist witzig.« Tera grinst mich an.

Ich schlucke, weil ich nicht weiß, was ich erwidern soll. Auch Isy wirkt perplex und zieht beide Augenbrauen in die Höhe. Gerade als ich Tera weiter ausquetschen möchte, öffnet sich die Tür und Vicky kommt herein.

»Ach hier seid ihr. Ich habe euch schon gesucht. Tera und Emory, ihr geht bitte zum Unterricht. Ich muss mit Isy und Cass etwas Wichtiges besprechen.«

Sie setzt sich zu uns, atmet schwer aus und wartet bis die Mädchen die Küche verlassen haben.

»Was ist los?«, fragt Isy.

»Das wird euch nicht gefallen, aber es muss sein«, beginnt sie den Satz und zieht die Augenbrauen zusammen. Was haben die Nox sich jetzt wieder einfallen lassen? »Fortan wird euch jemand an die Seite gestellt, der ein Auge auf euch haben wird.«

Mir klappt der Mund auf, doch Vicky hebt beschwichtigend die Hände. »Anordnung von oben. Es soll eurer Sicherheit dienen. Die beiden haben ein Spezialtraining durchlaufen und sind wirklich konkurrenzlos in jeglichen Kampftechniken. Wir dürfen euch nicht auch noch verlieren. Das versteht ihr doch.«

Sie schenkt uns ein entschuldigendes Lächeln.

»Und wer soll das übernehmen? Die Nox sind momentan nicht sonderlich gut auf uns zu sprechen.«

Da hat Isy recht. Bei den giftigen Blicken, die sie uns zuwerfen, kann ich mir kaum vorstellen, dass jemand von ihnen sich freiwillig zu diesem Dienst gemeldet hat.

»Es sind zwei Menschen«, antwortet sie.

»Wie bitte?«, fragen wir gleichzeitig. »Ich dachte, die dürfen nichts von uns wissen?«

»Es ist eine Ausnahme und die einzige Lösung, die wir zu diesem Zeitpunkt haben. Sie werden euch auch zu den Sichtungen begleiten.«

»Wir nehmen sie mit durch den Iter?«, frage ich und runzle die Stirn. Das ergibt keinen Sinn. Niemand darf davon wissen. Und jetzt ist es möglich? Jetzt, wo ich vor wenigen Minuten erfahren habe, dass Isy selbst zwei Menschen eingeweiht hat. Kurz überlege ich, ob wir Vicky davon erzählen sollten.

»Ja, anders geht es nicht.«

Ich schaue zu Isy, der die Neuigkeit überhaupt nicht schmeckt. Sie wölbt die Hände zu Fäusten und holt scharf Luft, ehe sie ausatmet und nickt.

»In Ordnung.«

»Gut.« Mit diesem Wort verabschiedet sich Vicky wieder und ich bleibe mit Isy und jeder Menge Fragezeichen zurück.

Gerade möchte ich sie auf die Sache mit Ben und Neo ansprechen, da machen sich die Zellen bemerkbar.

»Ich muss zum Autofriedhof«, entschuldigt sie sich.

Ich nicke.

»Wir reden später«, erwidere ich und umklammere die Tasse vor mir. Isy schließt ihre Augen und konzentriert sich. Gleich wird der Iter sie ergreifen und fortbringen. Ich lächle, weil es so magisch ist, es selbst mal mitanzusehen und nicht vom Wirbel fortgetragen zu werden.

»Cass?« Sie hat noch immer die Augen geschlossen.

»Ja?«, antworte ich.

»Danke, dass du mich nicht verraten hast.«

Und mit diesen Worten löst sich Isy vor mir auf. Ich muss an Tera und Emorys Worte über die anderen Lost Places nachdenken und frage mich, was es damit auf sich hat. Mir ist klar, dass es nicht nur fünf gibt, sondern dass jede Menge auf der ganzen Welt verteilt sind. Aber dennoch verstehe ich Teras Aussage nicht. Wieder einmal wird mir dadurch bewusst, dass ich absolut keine Ahnung und mir keinerlei Gedanken gemacht habe. Ich lasse den Kopf hängen und starre die Tischplatte an. Warum fällt es mir so schwer, mich an die Vergangenheit zu erinnern? Ich konzentriere mich, aber alles ist so blass und kaum vorhanden. Es ist vergebens und so stehe ich auf und eile zurück in mein Apartment.

Als ich am Empfang vorbeikomme, ist gerade Schichtwechsel. Connor verabschiedet sich von Rosie und ich komme nicht darum herum, mich zu wundern, wo Ayden steckt. Ich begrüße Rosie mit einem kurzen Lächeln, zu mehr bin ich gerade nicht in der Lage.

»Cass«, ruft sie und kommt um den Tresen gelaufen.

»Mir ist zu Ohren gekommen, dass Thia und Billy verschwunden sind.«

Rosie weiß nichts über uns Zeynas und die Nox, also wird die Antwort jetzt etwas heikel.

»Was haben sie dir gesagt?«

»Nun ja, leider nicht viel. Sie meinten, Thia und Billy werden vorerst nicht ihre Apartments aufsuchen. Aber ich habe ein Gespräch gehört, wo es um ein mysteriöses Verschwinden zweier … wie haben sie es genannt … Zeynas ging. Ich weiß nicht, was das bedeutet, aber ich lebe nicht hinterm Mond und sehe, dass dieses Institut viele Geheimnisse trägt.«

Ihr Gespür entlockt mir ein kleines Schmunzeln.

»Es stimmt, sie sind verschwunden. Aber mehr kann und darf ich dir leider nicht sagen. Versuch dir nichts anmerken zu lassen, denn ansonsten könnte es gefährlich werden.«

Sie nickt und wirkt keinesfalls verblüfft.

»Wenn ich irgendwie helfen kann …«, erwidert Rosie.

»Das ist lieb.«

Rosie tritt einen Schritt auf mich zu und zieht mich in eine feste Umarmung.

»Pass auf dich auf, okay?«

»Das mache ich.«

Lächelnd gehe ich nach oben und weiß, für wen ich kämpfen werde. Für Menschen wie Rosie.

Gerade erreiche ich den Gang zu meinem Apartment, als ich abrupt stehen bleibe.

»Was machst du denn hier?«, frage ich und fixiere ihn wie eine Katze ihre Beute.

»Ich soll aufpassen, dass du keine Dummheiten veranstaltest.«

Ich verschränke die Arme vor der Brust.

»Sie haben *dich* dafür auserwählt?«

»Es gibt wohl kaum jemand Besseren«, erwidert er und zwinkert mir zu.

Großartig!

Ich werfe die Arme nach oben und laufe aufgebracht schnaufend an ihm vorbei, um schnell die Tür zu öffnen.

»Wenn etwas ist, einfach schreien«, höre ich Ayden hinter mir und drehe mich um. Schmunzelnd lehnt er sich an die Wand gegenüber meiner Eingangstür.

»Ja, bestimmt«, antworte ich und rolle mit den Augen, ehe ich die Tür zuschlage.

Kapitel 12

Auf dem freistehenden Küchenblock stehen Mehl, Eier, Milch und andere Zutaten bereit. Ich habe Tera eingeladen, einen Kuchen mit mir zu backen. Ein bisschen Ablenkung wird uns guttun. Es klopft an der Tür und ich wende meinen Blick von der Arbeitsplatte ab, wo ich alles vorbereitet habe.

»Wie schön, dass du kommen konntest«, begrüße ich Tera mit einem liebevollen Lächeln auf den Lippen.

Wie die Tage zuvor, steht Ayden vor der Tür.

»Immer noch da?«, frage ich.

Er stößt sich ab und kommt zu mir.

»Solange es nötig ist«, antwortet er und funkelt mich herausfordernd an. Schnell lasse ich Tera herein und schließe die Tür. Meine kleine Freundin schnappt sich einen Hocker und rückt diesen vor der Küchenzeile zurecht. Das letzte Mal, dass wir gemeinsam gebacken haben, ist schon eine Weile her. Aber beim Backen sind wir mittlerweile ein eingespieltes Team. Wir kippen die Zutaten in die Schüssel und verrühren alles. Unbewusst schiele ich immer wieder zur Tür. Warum ausgerechnet er? Wie soll ich hier zur Ruhe kommen, wenn Ayden vor meiner Tür steht?

Nachdem ich den Kuchen in den Ofen geschoben habe, hole ich uns die Zitronenlimonade aus dem Kühlschrank und gieße zwei Gläser voll. Zügig leert Tera ihres. Sie scheint durstig gewesen zu sein.

»Wollen wir ihm auch etwas von der Limonade abgeben?«, fragt sie und sieht zur Tür.

Ich brauche einen Moment, ehe ich verstehe, wen sie meint.

»Du möchtest Ayden ein Glas bringen?«

Sie verschränkt die Arme hinter dem Rücken und sieht zu ihren Füßen. Anscheinend traut sie sich nicht.

»Ich frage ihn, okay?«

Sie sieht mich an und ihre Mundwinkel heben sich. Ja, ja das ist wieder typisch. Sie weiß ganz genau, wie sie mich um den Finger wickeln kann. Aber für Tera würde ich alles in Bewegung setzen, nur damit sie glücklich ist. Ich öffne die Tür und Ayden lehnt an der Wand. Die Arme vor der Brust verschränkt, sieht er mir direkt in die Augen. Dunkel, viel zu dunkel und viel zu schön für diese Welt. Fragend hebt er eine Augenbraue, was dann wohl mein Stichwort wäre.

»Äh, Tera fragt, ob du auch ein Glas Limonade möchtest?«

Er stößt sich von der Wand ab und steht in zwei Schritten vor mir. Alarmiert trete ich zurück. Viel zu nah.

»Gern«, antwortet er. Dieser Typ ist von einem anderen Planeten. Eindeutig. Die schwarzen Augen schauen mich fragend und zeitgleich so verlangend an. Als ob er auf etwas wartet. Ein Zeichen von mir? Aber was? Ich würde gern mehr erfahren, mehr über ihn und seine Gedanken, wenn er mich so ansieht, wie jetzt. Etwas zieht an meinem T-Shirt und nur widerwillig löse ich den Blick von Ayden. Ich entdecke Tera neben mir, die mich frech angrinst.

»Komm rein«, fordere ich meinen Bodyguard auf und er folgt meiner Aufforderung. Sein Blick wandert über meine Einrichtung.

»Nichts Besonderes.« Ich winke ab.

Mein Faible für alte Dinge spielt selbst hier in meinem Apartment eine Rolle. Das meiste habe ich mühselig restauriert, was durch die wenige Zeit, die ich habe, sehr lange gedauert hat. Aber es hat sich gelohnt und war für mich eine willkommene Abwechslung zu den Sichtungen.

»Mir gefällt es.«

Ayden steht vor einer alten Kommode. Ich habe sie in einem Antiquitätengeschäft in Schottland entdeckt und musste sie direkt mitnehmen. Der Transport gestaltete sich durch den Iter allerdings schwieriger als gedacht.

Ich reiche Ayden das Glas mit der Zitronenlimonade, er trinkt sie ebenfalls in einem Zug aus und stellt das Glas auf den Küchenblock.

»Also«, beginne ich den Satz. »Connor ist jetzt am Empfang.«

»Ja.« Er greift zu dem eingerahmten Foto von Thia, Isy, Billy und mir und sieht es sich genau an.

»O super!« Meine Stimme überschlägt sich beinah vor Freude. Connor ist zurück und somit auch die täglichen nervigen Blicke von ihm. Ich rümpfe die Nase.

»Hättest du ihn lieber vor deiner Tür?«

»Am liebsten wäre mir niemand.« Dabei schenke ich ihm ein spöttisches Lächeln. Tera zieht wieder an meinem Shirt, ich knie mich hin und ich wende mich ihr auf Augenhöhe zu.

»Was ist los?«

Sie schmollt und wirft einen Blick zur Uhr über meiner Tür.

»Ich muss zum Unterricht«, erklärt sie.

»Oh, ist es schon so spät? Ich stelle den Kuchen in die Institutsküche, okay? Dann können Emory und du später etwas davon probieren. Und wenn euch die anderen nicht mehr ärgern, bekommen sie auch ein Stück.« Ich zwinkere ihr zu.

Die Freude kehrt wieder in Teras Gesicht zurück und mit einer schnellen Umarmung verabschiedet sie sich von mir. Ayden winkt sie ebenfalls zu und grinst übers ganze Gesicht.

Dann sind wir plötzlich allein und ich höre meine viel zu laute Atmung. Von meinem pochenden Herzen will ich erst gar nicht sprechen. Ayden sieht mich von der Seite an und ich würde zu gern wissen, was er denkt.

»Mich wundert es, dass ich noch nicht losmusste«, flüstere ich, um die Stille zu füllen. Es ist so nervig. Immer wenn der Place ruft, muss ich Ayden Bescheid geben und er begleitet mich durch den Iter. Dass er dabei so entspannt bleibt, finde ich beeindruckend.

»Ist doch gut, oder?«

Ich gehe zum Spülbecken und wasche die Schüssel aus, will mir eine Antwort überlegen, die nicht nach dem eingesperrten, den Regeln der Nox folgenden Wesen klingt, das ich bin. Aber dann sprudeln die Worte einfach so hervor, ohne dass ich es aufhalten kann.

»Ja, auf jeden Fall. Meistens muss ich los, wenn ich gar nicht will.«

Ich schlucke, als ich seine Präsenz sehr deutlich neben mir wahrnehme und er mir die nasse Schüssel aus der Hand nimmt, um sie abzutrocknen.

»Und wie ist es jetzt?«, fragt er.

»Jetzt?« Mein Mund fühlt sich trocken an. Schnell schnappe ich mir die Knethaken und wasche sie ebenfalls ab.

»Ja, jetzt. Würdest du gern aufbrechen?«

O je. Was will er von mir hören? Dass ich lieber mit ihm hierbleiben möchte und er eine Sehnsucht in mir entflammt, von der ich bis vor Kurzem nicht wusste, dass sie da ist?

»Nein«, flüsterc ich und spüre die Hitze auf meinen Wangen. Vorsichtig greift er meine Hand und ich starre ihn einfach nur an. Da ist etwas zwischen uns, was ich nicht deuten kann. Eine Berührung, die nicht nur die Oberfläche küsst, sondern tief unter die Haut geht. Eine Verbundenheit. Mein Mund öffnet sich leicht. Wieso ist er jetzt so anders zu mir? Ich muss daran denken, wie er sich teilweise aufgeführt hat, und diese albernen Gedanken verpuffen im Nu.

»Wir sollten uns nicht so nah sein.«

Worte, die ich nicht wirklich aussprechen will und doch so meine. Vorsichtig entziehe ich ihm meine Hand und wende mich ab. Es dauert keine drei Sekunden, dann höre ich, wie sich dumpfe Schritte entfernen, und die Tür ins Schloss fällt. Ich atme tief ein und aus, ehe ich zur Tür schaue, Ayden hat den Raum längst verlassen. Sofort fühle ich mich wieder einsam. Die Zeit mit Tera und der Moment mit Ayden konnten mich kurz entführen. Doch jetzt ist alles wie zuvor. Leer.

Vor dem Institut setze ich mich auf eine Bank und schließe die Augen. Es wird Zeit, dass Isy und ich uns über Ben und Neo unterhalten. Ich werfe einen Blick auf meine Uhr, sie müsste jeden Moment hier sein. Es tut gut, hier draußen zu sein. Natürlich ist Ayden nicht weit entfernt und ich spüre seine Präsenz bis hierher. Er hat kein Wort gesagt, seitdem ich den aufregenden Augenblick zwischen uns zerstört habe.

Dann taucht Isy auf und kommt zu mir geeilt.

»Da bin ich. Was gibt 's? Ist etwas passiert?« Sie setzt sich zu mir auf die Bank.

»Wie geht 's dir? Habt ihr euch noch einmal auf die Suche begeben?«

Die Frage liegt mir schon seit Tagen auf der Zunge, denn andauernd ist sie unterwegs und hat kaum Zeit für ein Gespräch gehabt.

»Ja, aber ohne Erfolg.« Sie verzieht den Mund und ich spüre die Enttäuschung.

»Ich möchte sie immer noch kennenlernen.«

»Wir können sofort los, wenn du willst?«

Ich schaue zu Ayden. Er wird mitkommen wollen.

Isy folgt meinem Blick und reißt die Augen auf.

»Wer ist das denn?«, fragt sie.

»Das ist Ayden, mein Aufpasser«, antworte ich mit zusammengebissenen Zähnen.

»Warum der Unterton?«

Ich rolle mit den Augen. »Wo ist dein Aufpasser?«

»Wahrscheinlich auf der Suche nach mir.« Sie wackelt neckisch mit den Augenbrauen. »Du kennst mich.«

»Du weißt, dass wir die Nox nicht verärgern sollen.«

»Er wird ihnen wohl kaum sagen, dass er es nicht schafft, mich im Auge zu behalten. Dann ist er die Stelle schneller wieder los, bevor er Zeyna sagen kann.«

Ich schüttele lachend den Kopf. »Du bist unmöglich.«

»Cass«, ruft mich in diesem Moment eine vertraute Stimme und ich schaue fragend in seine Richtung. Joel kommt schnellen Schrittes auf uns und stemmt die Hände in die Taille.

»Es wird Zeit für dein Training.«

Ich seufze laut auf.

Bevor ich mit Joel gehe, wende ich mich noch mal an Isy. »Lass uns nachher noch mal darüber reden, okay?«

»Melde dich, sobald du aus dem Höllending raus bist.«

Joel wirft ihr einen warnenden Blick zu und ich hebe den Daumen hoch. Dann folge ich Joel. Er wirkt gehetzt, hat vermutlich keine Zeit, weiß aber um seine Pflicht, uns regelmäßig trainieren zu lassen. Um seine Aufgabe beneide ich ihn nun wirklich nicht, denn häufig steht er zwischen den Stühlen und soll tausend Dinge gleichzeitig erledigen.

»Wie läuft es mit der Suche nach Thia und Billy?«, frage ich, um die Stille zwischen uns zu durchbrechen.

Er atmet hörbar aus.

»Wir haben keine neuen Erkenntnisse. Aber machen Fortschritte bei einem anderen Projekt, was uns allen den Arsch retten wird.«

Ich schlucke, weil seine Laune echt im Keller ist. Schnell eile ich neben ihm her.

»Du wirst mir dazu sicherlich nichts verraten, oder?«

Er lacht nur und schüttelt den Kopf. Ich presse verstimmt die Lippen aufeinander.

»Sympathisch wie eh und je«, flüstere ich, doch Joel scheint es nicht gehört zu haben und öffnet die Tür zum Ducator.

Meine Haare habe ich zu einem Zopf nach hinten gebunden. Ich gehe durch die Tür und meine Gedanken kreisen noch immer. So viel Training und letztlich hat es Thia und Billy nicht geholfen. Hat es dann überhaupt irgendeinen Sinn weiterzumachen? Anscheinend sind wir nicht stark oder schnell genug, um den Tecus zu entkommen. Daran wird auch das bisschen Training nichts ändern können. Es flackert ein paar Mal, ehe sich die Monitore anschalten und ich mich in einer staubigen Landschaft wiederfinde. Alles ist von der Dürre befallen, trocken und blass. Nur die Sonne über mir erzeugt ein Gefühl von Leben. Kurz schließe ich die Augen und atme tief ein, ehe ich meine Sinne schärfe und das

Gebiet genau betrachte. Doch es bleibt ruhig. Zu ruhig. Wieso kommt kein Gegner?

»Joel?«, rufe ich und warte auf eine Antwort. Nichts. Okay, dann such ich nach Möglichkeiten, mich zu verstecken. Verschiedene Felsvorsprünge kommen in Frage, sonst kann ich nichts entdecken. Und während ich alles im Kopf durchgehe, wo ich ausweichen kann und Angriffe abwende, bleibt es um mich herum weiterhin still. Hat er mich vergessen? Ist ihm etwas passiert? Erneut rufe ich seinen Namen in die trockene Landschaft. Und dann geht es plötzlich ganz schnell. Um mich herum flackert Licht auf und drei Gegner erscheinen. Billy, Thia und Isy.

»Der Ducator ist auf höchster Stufe«, höre ich seine Stimme aus den Lautsprechern.

Entsetzt starre ich die Simulationen an, denen es Freude bereitet, mich immer wieder zu verletzen. Egal, wie schnell ich versuche auszuweichen, die Laser treffen mich. Alles ist rot, überall sehe ich Blut. Die Schnittwunden brennen und Blut sickert unaufhaltsam heraus. Ich presse die Hände auf die Wunden, doch es sind zu viele. Keuchend versuche ich mich zu verstecken, aber sie finden mich schneller, als ich mir einen neuen Unterschlupf suchen kann. Was soll der Mist? Das ist kein Training mehr. Das ist ein Selbstmordkommando. Mit aufgerissenen Augen starre ich meine Gegner an und sacke keuchend zu Boden, als sie mich erneut treffen. Ich habe den metallischen Geschmack von Eisen im Mund und spucke Blut aus. Und während es mir so langsam schummrig vor den Augen wird, sehe ich, wie der Boden all das Blut aufsaugt und es so aussieht, als hätte nie ein Kampf stattgefunden. Mir wird übel, die Welt beginnt sich zu drehen und heiße Tränen laufen mir über die Wange. Ich krümme mich vor Schmerzen. Das ist kein Training, das ist Folter.

»Wieso Joel?«, krächze ich, bis alles um mich herum dunkel wird.

Kapitel 13

Blinzelnd öffne ich die Augen. Alles ist verschwommen. Ich fühle eine zärtliche Berührung an meiner Wange, die in mir ein altbekanntes Gefühl auslöst. Dann wird mir allmählich klar, wo ich bin. Für einen Augenblick schließe ich die Augen und genieße den Frieden, der hier herrscht. Wenn es einen Himmel gibt, dann stelle ich ihn mir genauso vor. Nur widerwillig öffne ich die Augen und entdecke eine Blüte, deren Farben mir entgegenleuchten. Blutorange und smaragdgrün verlaufen ineinander. So eine Blume habe ich noch nie gesehen. Doch die liebliche Schönheit verwandelt sich in Dunkelheit. Schwarze Augen tauchen vor mir auf.

»Ich bin wieder hier.« Meine Stimme klingt nicht nur kratzig, mein ganzer Hals fühlt sich an wie die Sahara.

Als ob Ayden meine Gedanken lesen kann, hält er mir ein Glas Wasser hin. Dankend nehme ich es entgegen und leere es in einem Zug. Die Flüssigkeit ist angenehm kühlend und lindert das Kratzen. Dann langsam kommen die Erinnerungen wieder und der Schmerz setzt ein. Ich krümme mich zusammen, wimmere leicht. Wieso hat Joel das getan? Ayden legt seine Hand auf meinen Arm.

»Wie geht es dir?«

Ich möchte antworten, doch mir bleiben die Worte im Hals stecken. Die Bilder, wie meine Schwestern auf mich eingestochen haben, gehen mir nicht aus dem Kopf.

»Möchtest du aufstehen?«

»Weshalb? Ich klebe doch sowieso an diesem Bett fest.«

Als Antwort bekomme ich ein verschmitztes Lächeln, ehe Ayden mir seine Hand reicht, die ich zögernd ergreife.

»Wir können es ja gemeinsam versuchen.«

Diese Stimme erfüllt die Hohlräume meiner Seele und das tut gerade unglaublich gut. Ich lasse es zu, weil ich nicht anders kann. Ich bin so froh, dass Ayden hier ist. Er ist genau das, was meine geschundene Seele braucht. Sanft und fast schon vertraut legt er einen Arm um meine Taille und wir bewegen uns im Gleichschritt weg von dem himmlischen Bett und kommen dem Fenster immer näher. Es funktioniert. Die Sehnsucht steigt und das Kribbeln in meinem Bauch nimmt zu. Mir stockt der Atem.

»Was ist das für ein Ort?«, frage ich und erkunde jeden Zentimeter. Ich blinzle in die Sonne, die Wärme legt sich sanft auf die bunten Blüten, die sich aus dem Zimmer hinaus ins Freie verbreiten und alles einnehmen. Ein zartgrünes Farbenspiel auf den Baumwipfeln und der herrliche Gesang mehrerer Vögel in der hohen Buche jenseits der Wiese lassen mich lächeln und sämtlichen Schmerz vergessen. Eine Welle schlägt gegen den Pier und die reine Luft erinnert mich an das New Slains Castle. Ein Schiff liegt im Hafen und die Segel flattern im Wind.

»Das ist dein Traum«, flüstert Ayden mir ins Ohr und sein warmer Atem streichelt meinen Nacken. Ein Traum? Wie kann sowas nicht echt sein? Warum fühlt es sich so richtig und zeitgleich so falsch an?

»Es ist wunderschön …« Mehr kann ich nicht sagen, obwohl es so viel gibt. Dieser Ort, ein Ort meiner Fantasie.

»Cass«, raunt Ayden. Ich schließe die Augen, atme die feine Luft ein und klammere mich an meine innere Stärke, die jeden Moment zu zerbrechen droht. »Lass los.« Ayden steht hinter mir und hüllt mich mit seiner enormen Präsenz ein. Es kribbelt heftig in mir und dann passiert es. Etwas in mir regt sich und tausend kleine Moleküle fangen an wild zu tanzen. Sie suchen ihren Weg in die Freiheit und ich wende mich Ayden zu, der mit seinem Lächeln mein Herz höherschlagen lässt, und es sanft berührt. Plötzlich will ich so viel mehr. Meine Augen spiegeln sich in seinen, verlangend, berauschend, ungezügelt. Und dann verschließe ich seinen Mund mit meinen bebenden Lippen. Für einen Moment ist die Welt taub und

blind zugleich. Ayden drückt seine Hand in meinen Rücken und schiebt mich näher zu sich. Unsere Körper pressen sich aneinander, werden eins. Seine Finger gleiten über meine Haut, meine Muskeln und berühren jede Faser meines Körpers wie ein berauschendes Musikkonzert. Zart, leicht und doch fest geht mir der Rhythmus unter die Haut und lässt mein Innerstes erbeben. Meine Hände legen sich in seinen Nacken und ich greife in das volle schwarze Haar. Alles in mir will mehr. Ayden hebt mich hoch und setzt mich auf den Tisch vor dem Fenster. Seine Augen sind dunkel wie die Nacht, verführerisch und voller Begierde. Hat mich jemals ein Mann so angesehen?

»Wach auf«, höre ich eine ferne Stimme, doch das will ich nicht. Das hier soll niemals enden, ich kann nicht zurück in die Realität. Es schmerzt, wenn ich nur daran denke, was mich erwartet, wenn ich zurückgehe. Eine warme Träne rinnt mir über die Wange. Das ist nur ein Traum. Er ist nicht wirklich hier. Bevor ich die Augen schließe, lächle ich ihn an und danke ihm stumm. Ich sollte gehen.

»Wach auf, Cass!«

Abrupt setze ich mich auf und reibe mir über die Augen. Es dauert einen Moment, bis ich wieder klar bin. Noch immer spüre ich seine Berührungen. Die Nähe. Das Prickeln am ganzen Körper. Vorsichtig fahre ich mit der Zunge über meine Unterlippe und habe das Gefühl ihn noch schmecken zu können.

Ich höre, wie eine Tür leise ins Schloss fällt, und springe auf. Doch schon in der Bewegung spüre ich die Schmerzen. Es ist auszuhalten, aber ich bin etwas langsam, als ich zur Tür eile und sie öffne. Davor steht Ayden an der gegenüberliegenden Wand und sieht mich fragend an.

»Warst du in meinem Apartment?«

Er presst die Lippen aufeinander, die ich eben geküsst habe, ehe er auf mich zukommt. Sofort prasseln die Bilder aus meinem Traum auf mich ein. Am liebsten würde ich direkt dort weitermachen, aber ich weiß, dass es nur ein Traum war und es ziemlich verrückt wäre, ihm jetzt um den Hals zu fallen.

»Ich musste nach dir sehen. Geht es dir besser? Als sie dich hierhergebracht haben, sah es echt übel aus.«

Er hat mich gesehen. Natürlich hat er mich gesehen, immerhin soll er mich bewachen. Wenn er mich nur vor den Qualen des Ducators hätte retten können. Die Gedanken daran schmerzen und ich umklammere mich. Ayden steht reglos da und sagt nichts. Was erwarte ich auch? Dass er mich genauso an sich drückt wie in dem Traum? Ich habe ihn in der Realität abgewiesen. Er wird sich kaum die Blöße geben und es erneut versuchen.

»Danke dir. Ich sollte mich noch etwas ausruhen, bevor einer der Places ruft.«

Er nickt, ich nicke, drehe mich um und beim Gehen hoffe ich so sehr, dass er mich zurückhält. Doch nichts passiert. Die Tür fällt erneut ins Schloss und mein Zuhause fühlt sich so gar nicht mehr nach Geborgenheit und Wärme an. Das Gegenteil ist der Fall. Alles ist kalt, einsam und verlassen.

Ich habe es nicht lange in meinem Apartment ausgehalten und war froh, dass ich zum *New Slains Castle* und zum *Château Pavarotti* musste. Die Schnittwunden an meinem Körper sehen deutlich besser aus und sind äußerlich kaum noch sichtbar. Körperlich fühle ich mich fit, nur seelisch ist bei mir eindeutig etwas nicht in Ordnung. Aber ich habe nicht viel Zeit darüber nachzudenken, denn das Treffen mit Ben und Neo steht an. In circa einer Stunde ist es so weit. Wir wollen uns in einem Café treffen, nicht weit vom Institut entfernt. Vorher muss ich allerdings Ayden erzählen, dass Isy und ich mit zwei Freunden verabredet sind. Ob er mir das abnimmt, bleibt offen. Frisch geduscht schlüpfe ich in eine bequeme Jeans und einen dunklen Pullover. Meine Haare flechte ich zu einem seitlichen Zopf und ziehe weiße Sneakers an.

Als ich die Tür öffne, hebt Ayden den Kopf und sieht mir in die Augen.

»Wieder eine Sichtung?«, fragt er.

Ich schüttle den Kopf. Etwas nervös zupfe ich am Saum des Pullovers und lächle ihn an.

»Isy und ich treffen uns mit zwei Freunden«, antworte ich und winke ab.

»Mit Freunden?«

»Äh ja? Ist doch etwas völlig Normales.«

Er runzelt die Stirn und legt den Kopf schräg. »Wie heißen denn eure Freunde?«

Ich verschränke die Arme vor der Brust. Wird das jetzt ein Verhör? Nur widerwillig antworte ich: »Ben und Neo.«

»Und wie habt ihr euch kennengelernt?«

Erstaunt sehe ich ihn an.

»Was für eine bescheuerte Frage. Na, wo man sich halt so kennenlernt. In einer Bar natürlich.«

Ayden presst die Lippen aufeinander und unterdrückt ein Schmunzeln.

»Das ist die Wahrheit«, flunkere ich, weil ich nicht möchte, dass er es den Nox erzählt und wir Ärger bekommen.

Als Antwort prustet er laut los und ich stemme die Hände in die Hüften.

»Das ist ziemlich unhöflich, nur dass du es weißt.«

Sein Lachen ist ansteckend und ich muss mich wirklich zusammenreißen, nicht mitzulachen. Meine Lüge war schrecklich, das konnte ich schon mal besser. Er hebt die Hände und braucht einige Sekunden, bis er sich beruhigt hat.

»Ich begleite dich natürlich zu deinem Treffen. Sind die Nox informiert?«

»Selbstverständlich«, lüge ich und halte Blickkontakt.

Gib dir Mühe, Cass.

»Gut.«

Ich atme erleichtert aus und wir machen uns auf den Weg zum vereinbarten Ort.

Kapitel 14

Vor dem Café herrscht reges Treiben. Ayden und ich haben uns etwas beiseitegestellt, damit wir niemandem im Weg stehen. Wenige Sonnenstrahlen durchbrechen die Blätter der Bäume und ein leichter Wind weht uns um die Nase. Man könnte diesen Moment wirklich genießen, wenn nicht diese Anspannung meinen kompletten Körper einnehmen würde. Immer wieder schaue ich auf meine Armbanduhr, sie sind zu spät. Aus fünf Minuten sind schnell zehn geworden und bald sind es fünfzehn. Von Isy, Ben und Neo fehlt bisher jede Spur. Wo bleiben sie? Während ich immer nervöser werde, ist Ayden die Ruhe selbst und zu gern würde ich etwas davon abhaben. Doch dann sehe ich sie. Isy eilt auf uns zu.

»Ich erreiche sie nicht.« Isy kommt schnaufend vor uns zum Stehen.

»Wie meinst du das?«

»Wir wollten uns treffen und gemeinsam hierher gehen, aber niemand kam zum Treffpunkt. Ben geht nicht ans Telefon und Neo auch nicht.«

Ayden verfolgt unser Gespräch und nickt dem Mann hinter Isy zu. Das muss ihr Aufpasser sein, aber dafür habe ich jetzt keinen Kopf.

Schlagartig spüre ich das Schwingen, und zwar im *Château Pavarotti*.

»Das Château«, presst Isy hervor und reißt die Augen auf.

Das Schwingen der Zellen verwandelt sich zu einem starken Vibrieren. Geschockt sehen wir uns an. Das geht zu schnell.

»Ich muss dorthin.«

»Aber nicht allein. Ich komme mit«, erwidert Isy.

So schnell ich kann, öffne ich den Iter und stelle mir in Windeseile die Konturen vom Château vor. Ayden greift nach meiner Hand und ich zögere einen Moment. Was ist, wenn die Tecus dort sind? Es könnte gefährlich werden. Aber ihn hierzulassen ist auch keine Option, er würde den Nox davon berichten und den Ärger möchte ich mir ersparen.

Der Wirbel erfasst uns und wir tauchen zu viert vor dem kleinen Märchenschloss auf, das komplett von der azurblauen Aura eingenommen wurde.

»Was zur Hölle ist hier passiert?« Ich starre die Körper der vier Nox an, die in grotesken Haltungen vor dem Eingang des Schlosses in der Luft schweben. Ihre Augen sind schwarz und eine dunkle Flüssigkeit quillt daraus hervor. Ich versuche, ihre Identitäten auszumachen, und entdecke den Nox, der so schlecht über Billy gesprochen hat. Sein Mund ist entsetzlich verzerrt, wie auch die anderen. Sind sie tot? Schweratmend trete ich näher heran und zucke erneut zusammen, als ich die Schatten sehe, die sich um sie schlängeln. Das alles erinnert mich an meinen Traum. Sie sind hier. Panisch drehe ich mich um und schaue zu Ayden, der reglos zu den Nox starrt.

»Ihr müsst hier verschwinden«, brülle ich den beiden Menschen zu. Mein Herz schlägt schneller. Uns läuft die Zeit davon. Wie sollen wir die Nox fortbringen, bevor der Place reaktiviert wird? Das schaffen wir niemals. Gerade überlege ich, wie wir die Nox aus der Luft greifen sollen, da kracht es laut und aus den Mauern springen, wie aus der Pistole geschossen, Steine hervor. Blaue Flammen tanzen wild umher und sprühen Funken.

»Was haben sie mit ihnen gemacht?«, fragt Isy hinter mir.

»Die Seele ausgesaugt?«, antworte ich und haste zum Holztor, dessen Türen sperrangelweit offenstehen. Ein kräftiger Windzug weht mir entgegen und zwingt mich zum Anhalten. Dann pralle ich gegen etwas oder jemanden und falle nach hinten. Ich kann mich gerade so noch abfangen und starre auf einen dunklen langen Mantel vor mir. Er ist ausgefranst und scheint aus einer anderen Zeit zu stammen. Als ich den Kopf hebe, schaue ich in leuchtend goldene Augen. Ich will sofort aufstehen, mich kampfbereit machen, mich für die Entführung meiner Schwestern rächen. Doch es gelingt mir nicht.

»Denkt ihr wirklich, ihr könnt uns aufhalten?«

Hinter ihm entdecke ich einen zweiten Mann. Um beide hat sich die bläuliche Aura gelegt. Auch seine Augen leuchten golden und die Mimik wirkt regelrecht versteinert. Ihr Zorn ist deutlich, was ich im nächsten Moment direkt zu spüren bekomme. Eine unsichtbare Kraft legt sich um meinen Hals und ich werde in die Luft gehoben. Ich winde mich und zapple mit den Beinen, doch ich kann mich nicht wehren oder befreien. Verloren hänge ich in der Luft und kann kaum noch atmen. Das sind die Tecus?! Sie sind keine schattenartigen Wesen, sondern sehen uns und den Menschen ähnlich.

»Ben!«, höre ich Isy hinter mir und mit weitaufgerissenen Augen sehe ich zwischen beiden hin und her. Das ist Ben? Mir wird schummerig. Ich brauche Luft.

»Ach Isy, dich habe ich ganz vergessen.«

Seine Stimme ist voller Arroganz. Er sieht mich noch einmal an, ehe er mich loslässt und ich auf den harten Boden knalle. Ich fasse mir an den Hals, der höllisch brennt und sofort anschwillt. Meine Lunge füllt sich nur langsam mit Sauerstoff und ich kann allmählich die Atmung wieder kontrollieren. Dann sehe ich zu Isy, die Ben mit geballten Fäusten gegenübersteht. Sie bebt. Er dagegen wirkt gelangweilt.

»Du bist ein Tecus?!«

Er winkt ab und schenkt ihr ein verschwörerisches Lächeln.

»Komm doch mit uns und ich verrate es dir.«

Ben will schon nach ihr greifen. Im selben Moment beginnt der Boden unter uns zu zittern und die Aura sprüht und zischt, wie ein Vulkan, der jede Sekunde ausbrechen könnte.

»Isy! Der Place!«, brülle ich.

Während Ben ihr weiterhin gegenübersteht, kommt der andere zu mir und geht vor mir in die Hocke. Das muss Neo sein.

»Kommt mit uns.« Er reicht mir die Hand. Ich schlage sie weg und trete mit dem Fuß direkt in seinen Magen. Er prallt nach hinten, bleibt jedoch nicht lange liegen. Neo steht auf, klopft sich den Dreck von der dunklen Stoffhose und zuckt nur mit den Schultern.

»Ich hab 's versucht.« Dann dreht er sich um und scheint der Reaktivierung entgegenzufiebern.

»Nein!«, schreie ich erneut und stürze mich auf ihn. Doch wie von Geisterhand bleibe ich stehen und kann mich wieder nicht bewegen.

»Keinen Schritt weiter, meine liebe Cassandra«, säuselt Ben und streckt mir die flache Hand entgegen.

»Was seid ihr?«

Doch ich bekomme keine Antwort mehr, denn genau in diesem Moment beginnt das schrille Pfeifen in meinem Ohr. Ich sehe nur noch wie die Körper der Nox auseinandergerissen werden und die Überreste in der Luft verpuffen. Isy und ich schauen uns entsetzt an. Was für Kräfte sind das? Und dann macht Ben eine Handbewegung und ein Symbol wirbelt in seiner Handfläche auf. Da ist es wieder, das Zeichen, das wir auch schon im Casino gesehen haben. Nun prangt es an der Wand des Châteaus.

»Welche Bedeutung hat es?«

Er schmunzelt. »Zerstörung.« In dem Moment, in dem das Wort seine Lippen verlässt, weiß ich, dass wir hier wegmüssen. Im Kampf haben wir keine Chance gegen sie, also versuche ich es mit den ältesten Tricks der Welt – Provokation und Improvisation.

»Hey Arschloch«, rufe ich Ben zu.

Er kneift die Augen zusammen und drückt die flache Hand zu. Sofort spüre ich erneut den Druck um meinen Hals. Der Typ ist aber auch reizbar. Ich schaue zu Isy und hoffe, sie versteht, was wir versuchen könnten. Sie nickt kaum merklich und öffnet schneller als jemals zuvor den Iter. Keine Sekunde später löst sie sich auf. Es vergeht eine weitere Sekunde und sie kann Ben einen so kräftigen Tritt verpassen, dass er umfällt. So flink wir können, rennen wir los und sind in unserem Element. Wir machen das, was wir immer im Ducator trainiert haben. Ausweichen, verstecken. Ich halte, während der Flucht Aydens Hand und lasse ihn nicht los.

»Ihr kommt nicht weit«, hören wir Bens Stimme im Wald verhallen.

»Lass uns getrennte Wege gehen. So habt ihr zumindest eine Chance, zum Institut zurückzukommen«, schlägt Isy vor.

»Nein, auf keinen Fall. Wir schaffen das! Zusammen.«

»Cass, ich kann die beiden ablenken und euch Zeit verschaffen. Wir kommen nach, versprochen.«

Sie sind uns dicht auf den Fersen. Wenn wir allein wären, dann würden wir schnell mit dem Iter verschwinden. Allerdings kostet es uns mehr Zeit, wenn wir ihn zu zweit benutzen. Zeit, die wir jetzt nicht haben. Noch immer rennen wir nebeneinander durch den Wald. Ohne eine Antwort abzuwarten, lächelt sie mir zu und biegt zusammen mit ihrem Aufpasser, von dem ich nicht mal den Namen weiß, in eine andere Richtung ab. Verdammt, Isy! Ich fluche und möchte ihr schon hinterher. Dann siegt aber die Vernunft und ich suche nach einer Möglichkeit, den Iter zu öffnen, um zum Institut zu gelangen. Ich kenne die Gegend in- und auswendig. Geradewegs renne ich zu einem leerstehenden Holzhaus. Ayden läuft direkt zur Tür, doch ich ziehe ihn am Arm zurück.

»Verschlossen! Wir müssen hintenrum.« Mit zügigen Schritten laufen wir um das Haus herum. Auf der Rückseite müsste es ein Fenster geben, das offensteht. Mit einem Satz springen wir hinein, ich öffne so schnell wie möglich den Iter, schnappe mir Ayden und wir verschwinden nach London.

Kaum dort angekommen, sprinten wir direkt zum Haupteingang, wo ich Vicky fast umrenne.

»Cass, ein Glück! Was ist passiert? Wir haben den Funkkontakt zu den Nox beim Château verloren.«

»Wir haben einen weiteren Lost Place verloren«, antworte ich. Vicky schnappt überrascht nach Luft, fängt sich aber recht schnell wieder.

»Wir müssen zur Zentrale.«

Doch schon nach einem kurzen Blick in den Raum, sacke ich zusammen. Sie ist nicht hier. Joel stürzt zu mir und trägt mich gestützt in den Raum, um mich auf einen der Stühle zu setzen.

»Cassandra, was ist am *Château Pavarotti* geschehen?« Mr Eriksson sieht mich an, seine Körperhaltung, die sonst immer Souveränität ausstrahlt, wirkt heute zerstreut, fast ängstlich.

»Die Tecus, sie waren dort und die Nox …« Meine Stimme versagt, sobald ich an das Bild denke. Ihre Gesichter waren so grausam verzerrt. Immer wieder stelle ich mir vor, wie sie in der Luft zerfetzt wurden.

»Atme einmal tief durch. Ich weiß, wir verlangen gerade sehr viel von euch, aber wir müssen wissen, was passiert ist. Jede Kleinigkeit könnte nützlich sein.« Joel schnappt sich einen Stuhl und setzt sich zu mir, greift meine Hand und streicht beruhigend über meinen Handrücken. Ich schließe kurz die Augen und versuche, mich zu sammeln, dann beginne ich mit meinem Bericht.

»Sie wird es schaffen.« Joel sieht mich aufmunternd an, während sich Mr Eriksson mit Vicky unterhält.

»Nun, damit haben wir zwei Tecus ausfindig machen können und wissen, wer für die Reaktivierung verantwortlich ist«, höre ich ihn sagen.

»Glaubst du, es sind noch mehr unterwegs?«, fragt Vicky.

»Ich glaube nicht. Isy und Cassandra durften zwei der mächtigsten Tecus kennenlernen, Belà und Nelio.«

Mr Eriksson legt den Zeigefinger an sein Kinn und presst die Augen zu engen Schlitzen zusammen. »Es gibt nur noch einen, der stärker ist als seine Brüder.«

Ich schlucke schwer und habe wieder das Gefühl, als würde mir jemand die Kehle zudrücken. Wir haben doch schon gegen Belà und Nelio keine Chance. Wie sollen wir es dann mit einem Tecus aufnehmen, der noch mächtiger ist?

»Sein Name ist Conlayd. Er wurde in sein Schloss eingesperrt, was wiederum mit einem Place verknüpft ist, welcher zum Glück noch intakt ist.«

»Wie können Sie sicher sein, dass er noch im Schloss ist?«

»Glaub mir, wäre er hier würden wir nicht mehr auf dieser Welt sein.«

Ich nicke sprachlos. Die Ehrfurcht, mit der Mr Eriksson diesen Mann umschreibt, überträgt sich auf mich.

»Mit welchem Place ist sein Schloss verknüpft?«

Eigentlich kann ich mir die Antwort denken und doch will ich die Worte von ihm hören.

»Das *New Slains Castle*«, antwortet Mr Eriksson knapp und wendet sich wieder Vicky zu. Diese sieht noch einmal zu uns.

»Du solltest deinen Hals kühlen.«

Woraufhin sich Joel sofort aufrichtet, um ein Kühlkissen zu holen. Ich zucke, als es meinen geschwollenen Hals trifft, und kneife die Augen zusammen. Langsam weicht das Adrenalin und mein Körper fühlt sich ausgelaugt und kraftlos an.

»Joel«, flüstere ich. »Das schaffen wir nicht. Sie sind zu stark.«

Er streicht sich übers Gesicht.

»Ich weiß. Wir brauchen mehr Zeit. Vielleicht ist sie dann endlich einsatzbereit.«

»Wer oder was ist sie?«

Doch Joel schüttelt nur den Kopf. Enttäuscht wende ich mich ab und starre zur Tür, wo Ayden steht und die Situation mit zusammengezogenen Augenbrauen beobachtet. Ich muss mit ihm reden, er muss geschockt sein, von dem, was er mit ansehen musste. Darauf kann man niemanden vorbereiten. Aber davor muss ich Isy suchen. Gerade als ich aufstehen will, ertönt ein lautes Summen und die metallische Tür öffnet sich. Isy steht im Türrahmen. Ihr schwarzes Oberteil ist in Fetzen gerissen und der Knoten auf ihrem Kopf hat sich verabschiedet. Das Haar klebt an ihrer Stirn. Sie ist schweißgebadet. Doch all das ist mir egal, ich springe auf und schlinge die Arme um sie.

»Isy, o mein Gott, ich habe mir solche Sorgen gemacht.«

Sie legt den Kopf auf meine Schulter und sackt im nächsten Moment zusammen. Ich kann sie gerade noch halten. Joel eilt zu Hilfe.

»Vicky, ruf einen Arzt. Wir bringen sie auf die Krankenstation.«

Kapitel 15

Ich genieße das Kühlkissen, das ich zwischen die Wand und meinen geschändeten Rücken gelegt habe. Ich sitze vor der Tür zur Krankenstation und warte, dass sich diese endlich öffnet. Das medizinische Personal der Nox ist schon seit einer Stunde mit Isy dort drin. Nachdem sie ihr Bewusstsein verloren hat, wurde sie hierher gebracht und behandelt. Die Verletzungen müssen schlimm sein, sonst würde das nicht so lange dauern. Immer wieder kreisen die Ereignisse der letzten Stunden durch meinen Kopf, genau wie die Brüder Belà, Nelio und Conlayd. Innerhalb kurzer Zeit haben es zwei Tecus geschafft drei der fünf Lost Places zurückzuholen. Das ist eine erschreckende Bilanz. Gleichzeitig frage ich mich, warum sie uns mit sich nehmen wollten. Fast bin ich mir sicher, dass Billy und Thia aktuell bei ihnen sind. Vermutlich in Caligor. Kurz habe ich darüber nachgedacht, ob ich dorthin gehen sollte. Vielleicht könnte ich sie befreien. Eventuell gibt es einen Weg unauffällig zu ihnen zu gelangen und Thia sowie Billy zurückzuholen. Aber dann habe ich mich wieder an ihre Macht erinnert und, dass ich einen Lost Place habe um den ich mich kümmern muss. Es ist zum Haareraufen. Ich fühle mich so nutzlos. Wofür die ganze Vorbereitung, wenn wir absolut nichts gegen die Tecus ausrichten können? Das jahrelange Training im Ducator kommt mir plötzlich so überflüssig vor. Und das Schlimmste ist, Mr Eriksson wusste von der Stärke der Tecus. Wie hat er sich das vorgestellt? Oder hat er womöglich nicht damit gerechnet, dass die Verbannung von Caligor bricht? Ich frage mich, welche Kräfte sie noch haben. Belàs unsichtbare Energie jagt mir jetzt noch eine höllische Angst ein. Automatisch fasse ich mir an den Hals.

Endlich öffnet sich die Tür und ein paar Nox in weißen Kitteln gehen an mir vorbei. Direkt hinter ihnen treten Vicky und Joel aus dem Krankenzimmer. Sofort stehe ich auf.

»Ist alles in Ordnung mit ihr?«

»Na klar. Isy ist hart im Nehmen, du kennst sie.«

Vicky's Lächeln beruhigt mich sofort.

Joel räuspert sich. »Wenn etwas ist, ihr findet mich in der Küche.« Er verschwindet im nächsten Gang.

»Alles in Ordnung mit ihm?«

Vicky wirft einen Blick nach links und rechts, als ob sie sich vergewissern wollte, dass wir allein sind.

»Ich glaube, er akzeptiert endlich, dass die Tecus zurück sind.«

»Wie meinst du das?«

»Er hat Angst, was nicht wunderlich ist. Ihr habt es am eigenen Leib erfahren, wie stark sie sind und welche Macht in ihnen schlummert.« Ich runzle die Stirn, weil in ihren Worten ein wenig Bewunderung herauszuhören ist. »Bis vor Kurzem dachte Joel, er hat alles unter Kontrolle, aber jetzt rinnt ihm alles durch die Finger und er kann nichts tun. Das macht ihn fertig. Deshalb hat er auch so häufig schlechte Laune.«

»Weißt du etwas über diese Geheimwaffe?«

»Nein.« Ihr Blick verändert sich. »Im Gegensatz zu meinem Bruder bin ich nicht in alles involviert. Mein Vater vertraut Joel mehr als mir.«

Ich reiße die Augen auf.

»Aber wieso?«

»Cass, ich habe keine Ahnung. Vielleicht weil ich Brüste habe?« Sie verschränkt die Arme vor sich und sieht genervt zur Seite. Ich merke sofort, dass das ein Thema ist, das sie schon seit einer Weile beschäftigt und sie vermutlich echt fertig macht. Schließlich opfert auch sie alles für die Sache der Nox.

»Eventuell möchte dein Vater dich nur schützen?«

»Kann sein. Apropos Vater, er wollte noch mal mit mir

sprechen. Ich muss dann auch los. Isy wartet bestimmt schon auf dich. Geh zu ihr.«

Sie will gerade gehen, als ich sie an der Hand zurückhalte und sie in eine Umarmung ziehe.

»Danke für deine Hilfe.«

Vicky erwidert meine Umarmung und lässt mich dann allein. Ich straffe die Schultern und betrete das Krankenzimmer, Isy liegt im Bett und lächelt mich zögernd an. Sie spielt mit dem Saum des Bettlakens.

»Hey«, begrüße ich sie und setze mich auf die Bettkante.

»Es tut mir so leid, Cass.«

Eine Träne kullert über ihre Wange und sie wirkt so zerbrechlich, wie ich sie noch nie gesehen habe. Das freche Grinsen ist verschwunden, stattdessen regieren Blutergüsse ihre Gesichtszüge. Die Arme sind aufgeschrammt und der rechte Oberschenkel wird von einem Verband umschlungen.

»Mach dir keine Vorwürfe. Sie haben dich reingelegt. Sie haben uns alle reingelegt. Ich wäre sicherlich auch darauf reingefallen.«

Isy lässt den Kopf sinken und winkelt ihre Beine etwas mühselig an. Schmerzerfüllt verzieht sie ihr Gesicht.

»Hast du den Nox gesagt, dass ich ihnen von unserer Gabe erzählt habe?«

»Nein, aber es spielt sowieso keine Rolle mehr.«

Sie nickt erleichtert.

»Isy, jede von uns hat den ein oder anderen Fehler gemacht. Es bringt nichts, jetzt in Selbstmitleid zu baden.«

Ihre glasigen Augen sind gerötet und mit ihren zitternden Händen greift sie nach meinen.

»Was machen wir jetzt? Niemand wollte mir etwas erzählen.«

Also ist es an mir, das, was ich weiß, an sie weiterzugeben.

»Wir brauchen einen Plan«, sagt sie, nachdem ich ihr alles erzählt habe, und schlägt mit ihrer Faust in die flache Hand.

»Meinst du, wir können sie mit unserer Gabe beeinflussen?«, frage ich, weil es das einzige Ass ist, welches wir im Ärmel haben.

»Ihre Magie wirkt auch bei uns. Wieso sollte unsere nicht bei ihnen wirken?«

»Und wenn es schief geht?«

Isy fasst sich an die Stirn. »Dann sollten wir zügig verschwinden.«

»Kein Plan B?«

»Fällt dir etwas ein?«

Ich überlege, muss ihre Frage aber mit einem Kopfschütteln verneinen. »Lass es uns versuchen. Diesmal überraschen sie uns nicht.« Sie grinst und ich gebe ihr einen Stups mit der Schulter. »Okay. Was hältst du davon: Wir bleiben bei den Lost Places, bis sie auftauchen und dann beeinflussen wir sie. Falls es nicht funktioniert, rennen wir los und springen mit dem Iter zurück zum Institut«, schlage ich vor.

Isy überlegt einen Moment.

»Bin dabei.«

Der Plan hat Lücken und ist auf jeden Fall recht risikoreich, aber aktuell unsere einzige Option. Wir lächeln uns aufmunternd an.

»Dann hol ich mal meine Campingsachen.«

Ich presse die Lippen zusammen. »Du weißt, dass Zelten noch nie mein Ding war. Kannst du dich noch an das letzte Mal erinnern?«

»Es war eine Katastrophe«, erinnert sie sich.

»Egal, lass es uns durchziehen. Aber vorher ruhst du dich aus.«

Sie nickt und für ein paar Minuten bleibe ich sitzen, bis sich Isys Augen schließen und ihre Atmung regelmäßiger wird. Erst dann verlasse ich das Krankenzimmer, ziehe die Tür leise hinter mir zu und gehe zu meinem Apartment. Vor der Tür steht Ayden und starrt zur Decke.

»Hey.«

Langsam wendet er den Blick von der Decke ab und sieht zu mir.

»Tolle Freunde habt ihr«, erwidert er mit einem schiefen Lächeln.

»Es tut mir leid, dass ich gelogen habe. Hast du Ärger bekommen?«

»Nein.«

Ich trete von einem Fuß auf den anderen, weil ich nicht weiß, was ich sagen soll.

»Ich habe dir nicht die Anordnung gegeben auf mich aufzupassen. Wenn du auf jemanden stinkig sein willst, dann auf die Nox.«

Er legt den Kopf schräg und sieht mich wieder mit diesem Blick an, den nicht deuten kann. In mir zieht sich alles zusammen und das Verlangen, ihm nah zu sein, wächst ins Unermessliche.

»Es ist besser, wenn ich bei dir bin. Wir wollen ja nicht, dass so etwas wie heute noch mal passiert, oder?« Ayden zwinkert und lehnt sich wieder an die Wand.

»Warst du schon mal campen?«, frage ich ihn.

Er zieht eine Augenbraue in die Höhe.

»Isy und ich werden die Lost Places vor Ort beschützen.«

»Ich kann es kaum erwarten, euch Gesellschaft zu leisten«, erwidert er und schüttelt grinsend den Kopf.

Meine Mundwinkel zucken. Doch für ein Lächeln reicht es nicht, dafür ist zu viel passiert. »Dir ist bewusst, worauf du dich einlässt? Noch könntest du gehen. Du hast gesehen, was sie den Nox angetan haben. Es gibt sicher Jobs, die genauso gut bezahlt werden und weniger risikoreich sind.« Ich will nicht, dass er geht und doch ist es nur fair, ihn auf die Gefahr aufmerksam zu machen.

Er kommt zu mir und sein warmer Atem kitzelt meine Nase. »Ich hab schon Schlimmeres gesehen«, raunt er mir zu.

»Das kann ich mir beim besten Willen nicht vorstellen«, antworte ich spitz.

Er zuckt mit den Schultern und deutet ein gelangweiltes Gähnen an. Da ist er wieder, der überhebliche Ayden. Doch anstatt wie sonst auszuflippen, amüsiert es mich und ich kann nicht anders, als ihn anzugrinsen. »Ich sag dir Bescheid, wenn es losgeht.« Mit diesem Satz schließe ich die Tür zu meinem Apartment hinter mir, ohne auf eine weitere Reaktion zu warten.

Kurz verharre ich, versinke in dem Gedankenchaos der letzten Stunden, und kann mich gerade noch rechtzeitig davon losreißen.

Ich ziehe eine Reisetasche aus dem Schrank und schmeiße ein paar nützliche Klamotten hinein. Dann packe ich das Zelt, die Isomatte und den Schlafsack zusammen. Als Nächstes schreibe ich Joel eine kurze Nachricht, ob er kurz Zeit für mich hat. Er antwortet mit einem Daumen nach oben und einem knappen ›Bin in der Küche.‹. Als ich die Tür wieder öffne, steht Ayden – wie immer – an der gegenüberliegenden Wand.

»Etwas vergessen?«, fragt er.

»Ich muss nur eben alles mit der Obrigkeit klären.«

Er schmunzelt. »Soll ich dich begleiten?«

»Äh, nein. Ich bin schon groß.«

Ayden stößt sich von der Wand ab. »Gut, dann werde ich bei Vicky vorbeischauen. Sie wollte mit mir sprechen.«

»Da wird sic sich sicher freuen«, antworte ich spitz und presse die Lippen zusammen.

»Du brauchst nicht eifersüchtig sein, Cass.«

»Das bin ich nicht.« Ich grinse ihn breit an und drehe ihm den Rücken zu, um meinen Weg fortzusetzen.

Als ich endlich um die Ecke bin, atme ich die angestaunte Luft aus.

Eifersüchtig? Pah!

Das hätte er wohl gern. Soll er ruhig zu Vicky gehen und ihr hübsche Augen machen, dann lenkt er mich wenigstens nicht von meiner Aufgabe ab. Aber wenn ich ehrlich bin, würde es mich gewaltig stören, ihn mit einer anderen Frau zu sehen. Doch das muss er ja nicht wissen.

In der Küche sitzt Joel schon mit einer Tasse Tee am Tisch und sieht mich an. Er schaut etwas zerknautscht aus.

»Cass, was gibt's?«

Ich setze mich ihm gegenüber und lege die Hände flach auf den Tisch.

»Isy und ich bleiben ab sofort zusammen.«

Er nickt und trinkt einen Schluck.

»Wir werden in der Nähe vom Autofriedhof campen und so direkt vor Ort sein«, rede ich weiter und warte auf eine Reaktion seinerseits. »Wir gehen davon aus, dass sie sich das Schloss als Letztes vornehmen.« Joel setzt die Tasse ab und verschränkt die Hände vor sich.

»Ist in Ordnung.«

»Mehr nicht?«

Ich habe mit einem ›Nein‹ gerechnet und mich schon auf eine Diskussion vorbereitet. Joel lässt den Kopf in den Nacken fallen und schaut für einen Moment zur Decke. Ein tiefer Seufzer erklingt, ehe er seine Aufmerksamkeit wieder auf mich lenkt.

»Cass, was soll ich noch sagen und euch belehren. Du hast gesehen, was da draußen lauert. Ihr wisst, auf was ihr euch einlasst. Und bisher konnten wir euch nicht beschützen. Vielleicht ist es jetzt an der Zeit, dass ihr eure Flügel ausbreitet.«

Ich nicke und frage nicht weiter nach. Dass er keine Einwände hat, kommt uns nur gelegen.

»Okay. Dann ist alles abgemacht. Falls es etwas zu berichten gibt, melde ich mich.«

»In Ordnung.« Mit einem weiteren Seufzer steht er vom Tisch auf. Bevor er die Küche allerdings ganz verlässt, dreht er sich zu mir um, sieht mir direkt in die Augen und murmelt: »Passt auf euch auf.«

Ich nicke. Fortan gibt es nur noch Isy und mich. Und es fühlt sich gut an, das Institut hinter uns zu lassen. Aus einem der Schubkästen der Küche hole ich einen Notizblock hervor und schreibe alles auf, was wir benötigen. Neben der alltäglichen Versorgung wie Essen und Trinken prangt noch ein anderes Wort in großen Buchstaben auf dem Zettel: *Waffen*. Zufrieden schiebe ich die Notiz in meine Hosentasche. Morgen kümmere ich mich um die Besorgungen. Für heute konzentriere ich mich auf die letzten beiden Lost Places.

Kapitel 16

Es klopft an der Tür meines Apartments und ich öffne sie gähnend. Die Nacht hat ihre Spuren hinterlassen und ich reibe mir über die müden Augen. Ayden sieht mich abwartend an. Von Müdigkeit ist bei ihm nichts zu sehen. Neidisch begutachte ich ihn und den kleinen Rucksack, den er locker über der Schulter trägt.

»Mehr benötigst du nicht?«

»Nein.« Er zuckt mit den Schultern und spaziert in mein Apartment, als wäre es das Normalste auf der Welt.

»Wo ist dein Zelt? Schlafsack?« Ich schließe die Tür und mustere ihn. Er hat sich umgezogen und trägt eine lockersitzende Stoffhose sowie ein schwarzes Shirt. Seine Haare fallen ihm wild ins Gesicht und die dunklen Bartstoppeln müssten mal wieder gestutzt werden.

»Brauch ich nicht.«

Ich kneife die Augen zusammen, weil das unmöglich sein Ernst sein kann. Aus einem Schrank, wo ich alles Mögliche lagere, hole ich einen zweiten Schlafsack hervor und werfe ihm diesen zu. Mit Leichtigkeit fängt er ihn und hebt ihn mit einem breiten Lächeln in die Luft.

»Weshalb gibt es eigentlich keine Fotografien von dir als Kind?«

Ich runzle die Stirn, weil mich die Frage überrumpelt und ich nicht weiß, was ich antworten soll. »Ich weiß es nicht. Wie kommst du darauf?«

Er zögert. »Keine Ahnung. Mir ist es das letzte Mal schon aufgefallen.«

Sofort kribbelt es, wenn ich daran denke, wie nah wir uns hier waren. Was würde ich dafür geben, all das Chaos gegen so einen Moment zu tauschen. »Bist du bereit?«, frage ich, um diesen Gedanken schnell zu entkommen. Gerade ist er dabei, sich meine Reisetasche zu schnappen.

»Ich habe auch zwei Hände«, protestiere ich lautstark. Dass jemand für mich *sorgt*, ist mir neu, weswegen ich nicht so ganz weiß, wie ich damit umgehen soll. Eigentlich bin ich immer diejenige, die anderen zu Hilfe eilt.

»Ist mir aufgefallen. Wirklich schöne Hände, nur das Nägelkauen solltest du lassen.«

Ich starre auf meine Finger und die angeknabberten Nägel. »Immer wieder beeindruckend, wie du mit Komplimenten um dich wirfst.«

Er grinste amüsiert. »Wir wollen ja nicht, dass du einen Höhenflug bekommst, oder?« Er zwinkert mir zu.

»Ich glaube, den hattest du einmal zu oft.«

Auf dem Küchentresen greife ich nach einem Haargummi und binde mir einen strengen Zopf am Hinterkopf. Dann befestige ich das Katana auf meinem Rücken. Die Nox waren nicht sehr erfreut darüber, dass ich die Waffe mitnehme. Aber aufgrund der aktuellen Gefahr konnte ich sie dennoch überzeugen.

»Wollen wir?« Ich halte ihm meine Hand hin und spüre das stärker werdende Kribbeln. Er umschließt meine Finger und ich genieße das wohlige Gefühl. Es ist ähnlich wie in meinen Träumen.

»Bereit«, flüstert er.

Ich konzentriere mich, schließe die Augen und atme tief ein. Die ersten Punkte erscheinen, und ich forme sie zu einem Bild des Autofriedhofs.

»Kann losgehen«, flüstere ich zurück und rufe den Iter, der uns mit einem Windzug hinfort bringt, und uns mitten im Wald umgeben von hohen Bäumen und dem Klang der Natur wieder auftauchen lässt. Auf dem Gras sind noch Wassertropfen zu sehen, vermutlich hat es vor Kurzem geregnet.

»Habt ihr einen Treffpunkt ausgemacht?«, fragt Ayden und sieht sich mit leicht gestrecktem Kopf um.

»Ja, natürlich, wir müssen noch ein Stück laufen.«

Ich schultere den Rucksack, der mit Lebensmitteln und Getränken gefüllt ist, dann stapfen wir los.

Die Lichtung, auf der wir unser Lager aufschlagen, ist in unmittelbarer Nähe des Autofriedhofs und ein guter Platz, um schnell unerwünschte Besucher fortzuschicken.

Ayden und ich haben gerade unser Gepäck auf den Boden der Lichtung gelegt, als Isy mit ihrem Begleiter zu uns stößt.

»Hey«, begrüße ich sie. Sie sieht schon wieder besser aus, zumindest scheinen die äußeren Wunden verheilt zu sein.

»Hi, das ist übrigens Finn.«

Finn ist nicht viel größer als Isy, aber um einiges kräftiger. Muskulös mit einem breiten Kreuz. Sein blondes Haar ist lockig und liegt wild in sämtlichen Richtungen. Seine Mimik wirkt leicht versteinert, und er begrüßt uns lediglich mit einem kurzen Kopfnicken, was ich erwidere.

»Nett«, flüstere ich, als er sich ein Stück entfernt und einen geeigneten Platz für sein Zelt sucht. Isy gibt mir einen sanften Schubs. »Ayden hast du ja bereits kurz kennengelernt.« Ich mache eine Geste in seine Richtung. Ihr Blick verfinstert sich und hat jetzt Ähnlichkeit mit dem von Finn. »Was ist los?«, frage ich direkt.

»Nicht hier.« Sie packt mich am Arm und zieht mich von den beiden Männern weg. »Wie gut kennst du ihn?« Sie wirft zuerst einen Blick über meine Schulter und sieht dann wieder in meine Augen.

»Er wurde mir als Aufpasser zur Seite gestellt. Also vermutlich so gut, wie du Finn kennst. Weshalb fragst du?«

»Was ist, wenn er auch zu den Tecus gehört?«

»Isy, das ist doch Quatsch. Wie soll sich ein Tecus in das Institut einschleusen, ohne dabei erwischt zu werden? Vicky hat ihn mir selbst vorgestellt.« Isy öffnet den Mund leicht und schließt ihn wieder. »Du leidest wahrscheinlich unter Paranoia, aufgrund der Sache mit Ben oder Belà. Und das verstehe ich, aber deshalb können wir nicht in jedem fremden Menschen einen potenziellen Feind sehen.«

Der Betrug muss ihr unglaublich weh tun. Ayden oder Finn jetzt an den Pranger zu stellen, finde ich falsch.

»Ich habe keine Beweise, aber ich werde ihn im Auge behalten.«

»Dann ist auch Finn ab sofort verdächtig«, kontere ich und lasse sie stehen.

Ich gehe zu Ayden und schnappe mir das Zelt.

»Geht es dir gut?«

»Ja«, brumme ich und fuchtele wild mit der Plane umher. Ich hasse Zelten und erst recht diese Dinger aufzubauen.

»Was wird das?«, fragt er amüsiert.

Ich werfe ihm einen finsteren Blick zu, doch er schüttelt nur grinsend den Kopf.

»Wenn du so weiter machst, musst du, wie ich unter freiem Himmel schlafen.« Er zeigt auf den Schlafsack, der unweit von meinem Schlafplatz liegt.

»Auf keinen Fall!«

»Weshalb nicht? Es ist herrlich.«

Bilder von Ayden und mir verselbstständigen sich ganz automatisch in meinem Kopf. Vielleicht wäre ein anderer Begleiter besser gewesen? Aber wie sollte ich das vor Vicky erklären? Außerdem fühle ich mich mit ihm sicher.

Während wir gemeinsam das Zelt aufrichten, spüre ich immer wieder Aydens brennenden Blick auf mir.

»Ich denke, du kannst einziehen.« Er macht eine galante Armbewegung und ich werfe einen Blick hinein.

»Das sollte für die Tage ausreichen.« Dankbar nicke ich ihm zu, auch weil ich nun nicht draußen schlafen muss. Ich verfrachte meine Sachen ins Zelt und breite den Schlafsack aus.

»Wollen wir anfangen?«, fragt Isy und ich klettere wieder aus dem Zelt. Ich brauche einen Moment, doch dann verstehe ich. Als ich mich um die Waffen für uns gekümmert habe, kam mir die Idee, während unseres Aufenthalts zu trainieren.

»Bin startklar.«

Wir suchen uns eine Stelle auf der Lichtung, wo wir genug Platz haben. Ayden und Finn haben sich derweil auf einen Baumstamm gesetzt und beobachten das Geschehen aus der Ferne.

»Okay, womit wollen wir anfangen?«

»Ich denke, wir sollten uns zuerst auf den Nahkampf konzentrieren. Wir wechseln uns ab. Zuerst greifst du an und ich weiche aus. Dann tauschen wir«, antwortet Isy und geht in Abwehrhaltung. Ich tue es ihr gleich, nur dass ich den Angriff übernehme. Immer im Wechsel versuche ich sie mit Händen oder Füßen zu erwischen. Doch sie ist schnell und weicht mir ziemlich geschickt aus und blockiert einige meiner Schläge.

»Wieso haben wir das nicht schon eher gemacht?«, rufe ich ihr begeistert zu.

»Weil sie uns immer in die duselige Simulation gesteckt haben. Wer hat danach noch Lust zu trainieren?«, erwidert sie und keucht dabei auf.

Ich greife noch immer an und Isy pariert sehr gut. Dann tauschen wir und ich muss ihre Angriffe abwehren. Sie ist so schnell, dass ich es nur ganz knapp schaffe, auszuweichen. Schließlich trifft sie mich in der Magenkuhle und ich presse meine Unterarme dagegen, um dem ziehenden Schmerz entgegenzuwirken.

»Du bist richtig gut.« Ich lächle sie anerkennend an. Doch dann bemerkt sie eine Bewegung und dreht den Kopf ruckartig zur Seite. Ayden hat sich zu uns gestellt.

»Was willst du?«, keift sie ihn an, was ihn überrascht eine Augenbraue hochziehen lässt. Verständnislosigkeit und Irritation liegen in seinem Blick.

»Ich wollte Cass nur einen Tipp geben, wenn ich darf?«

»Danke Ayden, aber ich denke, Isy und ich kommen ganz gut allein zurecht. Wir machen das schon eine kleine Weile«, erwidere ich und lächle ihn dankbar an.

»In Ordnung. Dann gehe ich mal eine Runde meditieren.«

Ayden und Meditieren? Irgendwie passt das so gar nicht zu

dem Bild, das ich von ihm habe. Ich grinse, als ich ihn mir im Schneidersitz auf einem Felsen vorstelle.

»Lässt du uns an deinen Gedanken teilhaben?«, raunt er mir mit seiner viel zu tiefen Stimme ins Ohr. Sein warmer Atem kitzelt dabei leicht über meine empfindliche Haut.

Ich drehe mich zu ihm und hebe den Kopf. »Ich habe an nichts gedacht.«

»Dein Schmunzeln sah da aber ganz anders aus.« Ayden stupst mit dem Finger gegen meine Nase und zieht sich dann zurück. Eine Geste, die ich von Joel kenne. Doch bei Ayden stört sie mich überhaupt nicht. »Wenn etwas sein sollte, einfach schreien.« Mit dem Rücken zu uns gedreht, hebt er die Hand und winkt, ehe ihn die Bäume verschlucken.

Als ich mich endlich von ihm lösen kann, steht Isy mir mit verschränkten Armen gegenüber und hat beide Augenbrauen tief in die Stirn gezogen.

»Und du glaubst ihm, dass er meditieren geht?« Ihre Augen sind zu Schlitzen verengt, bereit zum Angriff.

»Ja?«

Auch wenn es mich kurz überrascht hat, weshalb sollte er nicht meditieren wollen?

»Wir sollten ihm nachschleichen und herausfinden, was er wirklich vorhat.«

»Ich werde ihm mit Sicherheit nicht ausspionieren!« Genervt schüttele ich den Kopf. »Das Training ist beendet.«

Mit schnellen Schritten gehe ich zu meinem Zelt und möchte mich eigentlich nur zurückziehen, als Isy mich am Arm zurückhält. Gefrustet nehme ich ihre Hand von mir und frage mich, was das soll.

»Ich meine es ernst.«

»Dann fang doch mit Finn an. Frag ihn, ob er zu den Tecus gehört«, erwidere ich und mache eine leichte Kopfbewegung in seine Richtung. Im Augenwinkel sehe ich, dass Finn überhaupt nicht an unserem Gespräch interessiert ist. Er ist viel zu sehr in sein Handy vertieft.

»Cass, was soll das? Ich möchte doch nur, dass dir nicht das

Gleiche passiert wie Thia und mir. Ich finde es einfach verdächtig, wie er dich umgarnt.«

Das waren die falschen Worte. Empört, wütend und verletzt reiße ich mich von ihr los. Was sollte diese Anspielung? Warum sagt sie so etwas? Ich lasse meine Schwester ohne ein weiteres Wort vor dem Zelt stehen und verziehe mich ins Innere, um die Auseinandersetzung mit Isy zu verdauen.

Abschalten nach einem Streit fällt mir schwer. Auch heute blieben Isys Worte zu präsent. Daher habe ich mich wieder hinausgeschlichen, mich auf einen Felsvorsprung gesetzt und beobachte jetzt den Sonnenuntergang, was mir ein wohliges Gefühl gibt. Es ist ein farbenfrohes Spektakel am Himmel. So friedlich und schön. Ganz anders als alles, was um uns herum passiert. Ja, es gibt Momente, in denen ich lachen kann, in denen ich für kurze Atemzüge alles vergesse. Doch dann existieren auch diese hier, wenn mir bewusst wird, wie schlimm es eigentlich wirklich um uns steht. Die Tecus könnten überall lauern, vielleicht sind sie sogar in unserer Nähe. Womöglich beobachten sie uns und warten nur auf den richtigen Zeitpunkt, um anzugreifen. Und genau deshalb kann es sich nicht um Ayden oder Finn handeln. Wieso sollten sie diese Gelegenheit mit uns hier draußen nicht nutzen? Was hindert sie daran, uns zu holen? Ich kann nur mit dem Kopf schütteln.

Ein Knacken lässt mich hochschrecken, und ich entdecke Ayden nicht weit entfernt. Er sieht zu mir herüber. Es ist merkwürdig, aber ich habe mich viel zu schnell an seine Nähe gewöhnt. Als wäre er schon immer dagewesen. Ich lächle ihn an. Ayden sieht noch einmal nach links und rechts, ehe er sich zu mir auf den Felsvorsprung setzt.

»Ich wollte dich nicht erschrecken.«

»Hast du nicht. Ehrlich gesagt, bin ich froh, dass du da bist.« Zögernd beobachte ich ihn und seine Reaktion. Er strahlt so viel Ruhe und Gelassenheit aus wie in meinem Träumen. Die Meditation scheint ihm gutzutun.

»Gut. Woran denkst du?«

Ich senke den Blick. Ich weiß nicht warum, vielleicht aus Schutz. Wenn er wüsste, wie sehr ich die Träume vermisse, das mysteriöse Zimmer und die Nähe zwischen uns, was würde er dann denken?

»An die Tecus.«

»Hast du Angst?«

Ich winkle die Beine an und schlinge meine Arme um sie. »Ich denke, Angst zu haben, ist ganz normal. Nur … jetzt habe ich gewaltige Angst. Ich weiß nicht, was uns erwartet.« Ich schlucke, da sich diese Worte wie ein dicker Kloß in meinem Hals anfühlen.

»Darf ich dich noch etwas fragen?« Aydens Blick ist geradeaus gerichtet. Sein Gesicht nimmt den goldenen Sonnenuntergang auf und wirkt dadurch wie ein Abbild aus einer anderen Zeit. Ich könnte ihn ewig betrachten.

»Klar.«

»Wie wollt ihr die Tecus besiegen?«

Ich presse die Lippen aufeinander und sehe ebenfalls geradeaus. Es dauert einen Moment, bis ich die richtigen Worte finde, um ihm zu antworten. »Ich weiß es nicht. Du hast gesehen, wozu sie fähig sind. Sie haben mir meine Schwestern genommen und was sie den Nox angetan haben, war schrecklich.« Ich behalte die Sache mit der Beeinflussung zunächst für mich. Schließlich hat mich die Vergangenheit gelehrt, dass es durchaus hilfreich sein kann, ein Ass im Ärmel zu haben.

»Hm …«

Eine Träne rinnt meine Wange hinab. »Ich vermisse sie sehr. Weißt du.«

Unsere Blicke treffen sich und er sieht mich mitfühlend an.

»Du wirst sie bestimmt wiedersehen.«

»Nun ja. Vorerst sorgen wir weiterhin dafür, dass sich niemand den Lost Places nähert. Und alles andere wird sich ergeben.«

Er presst die Lippen aufeinander, ehe er aufsteht. »Ich bin mir sicher, ihr schaffst es.«

Dann geht er, und ich fühle mich sofort allein. Die Sonne ist verschwunden und die kühle Nachtluft breitet sich aus. Aus dem Augenwinkel sehe ich, dass Isy ein Lagerfeuer entzündet hat. Seufzend lasse ich mich vom Felsvorsprung gleiten und setze mich zu ihr.

»Worüber habt ihr gesprochen?«, fragt sie und reicht mir eine Tasse Tee. Vielleicht ein Friedensangebot. Dankbar nehme ich die Tasse entgegen, schließe meine kühlen Finger darum und klammere mich an die Wärme.

»Nichts Besonderes.«

Wir plaudern eine Weile über die Tecus, die Infos, die wir über sie haben und merken schnell, dass wir eigentlich nichts über unsere Feinde wissen.

»Sie müssen eine Schwachstelle haben. Jeder hat eine«, kommentiert Isy das Ganze.

»Was ist deine?«

»Ich gehöre zu den wenigen, die keine haben.« Zuerst ist es nur ein kleines Grinsen, was sich auf unsere Gesichter stiehlt. Schnell wandelt es sich in ein herzhaftes Lachen. Ich fühle mich gleich viel besser.

Während ich einen Schluck Tee trinke, lasse ich meinen Blick schweifen und finde Finn, der gerade in sein Zelt klettern möchte.

»Finn?«, rufe ich ihn.

»Ja?« Er steigt rücklings wieder heraus, was ziemlich lustig aussieht und sieht zu uns.

»Möchtest du auch einen Tee?«

»Gern.«

In drei großen Schritten ist er bei uns, und ich gieße ihm etwas von der wohltuenden, warmen Flüssigkeit in eine Tasse. Mit einem angedeuteten Lächeln nimmt er sie an und setzt sich zu uns.

»Wie bist du zu dem Job beim Institut gekommen?«, frage ich. Es ist nur fair, ihn auch kennenzulernen. Er gehört jetzt zu unserer kleinen Gruppe dazu.

»Ehrlich gesagt war das ein Zufall. Ich habe durch einen guten Freund davon erfahren und bin kurzerhand zu der Adresse gefahren, um mich vorzustellen.«

»Und gefällt es dir?«

»Es ist auf jeden Fall ein sehr abwechslungsreicher und spannender Job.«

»Was hast du vorher gemacht?«, fragt Isy.

»Nachtwächter«, antwortet er wenig begeistert.

Während sich Isy und Finn noch weiterunterhalten, suche ich die Umgebung nach Ayden ab. Erfolglos stehe ich auf. »Ich werde mich hinlegen«, sage ich gähnend und deute Richtung Zelt.

»Schlaf gut«, erwidert Isy, winkt mir zu und auch Finn lächelt.

»Gute Nacht.«

Kapitel 17

»Aufwachen Schlafmütze«, höre ich die gedämpften Worte, ehe ich die Augen öffne und mich kurz strecke.

Doch es ist nicht Ayden, der dort steht. Nein, die üppige Oberweite spricht eindeutig dagegen. Abwartend sehen mich haselnussbraune Augen an, deren Farbe genauso intensiv leuchtet wie ihr Haar. Der geflochtene Zopf fällt ihr über die Schulter nach vorn und ist ungefähr so lang wie mein Haar.

»Wer bist du?«

»Hast du jemand anderen erwartet?« Sie zwinkert mir zu und schaut sich amüsiert um.

»Äh. Nein.«

»Deine roten Wangen verraten dich. Aber ich möchte mich gern vorstellen. Ich bin Mariposa.«

»Mariposa. Ein außergewöhnlicher Name.«

Sie winkt ab. Ihre Ausstrahlung ist atemberaubend, als würde man direkt in die Sonne schauen und von deren Schönheit geblendet sein.

»Jetzt erzähl. Wen hast du hier erwartet?«

»Niemanden«, lüge ich.

Während ich mir Gedanken mache, wann und wo ich den Namen Mariposa aufgeschnappt haben könnte, um ihn einer Figur aus meinen Träumen zu geben, setzt sie sich auf meine Bettkante.

»Okay, auch wenn ich es an deiner Nasenspitze sehe, wie du lügst. Vielleicht können wir uns ein wenig unterhalten?«, schlägt sie vor.

»Worüber?«

Sie schüttelt den Kopf. »Okay. Ich fange an. Ich liebe die Seefahrt und du?«

Mein Mund klappt auf. Die Seefahrt? Ich habe mit Gesang, Tanz oder anderem gerechnet. Die Seefahrt klingt nach Abenteuer.

»Ich war noch nie auf einem Schiff.« Dabei senke ich den Kopf. Was soll ich ihr Aufregendes erzählen? Es gibt nichts. Ich habe nur existiert, von einem Leben mit vielen Eindrücken bin ich weit entfernt. Es war einfacher gemeinsam mit meinen Schwestern, all das durchzustehen. Aber jetzt hat sich alles verändert. Plötzlich sehne ich mich nach mehr. Nach einem Leben. Zögernd hebe ich den Kopf und sehe in ihre Augen, in denen dieselbe Wärme liegt, wie in ihrem Lächeln.

»Schade. Wenn du die Zeit findest, solltest du das auf jeden Fall nachholen. Diese Freiheit ist ein Gefühl, das muss jeder mal erlebt haben.«

Ihre Augen leuchten bei jeder Silbe. Und ja, ich verstehe sie. Immer wenn ich am New Slains Castle stehe und auf das Meer hinausschaue, spüre ich es. Eine Sehnsucht, die tief in mir verankert scheint.

»Ich kann nicht.«

Mariposa verzieht ihre vollen Lippen zu einem Schmollmund. »Warum nicht?«

»Ich habe eine recht besondere Lebensaufgabe.«

Sie verschränkt die Arme und mustert mich interessiert. »Aber ist sie auch so wichtig, dass du dafür deine eigenen Bedürfnisse, Ziele und Träume vergisst?«

»Nun, ja …«

»Ja?«

Ich beiße die Zähne zusammen. Meine Wangen werden feucht, und ich wische mir mit der Armbeuge schniefend über mein Gesicht.

»Heeeey …«, flüstert Mariposa und tätschelt meine Schulter. »Es tut mir leid, falls ich etwas Falsches gesagt habe.« Sie steht auf und geht zum Fenster. Dort schnappt sie sich zwei Tassen und gießt eine dampfende Flüssigkeit in die Porzellangefäße. Schnell ist sie wieder bei mir und reicht mir eine. »Der tut dir bestimmt gut.«

Vorsichtig setze ich die Tasse an meinen Mund und rieche daran. Es duftet nach Zitrone, Melisse und noch etwas anderem. Dann koste ich und meine Geschmacksknospen tanzen.

»Besser?«, fragt Mariposa und nippt auch an ihrem Getränk. Ich nicke, schließe die Augen und atme die letzte Anspannung aus.

Als ich die Augen öffne und aus dem Zelt schaue, ist alles dunkel. Das Feuer ist erloschen und nur durch das Licht des Mondes kann ich etwas erkennen. Das Zelt von Isy ist zugezogen, Finn ist ebenfalls in seinem und schläft tief und fest, was deutlich zu hören ist.

»Kannst du nicht schlafen?«, vernehme ich Aydens Stimme und schlüpfe eher nicht so galant aus dem Zelt. Ich brauche einen Moment, bis ich ihn entdecke. Er sitzt auf einem entwurzelten Baum, und seine Beine baumeln in der Luft.

»Doch, schon. Hatte nur einen seltsamen Traum.«

Unter mir rascheln die Blätter, als ich zu ihm gehe. An dem Baumstamm halte ich kurz inne. Sollte ich zu ihm hinauf klettern? Was ist, wenn er allein sein möchte?

Etwas unbeholfen stehe ich da.

Er sitzt nicht direkt auf dem Teil des Baumstammes, der auf dem Boden liegt, sondern ist ein Stück weiter in der Baumkrone.

»Du kannst dich dort festhalten, wenn du hinaufkommen willst.« Er zeigt auf ein Loch in der Rinde, das sehr gut geeignet ist, um hineinzugreifen. Mit einem kräftigen Ruck stehe ich auf dem Baumstamm und balanciere nach oben. In der Baumkrone hat sich Ayden mittlerweile hingestellt und hält mir die Hand hin, die ich ergreife. Als ich vor ihm zum Stehen komme, lässt er meine Hand nicht los. Woher kommt nur diese Verbundenheit? Ob auch Ayden es spürt? Sofort steigt mir sein typischer Zimtgeruch in die Nase, an den ich mich schon längst gewöhnt habe.

»Was machst du hier oben?«, frage ich und löse langsam meine Hand. Ich will sie nicht loslassen und dennoch passiert es. Wenn ich mich jetzt auf ihn einlasse, werden wir verlieren. Und zwar nicht nur unsere Herzen. Doch Ayden scheint es nicht weiter zu stören, er lächelt und greift in sein volles dunkles Haar.

»Ich habe einen Job zu erledigen. Schon vergessen?«

»Das bedeutet, du schläfst nicht?« Ganz automatisch werfe ich einen Blick zu Finns Zelt. Sein durchdringendes Schnarchen hallt bis zu uns hinüber.

»Doch, aber ich brauche nicht viel Schlaf.«

»Sehe ich auch so. Schlaf wird überbewertet.«

Er lächelt und ich kann nicht anders, als es zu erwidern. Wir setzen uns und eine Weile sagen wir nichts. Ich lausche den nächtlichen Geräuschen von Fröschen, Grillen und einer Eule. Der kalte Wind lässt mich frösteln, trotz des dicken Pullovers, den ich trage. Ich reibe mir ein wenig die Hände, damit sie wärmer werden. Ayden zieht sofort seine Jacke aus und legt sie mir um die Schultern.

»Wieso so nett?«

»Nett? Eher aufmerksam, oder?«

Wieder einmal bringt er mich zum Schmunzeln und ich kuschle mich in seine Jacke. Sofort fühle ich mich geborgen und möchte sie am liebsten nicht mehr abgeben.

»Stimmt, von nett bist du meilenweit entfernt«, erwidere ich und stoße ihn sanft mit der Schulter an.

»Du brichst mir das Herz.«

»Und ich mir vermutlich sämtliche Knochen, falls ich hier herunterfalle.« Ich schaue demonstrativ nach unten.

»Ich hoffe, euer Plan ist gut. Ich habe nämlich keine Lust, in der Luft zerfetzt zu werden.«

Bei der Vorstellung spannt sich alles in mir an. »Ihr werdet bei den Sichtungen nicht mehr dabei sein. Es ist zu gefährlich.«

Er schnaubt ungläubig. »Noch weniger Lust habe ich darauf, mir von Vicky eine Standpauke anhören zu müssen, wieso wir euch alleingelassen haben. Wir bleiben zusammen.«

»Auf keinen Fall.« Fast wäre ich aufgesprungen, um ihn entrüstet anzusehen, doch im letzten Moment besinne ich mich, dass ich auf einem Baum sitze. »Es ist zu gefährlich. Wenn die Tecus euch entdecken, dann …« Ich schlucke die letzten Worte hinunter. Wenn Ayden etwas zustoßen würde, könnte ich mir das nicht verzeihen.

»Uns passiert nichts. Aber interessant, wie sehr du dich um mein Wohlergehen sorgst.«

»Bilde dir bloß nichts darauf ein«, erwidere ich.

»Schade, ich dachte, wir wären jetzt Freunde.«

Freunde. Ich lasse mir das Wort noch einmal auf der Zunge zergehen. In meinem bisherigen Leben hatte ich nur meine Schwestern und Joel. Niemals hatte ich die Gelegenheit eine richtige Freundschaft, außerhalb des Instituts, aufzubauen. Okay, Ayden arbeitet für die Nox, aber dennoch ist er ein Mensch und das ist etwas anderes. Erfrischend könnte man sagen, und es fühlt sich gut an.

»Freunde«, bestätige ich und seufze dabei. »Erzähl doch mal etwas über dich.«

Ayden hebt den Kopf und schaut in den Himmel. »Da gibt es nicht viel zu erzählen. Mein Leben ist etwas aus dem Ruder gelaufen, aber mittlerweile läuft es besser.«

»Hast du ...«, setze ich an. »Gibt es jemanden in deinem Leben?«

Ayden unterbricht mich: »Bevor du weiter stotterst. Nein, es gibt niemanden. Zumindest nicht mehr.« Ich schlucke bei der Härte, die in seinen Worten mitschwingt. »Es gab mal eine Frau, für sie wäre ich gestorben.«

Er seufzt.

»Wow.« Ich muss erneut schlucken. Ich weiß nicht, was ich erwidern soll. Es versetzt mir einen Stich im Herzen, obwohl es das nicht sollte. Der Gedanke, dass jemand durchs Feuer gehen würde, nur um bei mir zu sein, gefällt mir.

»Was ist geschehen?«

»Sagen wir mal so, es kam etwas Unerwartetes dazwischen.« Er will nicht darüber sprechen und das ist in Ordnung. »Es ist schon eine Weile her und ich komme immer besser mit der Situation zurecht. Was zum einen an dir liegt.«

Jetzt muss ich lächeln, weil er mich direkt ansieht. »An mir? Ich hatte eher das Gefühl, du wolltest mich anfänglich erwürgen«, gestehe ich ihm.

»Ach, ich hatte nur ein paar Startschwierigkeiten und du bist jedes Mal in so einem Moment aufgetaucht. Es tut mir leid.«

»Schon gut. Ich war ja auch nicht gerade nett.« Und obwohl wir uns anfangs eher misstrauisch beäugt haben, war die ganze Zeit dieses Gefühl da. Als wäre es schon immer dagewesen. »Erzähl noch etwas über dich«, fordere ich ihn auf.

Ayden sieht zu den leuchtenden Sternen über uns und atmet tief ein und aus. »Ich bin gern in der Natur, mag das Meer und Klettern.«

»Bei der Natur und dem Meer bin ich bei dir. Aber Klettern? An steilen Abhängen?«

Er schmunzelt. »Manchmal brauch ich diesen Adrenalinkick.«

»Und mit der Meditation gönnst du dir eine Pause?«, frage ich und mag dieses zwanglose Gespräch zwischen uns. Ich suche seinen Blick, doch er weicht mir aus und sieht zur Seite.

»Kann man so sagen. Wie sieht es bei dir aus?«

Da ist sie wieder die Frage aller Fragen. Ich muss an das Gespräch mit Mariposa aus meinen Traum denken. Doch diesmal fällt mir eine Sache sofort ein.

»Ich liebe es, Torten zu backen.« Ein Lächeln huscht über mein Gesicht. »An dem Abend, als Billy verschwand, habe ich eine für Thia zum Geburtstag gebacken. Wo ich darüber spreche, fällt mir ein, dass ich nicht mal dazu gekommen bin, sie zu fragen, wie sie geschmeckt hat.«

Es kommt mir schon wie eine halbe Ewigkeit her, dabei lieg Thias Geburtstag noch gar nicht weit in der Vergangenheit. Mit Billys Verschwinden wurde irgendein Schalter betätigt und alles lief aus dem Ruder.

»Ich bin mir sicher, dass sie köstlich war.«

Auch wenn wir uns noch nicht so nahestehen, freue ich mich über diese Worte. »Das war jetzt nett.«

Er sieht zu mir, legt den Kopf schief und lächelt. »Ich mag dich, Cass.«

Verblüfft schaue ich ihn an und spüre das aufregende Klopfen meines Herzens. Meine Wangen beginnen zu glühen.

»Vielleicht …«, erwidere ich und spreize Daumen und Zeigefinger ein wenig. »… mag ich dich auch ein bisschen.«

Blitzschnell greift Ayden meine Hand und umschließt sie mit seiner. Die andere legt er auf meine Taille und zieht mich bestimmt ein Stück zu sich. Seine Augen scheinen dunkler als je zuvor, und der Mond spiegelt sich in ihnen. »Ich möchte dich etwas fragen«, raunt er.

Ich wechsle den Blick zwischen seinen Augen und seinem Mund und weiß nicht, was schöner ist. Ein wenig benommen von den Gedanken, wie diese Lippen schmecken würden, nicke ich.

»Würdest du mit mir ausgehen, wenn das alles hier vorbei ist?«

»Ja«, flüstere ich, ohne einmal darüber nachzudenken, und möchte diese Nähe zwischen uns nicht mehr missen. Ein Date. Ich habe gerade *Ja* zu einem Date gesagt. Nie zuvor habe ich daran einen Gedanken verschwendet, weil es für mich nicht in Frage kam. Und jetzt sehne ich den Moment herbei, mit Ayden in einem kleinen Restaurant zu sitzen und ihm tief in die Augen zu schauen, so wie jetzt auch gerade.

Wenn alles vorbei ist.

»Versprichst du es mir?«

Jetzt muss ich lachen, weil ich das irgendwie amüsant finde. Doch Ayden sieht mich mit ernster Miene an.

»Ja, ich verspreche es dir.«

Zufrieden wendet er sich ab und sieht wieder hinauf in den Nachthimmel. Noch eine Weile starre ich ihn an, woraufhin seine Mundwinkel nach oben wandern.

»Gefällt dir, was du siehst?«

Ich gebe ihm erneut einen Stoß in die Seite und kann nur mit den Augen rollen. Irgendwann lehne ich meinen Kopf an seine Schulter und wir schweigen. Es ist wunderschön hier. Vor wenigen Tagen mochte ich nicht mal in die Nähe des Autofriedhofs kommen und jetzt würde ich diesen Moment gegen keinen anderen tauschen wollen. Irgendwann schließe ich die Augen und höre nur noch Aydens leise Atemzüge.

Bis plötzlich Schritte die Stille durchbrechen und ich hochschrecke. Ich suche den dunklen Wald ab, kann jedoch niemanden entdecken.

»Hast du das auch gehört?«, flüstere ich.

»Ja.«

»Ich spüre noch keine Schwingungen, aber vielleicht ist da jemand auf dem Weg zu den Autowracks. Ich werde mal nachsehen.« Vorsichtig klettere ich wieder hinunter und bleibe stehen. Ayden tritt neben mich und wir sehen uns um.

»Könnte schwierig werden in der Dunkelheit jemanden auszumachen. Vielleicht sollte ich Isy wecken.«

Es knipst neben mir und ein Lichtstrahl erhellt den Wald.

»Wie du möchtest«, erwidert Ayden und sieht mich abwartend an. Es ist bisher kein Schwingen vorhanden, bedeutet, es ist keine Sichtung, wie es für uns üblich ist. Ich atme tief durch.

»Wir lassen sie schlafen. Sobald unsere Zellen Alarm geben, wird sie sowieso wach werden.«

Ayden nickt und wir laufen einen Trampelpfad entlang, der in den tiefen Wald führt.

Kapitel 18

Unsere Suche hat eher etwas von einer langsamen Wanderung, was zum einem an der Dunkelheit liegt und zum anderen an den dichtwachsenden Bäumen, die mit ihren kräftigen Wurzeln zum Stolpern einladen. Die Nacht wird von den Geräuschen des Waldes erfüllt. Vom pfeifenden Wind, raschelnden und knackenden Baumkronen und den nachtaktiven Tieren auf ihren Beutezügen.

Ich setze jeden Schritt mit Bedacht, um keine Aufmerksamkeit zu erregen. Wir wissen nicht, wer durch diesen Wald streift. Das Schwingen ist weiterhin nicht zu spüren.

Ayden und ich haben, seit wir aufgebrochen sind, nicht mehr miteinander gesprochen. Vielleicht war unser Vorhaben, ohne Isy den Geräuschen nachzugehen, falsch. Die letzten Sichtungen haben wir immer gemeinsam bestritten, was mir deutlich mehr Spaß gemacht hat, als ständig allein unterwegs zu sein. Gleichzeitig habe ich mich mal wieder gefragt, weshalb wir den Regeln des Instituts so lange blind gefolgt sind.

Ich halte inne und schaue mich um. Unser Weg führt uns tatsächlich ein wenig weg vom Autofriedhof. »Vielleicht war es auch nur ein Tier«, flüstere ich.

Ayden bleibt stehen und dreht sich zu mir um. Er legt den Kopf schräg und scheint nachzudenken. »Also für mich klang es eindeutig nach schweren Schritten.«

»Ich mein ja nur. Manchmal spielt einem das Gehirn einen Streich. Ich spreche aus Erfahrung.« Ich schlängle mich an ihm vorbei und Ayden hängt sich dahinter.

»Was meinst du?«

»Bleibt mein Geheimnis«, antworte ich und puste mir eine

Haarsträhne aus dem Gesicht. Ich suche in meiner Tasche ein Haarband und binde mir die wilde Mähne zu einem Zopf zusammen. Als ob ich ihn von meinen wirren Träumen erzählen würde.

Ayden scheint die Richtung wechseln zu wollen. Seine Haltung ist gebückt, als ob uns jeden Moment jemand angreifen könnte. Schnell schließe ich zu ihm auf, doch plötzlich zieht mich etwas zurück.

»Na toll«, stoße ich hervor, als ich das Loch seitlich betrachte. Ein Gestrüpp mit Dornen an den Ästen hat die Jacke von Ayden aufgerissen.

»Was ist los?« Ayden steht neben mir und betrachtet das Kleidungsstück. »Halb so wild.« Er winkt ab.

»Ich werde sie dir ersetzen«, murmle ich. So was Dummes. »Wir sollten weiter, schließlich sind wir auf einer Mission. Ich möchte uns nicht aufhalten.« Kopfschüttelnd trete ich an ihm vorbei und ärgere mich über das Missgeschick.

»Wer sagt das? Vielleicht wollte ich dich auch nur in den Wald locken«, erwidert er trocken, und ich drehe mich zu ihm.

»Vergiss nicht, mit wem du dich anlegst, Menschlein.« Ich greife zu meinem Amulett und funkle ihn siegessicher an.

Ayden verdreht die Augen. »Komm. Wir schauen dort mal genauer nach.« Er zeigt zu einer Lichtung nicht weit von uns.

Ich nicke und trete an ihm vorbei. »Wenn es gefährlich wird, öffne ich schnell den Iter, und wir fliehen gemeinsam.«

»Guter Plan.«

Wir kommen der Lichtung näher, und ich höre leises Plätschern. Ayden macht eine Handbewegung, dass ich ihm folgen soll. Vermutet er dort jemanden? Als er am Ende des Waldes ankommt, und ich gerade etwas sagen will, hält er sich seinen Zeigefinger demonstrativ an die Lippen.

Vorsichtig spähe ich an Ayden vorbei und tatsächlich stehen dort zwei dunkle Gestalten am Ufer. Ich versuche zu erkennen, ob es sich um die beiden Tecus Brüder handeln könnte, doch es ist zu dunkel. Sie sind zu weit weg. Ich gehe noch einige Schritte nach vorn, als Ayden mich am Arm zurückhält und mich wortlos warnt. Ich winke ab. Für so etwas habe ich jahrelang trainiert. Leises Anschleichen ist die leichteste Übung von allen. Als ich ein Stück näher an der harten Rinde eines Baumes lehne, versuche ich zu erkennen, ob es Belà und Nelio sind. Von der Statur her könnte es passen. Was mache ich jetzt? Schnell suche ich den Boden unter mir ab, um etwas zu finden mit dem ich sie abwerfen kann. Ein Tannenzapfen fällt mir ins Auge. Ich bücke mich und hebe ihn auf. Doch gerade, als ich zum Werfen ansetze, schließen sich Aydens Finger fest um mein Handgelenk. Er sieht alles andere als begeistert aus.

»Was soll das?«, flüstert er.

»Sie sollen sich umdrehen«, zische ich leise.

»Cass, das ist eine dumme Idee. Wenn das die Tecus sind, dann werden sie uns innerhalb weniger Sekunden finden. Schaffen wir es in der Zeit abzuhauen? Uns bleiben maximal fünf Sekunden.«

Mist. Er hat recht. Dumme Idee. Anscheinend schlummert mein Hirn noch im Zelt.

»Hast du eine bessere Idee?«

»Wir warten.«

Ich nicke. »Sie sind weit genug vom Autofriedhof entfernt.«

Minuten vergehen und niemand dreht sich um, es ist merkwürdig. Weshalb betrachten sie die ganze Zeit das Ufer? Was sehen sie, was ich nicht sehe? Kurz schließe ich die Augen, versuche, einen anderen Blickwinkel einzunehmen, und betrachte die Szene erneut. Der Mond drängt sich durch die Wolken und spiegelt sich sanft im Wasser. Es herrscht ein angenehmes Wetter, kühl und doch warm. Die Blätter über unseren Köpfen rascheln im Einklang der nächtlichen Geräuschkulisse von Grillen und Fröschen. Vielleicht sind die zwei ein Paar. Ich komme mir plötzlich fehl am Platz vor.

»Wir sollten gehen«, flüstere ich Ayden zu.

»Wieso?«

»Ich habe da so ein Gefühl.«

Als ich mich entferne, knackt es laut unter meinen Schuhen,

und ich bleibe wie versteinert stehen. Ayden deutet mir ebenfalls an weiter stillstehen zu bleiben, und so verharre ich in dieser seltsamen Pose. Vorsichtig schaut er hinter dem Baum vorbei und ich halte die Luft an. Was, wenn es doch die Tecus Brüder sind? So viel zum Thema, ich bin perfekt im Anschleichen. Ein Scheiß bin ich.

»Nur zwei Männer, die angeln wollen.«

Ich werfe die Arme in die Luft und drehe mich um. Mit zügigen Schritten stampfe ich zurück in den Wald. Ayden folgt mir.

»Alles in Ordnung?«

»Ja«, brumme ich und bereue es gleich wieder. Er kann nichts dafür. Ich bin sauer auf mich, weil ich unachtsam war. Sowas darf mir nicht wieder passieren. Vorhin auf dem Baum mit Ayden war es so schön und es fühlte sich normal an. Ich habe gelacht und die Zeit genossen. Jetzt, wo es wieder um unsere Aufgabe geht, fühl ich mich miserabel. Die Sehnsucht nach einem simplen Leben hat mich vollkommen eingenommen.

»Was ist los, Cass?«

Die Schritte hinter mir verstummen, sodass ich ebenfalls anhalte.

»Ach, ich habe mich nur über mich geärgert. Andauernd unterlaufen mir Fehler und bin einfach nicht mehr ich selbst. Früher wäre mir sowas nie passiert.«

»Hm … Wenn du mich fragst, ist der Rucksack, den du trägst, etwas zu groß.«

»Wie meinst du das?«

»Ihr habt diese enorme Aufgabe, die euer komplettes Leben ausfüllt. Ihr dürft keine Hobbys haben, keine Freunde, keine Wünsche, keine Träume. Um es kurz zu fassen: Ihr dürft nicht leben.«

»Aber das ist nicht für immer«, antworte ich zögernd, versuche plötzlich, mich zu verteidigen. Ich kann doch nichts anderes als das hier.

»Ach ist das so?« Er knirscht dabei deutlich mit dem Kiefer.

Meine Hand zuckt, und ich bin kurz davor, seine zu nehmen. Wäre es okay? Würde er es zulassen?

»Wie meinst du das?«, frage ich stattdessen.

»Kannst du dich an die Zeyna erinnern, von der du dieses Amulett hast?« Er nimmt den Anhänger von meiner Brust und hält ihn mir vor die Nase. Ich runzle die Stirn und betrachte das Amulett, das bläulich leuchtet.

»Ich kann mich nicht erinnern.« Doch als Antwort bekomme ich nur ein Brummen. »Unsere Erinnerungen wurden gelöscht«, antworte ich und bin irritiert von der Anspannung, die plötzlich zwischen uns entstanden ist.

Er schüttelt den Kopf und geht an mir vorbei.

Ich folge ihm und muss über seine Worte nachdenken, er hinterfragt alles. Das ist mir schon öfter aufgefallen und mittlerweile denke ich in ähnlichen Bahnen. Ich will nicht mehr zu allem, was die Nox vorgeben, blindlings *Ja* sagen.

Als wir endlich wieder bei unserem Lager ankommen, ist alles ruhig. Das einzige Lebenszeichen geht von Finn aus, der immer noch schnarcht.

»Isy hat einen super Aufpasser, oder?« Ich grinse Ayden an, um die gedrückte Stimmung etwas zu lockern. Was tatsächlich funktioniert. Ich entlocke ihm ein kleines Schmunzeln.

»Möchtest du tauschen?«, fragt er und steht in wenigen Schritten vor mir. Ich lächle. Wir hatten uns anscheinend beide für einen kurzen Moment nicht ganz im Griff und ich bin froh, dass der Ärger schon wieder fast vergessen ist. Ich will mich nicht mit Ayden streiten.

»Vielleicht.« Ich zucke mit den Schultern.

Dann beugt er sich zu mir herunter und nähert sich meinem Ohr. »Am liebsten würde ich dich packen und von hier fortbringen«, haucht er mir zu. Ein aufregendes Kribbeln nimmt meinen Körper ein. Ich schließe kurz die Augen und atme tief ein und wieder aus. Die Vorstellung mit ihm abzuhauen, ist verführerisch. Er löst Fantasien in mir aus, und ich liebe jede davon. Ayden tritt ein paar Schritte rückwärts und hält weiterhin

Blickkontakt. Der Mond leuchtet so hell, dass er wie ein Schatten wirkt und doch kann ich ein Lächeln sehen. »Aber das geht nicht. Noch nicht zumindest.«

»Noch nicht?«, flüstere ich.

»Schlaf schön, Cass.«

»Gute Nacht, Ayden.«

Kapitel 19

Ich trinke gerade einen Schluck Kaffee, als sich das Schwingen bemerkbar macht. Ich schließe die Augen und eine Gänsehaut breitet sich über meinen Körper aus. Meine nackten Füße versinken im Sand und eine Welle spült eine Muschel zu mir. Ich berühre sie und sehe das *New Slains Castle* vor mir. Als ich die Augen öffne, läuft Isy auf mich zu.

»Wir müssen zum Schloss.«

»Ich weiß«, entgegne ich und drehe mich im gleichen Atemzug nach Finn und Ayden um. Sie sind ein paar Meter von uns entfernt und unterhalten sich angeregt. »Ich werde ihnen Bescheid geben.«

Isy rollt mit den Augen. »Wir könnten allerdings …« Ihr Mund verzieht sich zu einem schiefen Lächeln, ehe sie die Augen schließt, und nach meiner Hand greift. Ich kann gar nicht so schnell reagieren. Der Iter packt uns und wir stehen vor der Ruine.

»Isy, bist du verrückt?«

»Ach.« Sie winkt ab und läuft in Richtung des Schlosses. »Denkst du etwa, sie können es mit den Tecus aufnehmen? Sie sind doch nur an unserer Seite, um uns zu verpetzen.«

Ich verdrehe die Augen und stampfe ihr wütend hinterher. »Du gibst ihnen gerade einen sehr guten Grund dazu«, fauche ich und balle die Hände zu Fäusten.

»Denkst du, dein Ayden ist jetzt enttäuscht von dir und wird nicht mehr an deinen Lippen hängen?«

Ruckartig halte ich inne und verharre in der Position. »Was ist dein Problem?«, brülle ich und Isy bleibt ebenfalls stehen. Sie dreht sich zu mir um und verschränkt die Arme.

»Ich habe kein Problem. Nur haben wir vereinbart, dass wir die Sichtungen gemeinsam erledigen, aber du warst letzte Nacht mit Ayden unterwegs, anstatt mit mir.«

Aha. Daher weht also der Wind. Sie ist angepisst, weil wir ihr nicht Bescheid gegeben haben.

»Wir haben Schritte gehört und wollten dich deswegen nicht wecken«, gebe ich zu. »Schließlich war es keine Sichtung, so wie jetzt gerade.«

»Das ist sehr nett von euch. Allerdings schlafe ich schon seit Wochen schlecht. Also beim nächsten Mal tut euch keinen Zwang an und weckt mich bitte. Wir wollten keine Alleingänge mehr oder habe ich das falsch verstanden?«

Doch ich gehe nicht weiter darauf ein, wir sind aus einem anderen Grund hier und sollten uns darauf konzentrieren. »Lass uns die Sichtung erledigen«, erwidere ich und laufe zügig an ihr vorbei. Ich bin sauer. Wegen ihr bekommen wir womöglich Ärger.

Am *New Slains Castle* schaut sich eine kleine Touristengruppe gerade die Ruine an. Isy taucht neben mir auf und blickt mit ernster Miene zu den Menschen hinüber. »Wir sollten sie nicht ohne eine neue Sehenswürdigkeit fortschicken«, schlage ich vor.

»In Ordnung. Hast du eine Idee, wo es für sie hingehen soll?«

Ich reibe mir über das Kinn. »Wenn sie die Küstenstraße weiter Richtung Norden fahren, sollten sie bei einem anderen Schloss landen.«

Isy nickt. »Dann lass uns anfangen.« Zügig schreitet sie auf die Menschen zu und ich eile ihr hinterher. Wir beginnen mit denen, die abseits der Gruppe stehen und schicken sie alle nacheinander zum Bus.

Ich trete zu der Gruppenleiterin, die gerade einen Vortrag hält. »Entschuldigen Sie bitte?«, spreche ich sie an und lächle.

»Ja? Gibt es ein Problem?«

»Nein. Ich habe etwas entdeckt und würde es Ihnen gern zeigen. Vielleicht kennen Sie sich damit ein wenig aus.«

Ihre Neugierde ist geweckt und sie entschuldigt sich kurz bei den Touristen. »Was haben Sie entdeckt?«

Als wir uns fünf Meter entfernt haben, bleibe ich stehen und greife zu meinem Amulett. »Sie werden die Menschen sofort zum Bus begleiten und mit ihnen gemeinsam die Küstenstraße weiter Richtung Norden fahren, bis zur nächsten Sehenswürdigkeit. Sie werden sich dem *New Slains Castle* nicht mehr nähern und vergessen, dass sie mich hier gesehen haben.«

Die Frau nickt und geht eilig zu ihrer Gruppe zurück, wo sie die restlichen Touristen zum Bus schickt und sie ihre Reise fortsetzen.

Isy und ich entfernen uns vom Schloss und das Schwingen verblasst allmählich.

»Es tut mir leid«, murmelt sie schließlich. »Ich weiß, dass du es nur gut gemeint hast.«

»Schon in Ordnung. Lass uns einfach schnell zurück. Ich habe keine Lust auf Ärger.«

Seufzend öffne ich den Iter. Schnell zeichne ich den Ort, an dem wir campen, scharf und genieße das Gefühl, als der Wirbel mich erfasst und mich dorthin zurückbringt.

Ayden bemerkt meine Ankunft zuerst und sieht mit einer hochgezogenen Augenbraue zu mir. »Haben wir nicht gestern etwas vereinbart?«

»Es war nicht ihre Idee«, antwortet Isy, die neben mir auftaucht.

»Habt ihr die Nox darüber informiert?«, frage ich.

Er seufzt. »Also Finn war kurz davor. Aber ich habe ihm vorgeschlagen, dass wir euch zumindest eine Chance geben, es zu erklären. Ich denke, das ist nur fair, oder?«

Finn hockt vor seinem Zelt und schaut mit zusammengezogenen Augenbrauen zu uns. »Also?«, fragt dieser.

Ich kratze mich am Kopf, weil es keine vernünftige Erklärung dafür gibt.

»Ich wollte mit Cass allein sein. Ist das so schwer zu verstehen? Wir haben nur noch uns. Außerdem benötigen wir keine Aufpasser.«

Mit zusammengepressten Lippen beobachte ich ihre Reaktionen. Was werden sie jetzt unternehmen?

»Es wird nicht noch mal vorkommen«, verspreche ich ihnen, um die Anspannung etwas zu lösen. Ayden und Finn wechseln einen Blick und nicken sich zu.

»Okay. Wir werden die Nox nicht informieren.« Finn richtet sich auf und entfernt sich ein paar Schritte.

Ich atme erleichtert aus und auch Isy scheint sich neben mir zu entspannen. Aus dem Augenwinkel mustere ich sie für einen kurzen Moment und plötzlich fallen mir auch die dunklen Augenringe auf.

»Cass, sieh mich nicht so an. Es geht mir gut, zumindest den Umständen entsprechend.«

»Okay«, versuche ich das Thema fallen zu lassen. Dass sie mir überhaupt von den schlaflosen Nächten erzählt hat, ist schon eine Offenbarung und für Isy ein gewaltiger Schritt. Sonst lässt sie eigentlich nichts an sich heran. »Ich schlaf auch nicht viel und habe zudem ziemlich wirre Träume«, erzähle ich ihr und fühle mich gut dabei, es endlich auszusprechen.

»Was für Träume?«

Und dann rede ich zum ersten Mal darüber.

»Wow, dich hat´s ganz schön erwischt«, antwortet sie und zwinkert mir zu.

»Ich weiß nicht.«

Ich will es nicht abstreiten und kann es auch nicht. Die Anziehung zwischen Ayden und mir ist da.

»Er steht voll auf dich. Das sieht man an seinen Blicken. Aber dennoch trau ich ihnen nicht.« Ich knuffe sie in die Seite. Sie verdreht die Augen.

»Was soll ich deiner Meinung nach machen? Ihn fortschicken? Das Institut hat sowohl Aydens als auch Finns Lebenslauf vermutlich dreimal umgedreht, bevor sie die beiden eingestellt haben. Du weißt, wie gründlich sie dabei sind.«

»Keine Ahnung. Vielleicht hältst du ihn besser auf Abstand?«

Mein Magen zieht sich nur bei der Vorstellung direkt zusammen. »Das kann ich nicht.«

»Dann versuche es zumindest.«

Ganz automatisch drehe ich den Kopf in seine Richtung und unsere Blicke treffen sich. Seine Mundwinkel formen sich zu einem Lächeln und alles in mir kribbelt. Was soll ich machen? Alles in mir will dieses Lächeln erwidern.

Isy legt ihre Hand auf meine Schulter. Ayden sieht an mir vorbei und seine Gesichtszüge verändern sich. Enttäuschung. Es schmerzt, ihn so zu sehen, und als er sich wegdreht, fühlt es sich noch schlimmer an.

»Es ist besser so«, flüstert Isy.

Ein Schleier legt sich über mein Blickfeld und ich wende mich von Isy ab.

»Cass, warte«, sagt sie sanft, aber ich ignoriere sie und entferne mich von ihr.

Einerseits verstehe ich Isy, aber andererseits kann ich diesem inneren Drang nicht widerstehen. Ich lehne mich an einen Baum und lasse mich in das weiche Moos unter mir fallen. Einen Moment lang kreisen meine Gedanken um die letzten paar Tage, sodass ich gar nicht merke, wie Isy auf mich zukommt.

»Du magst ihn ganz schön doll, oder?« Sie setzt sich zu mir und lehnt den Kopf gegen meine Schulter. »Es tut mir leid, ich möchte nicht, dass du traurig bist. Ich will nur, dass du nicht genauso enttäuscht, verraten und hintergangen wirst wie Thia und ich. Vielleicht irre ich mich auch.« Sie zuckt mit den Schultern. »Er sieht dich an, als wärst du seine Luft zum Atmen.«

»Wirklich?«

»Dein Blick ist ähnlich.«

Und genau so fühlt es sich an. In einem anderen Leben hätten wir uns unter normalen Umständen kennenlernen und die Zeit unbeschwert genießen können.

Sie greift meine Hand und streichelt mit dem Daumen über

meinen Handrücken. »Bitte, pass auf dich auf. Mehr verlange ich gar nicht.«

»Das mache ich, schließlich haben wir noch eine Aufgabe zu erfüllen.«

Ich fühle mich nach dem kurzen Gespräch ein wenig besser und werde versuchen, das mit Ayden langsam anzugehen, auch wenn es mir schwerfällt. Ich vertraue ihm, aber dennoch möchte ich Isy nicht vor den Kopf stoßen.

»Was meinst du, wann sie auftauchen?« Ich muss über etwas anderes reden und sich auf die Tecus zu konzentrieren, ist momentan das einzig Richtige.

»Bisher sind sie nur aufgetaucht, wenn wir allein unterwegs waren. Vielleicht liegt es daran? Vielleicht auch an etwas ganz anderem. Ich weiß es nicht.«

»Das bedeutet, fortan wieder allein zu den Lost Places und alles auf eine Karte setzen?«, erwidere ich.

Isy presst die Lippen aufeinander und schweigt.

»Wir machen es so: Der Lost Place, der als Erstes ruft, entscheidet darüber, wer von uns aufbricht«, spricht sie irgendwann laut ihre Überlegung aus.

»In Ordnung. Aber wir anderen bleiben trotzdem in der Nähe. Falls die Tecus auftauchen, und die Beeinflussung nicht funktioniert, sind wir dein Backup.« Ich nicke mir selbst zur Bekräftigung zu und atme den Geruch von Moos tief ein und die Anspannung aus.

»Meine Familie, mein Halt, mein Leben«, flüstern wir gemeinsam und ich schließe die Augen, um die Tränen zurückzuhalten.

»Lass uns den Abend noch ein wenig genießen«, schlägt Isy schließlich vor und steht auf, um mir im gleichen Zug die Hand entgegenzustrecken, die ich dankbar annehme. Als wir wieder bei unserem Lager ankommen, erwarten Ayden und Finn uns schon. Isy und ich werfen uns einen kurzen Blick zu, ehe wir weiter auf sie zugehen.

»Ich habe Marshmallows besorgt«, rufe ich begeistert in die Runde und laufe zum Zelt, um wieder ein wenig Harmonie zu säen. Isy liebt das Zeug und ein Zuckerschock tut uns vermutlich recht gut. Die Nerven liegen bei allen blank.

»Ich besorge uns Feuerholz.« Ayden sieht eindringlich zu mir. Will er mir etwas sagen? Soll ich mitkommen? Ich schaue zu Isy, die unauffällig den Kopf schüttelt. Vielleicht könnte ich die Chance nutzen, um mit ihm zu reden. Es wäre besser, wenn er weiß, dass ich einen freien Kopf brauche.

»Soll ich dich begleiten?«

Isy seufzt leise.

»Gern«, antwortet er, und wir verlassen gemeinsam unser kleines Lager.

Ich suche den Waldboden nach Brennholz ab und sammle immer wieder einige auf. Als ich gerade noch ein Holz aufheben will, knalle ich gegen Ayden und die gesammelten Stöcker verteilen sich auf dem Boden.

»Alles okay?«, frage ich.

»Ich wollte dir nur sagen, dass ich auf dich aufpassen werde, versprochen.«

»Das ist nicht nötig. Pass lieber auf dich selbst auf. Die Tecus sind mächtig und gefährlich« Zufrieden mit meiner Reaktion stehen wir uns gegenüber und halten Blickkontakt.

»Ich meine es ernst, egal was passiert. Ich bleibe an deiner Seite.«

Vorsichtig und behutsam sucht seine Hand meine, und ich genieße die unschuldige Berührung. Dieses Gefühl, das ich habe, wenn ich in seiner Nähe bin, beflügelt mich jedes Mal aufs Neue. Auf einmal ist sämtlicher Druck weg, und es gibt nur noch uns beide, wie in meinen Träumen.

»Wir sollten uns nicht so nah sein«, flüstere ich und seufze. Wieso fällt es mir so schwer?

»Ist es das, was du willst?«

»Nein«, antworte ich mit fester Stimme. »Aber es ist besser so.«

Federleicht legt er seine Hand an meinen Hals und streichelt sanft mit den Daumen über meine Wange. Dann lässt er mich los, beugt sich hinab, sammelt meine heruntergefallenen Hölzer wieder auf und hebt auch seinen Stapel auf, der hinter ihm liegt. »Das sollte für ein Lagerfeuer reichen.« Er lächelt mich an und ich sehne mich wieder zu dem Moment, als ich das Gefühl hatte zu fliegen.

»Dann lass uns zurückgehen. Es wird gleich dunkel.«

Die letzten Sonnenstrahlen suchen sich ihren Weg durch die Äste und die nächtliche Abendluft kitzelt meine Nase.

Ayden macht sich direkt an das Lagerfeuer und nach und nach qualmt es, bis die ersten kleinen Flammen lodern. Isy kommt mit vier Bierflaschen zu uns und reicht jedem eine. Es klirrt laut, als wir anstoßen.

»Auf Thia und Billy«, presst sie hervor und ich höre den Schmerz in ihrer Stimme.

Wir trinken alle einen Schluck, und der herbe Geschmack belebt sofort meinen Gaumen.

»Was würde ich dafür geben, sie hier zu haben?«, erwidere ich.

»Ich glaube, sie würden das hier lieben.« Isy sieht mich an und lächelt. Ich bin froh, dass sie sich zusammenreißt und Ayden oder Finn nicht weiterhin anfeindet.

Ich schiele, während wir uns über banale Dinge unterhalten, immer wieder zu Ayden. Er bemerkt es nicht, oder ignoriert es. Anscheinend haben meine Worte gewirkt. Eigentlich müsste es mir mit der Entscheidung, ihn auf Distanz zu halten, gutgehen, aber das ist nicht der Fall.

Isy ist verdächtig ruhig geworden und klammert sich an die Flasche in ihren Händen. Ihr Bein zittert, und ich lege meine Hand auf ihr Knie.

»Alles okay, Isy?«, fragt Ayden.

»Ja, alles gut. Ich bin nur müde.«

Ayden schnappt sich die Tüte mit den Marshmallows und reißt sie auf. »Es wird Zeit für was Süßes!«

Isy greift in die offene Tüte und holt sich zwei Marshmallows heraus. Sie steckt sie auf einen Stock und hält diesen dann über das Feuer. Wir tun es ihr gleich und so naschen wir den fast puren Zucker und lauschen den nächtlichen Klängen des Waldes. Der Wind zischt durch die Bäume und Blätter rascheln. Es ist eine klare und ruhige Nacht, fast wie die berühmte Ruhe vor dem Sturm.

Nach einer Weile verabschiedet sich Finn ins Zelt und auch Isy zieht sich frühzeitig zurück. Für einen Moment ist da wieder dieses Knistern und ich bin mir nicht sicher, ob es vom Feuer oder von Ayden und mir kommt.

»Cass?«

»Ja?« Ich schaue zu ihm und bin tatsächlich ein kleines bisschen erleichtert, dass er noch mit mir redet.

»Was habt ihr vor?«

Ich hebe eine Augenbraue und starre ihn verwundert an. Woher … doch ehe ich weiter darüber nachdenken kann, weiht er mich ein.

»Ich habe bereits bemerkt, dass Isy nicht sonderlich viel von mir hält, aber das erklärt noch lange nicht deine Zurückweisung. Da du mir extrem widersprüchliche Signale sendest, kann es nur an dem Plan liegen, den ihr euch ausgedacht habt.«

Unruhig rutsche ich hin und her. »Ihr sollt davon nichts wissen«, antworte ich ehrlich und hoffe, er respektiert es.

Eine Weile ist es ruhig, ehe Ayden sich aufrichtet und anscheinend gehen will.

»Warte«, bitte ich ihn und bereue das Wort direkt. Ich stehe ebenfalls auf und trete ihm gegenüber. »Es ist nichts Persönliches. Nur … ich habe Angst … was, wenn du mir das Herz brichst … genauso wie Belà Isy und Nelio Thia?«

Ayden legt den Kopf schief und mustert mich. »Ihr denkt, wir gehören zu den Tecus?« Seine Mundwinkel zucken belustigt.

»Ja. Nein. Keine Ahnung. Ich weiß einfach nicht mehr, wem ich trauen soll.«

Er greift mit den Händen in sein volles Haar und scheint sich zu amüsieren. »Es ist gut, dass ihr so denkt. Denn wer weiß, vielleicht …« Ayden spricht den Satz nicht zu Ende, sondern lächelt mich nur noch mal an, ehe er mit einer Schüssel Wasser holt, um das Feuer zu löschen. Er macht sich über mich lustig, aber das ist in Ordnung. Ich habe ihn aufgeklärt und fühle mich besser. Als er zurückkommt, legt er den Finger an mein Kinn, und ich blicke in seine dunkle Iris. Diese Augen sind schwarz, die der Tecus hingegen golden. Er ist ein Mensch. »Leg dich schlafen. Ich pass auf dich auf, das habe ich dir versprochen.«

Kapitel 20

Die Nacht war zu kurz und ich weigere mich, aufzustehen. Seit einer halben Stunde liege ich im Zelt und beobachte die kleine Spinne, die sich in der Spitze ein Netz gebaut hat.

Ich traue mich nicht hinaus. Wird es jetzt wieder komisch zwischen Ayden und mir? Ich könnte es ihm nicht mal verübeln. Momentan sieht unsere Zukunft nicht so rosig aus. Aber es nützt ja alles nichts. Ein Blick auf die Uhr sagt mir, dass es Zeit wird, aufzustehen.

Ich krieche aus dem Zelt, die Sonnenstrahlen blenden mich, sodass ich die Hand vor mein Gesicht halten muss. Das Wetter ist traumhaft schön und Schmetterlinge fliegen, nicht weit von mir, über kunterbunte Wildblumen. Isy sitzt an unserer Feuerstelle, wobei jetzt nur noch die Asche an die Flammen von letzter Nacht erinnert. Sie umklammert den Kaffeebecher und starrt Löcher in die Luft.

»Hab Kaffee besorgt.« Nicht weit von ihr entdecke ich einen zweiten Becher, den ich mir schnappe. Immer wieder schaue ich mich um, doch kann ihn nicht finden. Wo ist er nur? »Falls du Ayden suchst, er ist gleich wieder da.«

»Ich suche ihn nicht«, antworte ich und klammere mich an die wohlige Wärme, die der Kaffeebecher ausstrahlt. Isy sieht mich schmunzelnd von der Seite an.

»Ach ja?«

»Vielleicht habe ich kurz überlegt, wo er sein könnte«, gebe ich zu und senke den Kopf, um mein Lächeln zu verbergen.

»Mir musst du nichts vormachen.«

»Das weiß ich. Bist du breit?«

Isy nickt und reicht mir gleich darauf einen Ohrstöpsel, den sie wohl aus dem Institut mitgenommen hat. »Damit wir in Kontakt bleiben.« Bisher hat sich keiner der Lost Places gemeldet, aber das kann sich jede Minute ändern. Finn tritt zu uns und reibt sich die Schläfen.

»Was ist mit dir?«, frage ich ihn.

»Ich habe Kopfschmerzen, wirre Träume.«

Sofort werde ich hellhörig. »Albträume?«

»Kann man so sagen. Aber alles in Ordnung. Nichts worüber ihr euch Sorgen machen müsst.«

Ich nicke. Hoffentlich hat er nicht solche Albträume, wie ich von den Tecus. Gerade als ich von meinem Kaffee trinke, tritt Ayden aus dem Wald. Unsere Blicke treffen sich und ich fühle mich wie immer gefangen in seinen Augen.

Keiner sagt etwas und jeder ist mit sich beschäftigt. Obwohl es nicht kalt ist, fröstle ich. Welcher Lost Place wird sich zuerst melden? Wer wird von uns aufbrechen? Und werden die Tecus überhaupt auftauchen? Mein Leben hat sich komplett geändert. Vor ein paar Wochen habe mir Gedanken darüber gemacht, wie viele Sichtungen ich an einem Tag habe. Und jetzt bin ich hier und auf irgendeine Art bin ich es nicht. Meine Atmung beschleunigt sich und die Anspannung hat mich komplett eingenommen. Wie erstarrt sitze ich da und warte auf das Schwingen.

Nach ungefähr einer Stunde ist es so weit, das Schwingen setzt ein, und Isy und ich sehen uns sofort an. Nach zwei Sekunden weiß ich, dass es der Autofriedhof ist und somit Isy, die zu ihrem Lost Place aufbrechen wird. Für einen Moment schließe ich die Augen und atme tief durch. Als ich sie wieder öffne, steht Isy bereits vor mir.

»Gut, dann werde ich mal«, höre ich ihre Worte, doch reagiere nicht.

»Weshalb gehst du allein?« Es ist Finn, dessen aufgebrachte Stimme ich vernehme.

»Cass, erklär du es ihnen.«

Erst als sie sich umdreht, ist mein volles Bewusstsein wieder da.

»Warte!« Isy hält an und sieht über die Schulter zurück. Ich gehe zu ihr und drücke sie fest an mich. »Ich hab dich lieb«, flüstere ich.

»Das ist kein Abschied.« Ihre Stimme ist sanft und ich habe Mühe, die Tränen zurückzuhalten. Langsam löst sie sich aus der Umarmung und drückt sanft meine Schultern. Sollten wir uns wirklich trennen? Wäre es besser, vorher mit den Nox zu kommunizieren? Eventuell sind sie schon einen Schritt weiter.

Es ist Ayden, der seinen Arm um mich legt und dieses Gedankenkarussell stoppt. Gemeinsam sehen wir dabei zu, wie Isy immer weiter in den Wald hineingeht und bald nicht mehr zu sehen ist. Finn und Ayden sehen mich mit hochgezogenen Augenbrauen an und ich erkläre ihnen, was wir vor haben.

»Das ist verrückt.« Finn schlägt die Arme über den Kopf.

Ich weiß nicht, woher ich die Ruhe nehme, doch sie ist da und so gebe ich beiden klare Anweisungen. »Wir werden uns in der Nähe aufhalten.«

Gemeinsam entfernen wir uns von unserem Lager. Während Ayden und ich nebeneinander laufen, eilt Finn hinter uns her.

»Wo warst du vorhin?«, frage ich und nutze die Gelegenheit.

»Ich brauchte einfach nur etwas Ruhe zum Meditieren.«

Wortlos akzeptiere ich die kurze Begründung. Was soll ich auch sagen? Wer bin ich, ihm vorzuschreiben, was er tun und lassen soll. Es dauert nicht lang, bis wir unseren Standpunkt, ungefähr fünfzig Meter vor dem verlassenen Haus, erreichen. Ich drücke das kleine Knöpfchen an meinem Ohr und spreche hinein: »Isy, hörst du mich?«

Es raschelt kurz, ehe ich ihre Stimme höre. »Ja, alles bestens. Ich bin gerade angekommen und schaue mich etwas um. Bisher keine Spur eines Besuchers.«

»Das bedeutet, eventuell sind es tatsächlich die Tecus?«

»Ja, vermutlich. Ich werde mich weiter umsehen.«

»Pass auf dich auf.« Ich habe mich an einen Baumstamm gelehnt und betrachte Ayden, der wachsam die Gegend absucht. »Wo ist Finn?«, frage ich und strecke den Kopf suchend in die Höhe.

»Bis eben war er noch hier.« Verwundert sieht sich Ayden um. Na klasse. Wir wollten doch zusammenbleiben.

»Wieso ist er allein losgegangen? Wir müssen ihn suchen.«

Während wir den Wald ablaufen, denke ich darüber nach, wie ich es verhindern kann, dass Ayden zwischen die Fronten gerät.

»Woran denkst du?«, fragt er prompt, ohne mich dabei anzusehen.

»Soll ich ehrlich sein?« Mit verschränkten Armen stelle ich mich ihm in den Weg und das Schwarz seiner Iris funkelt mich herausfordernd an. »Ich überlege, wie ich dich dazu bringen kann, hierzubleiben.«

Ayden lacht auf und stupst meine Nase an. »Das wird nicht passieren.«

Ich seufze.

»Cass, was soll das? Meine Aufgabe ist, auf dich aufzupassen. Schon vergessen?«

»Ayden, ich werde nicht dabei zusehen, wie du in den Tod rennst.«

»Was soll ich machen?«, fragt er nur widerwillig, aber das ist nicht sein Kampf und automatisch überlege ich, was ihn dazu veranlasst, hier bis zum Äußersten gehen zu wollen. Das Schwingen ist mittlerweile verstummt. Gerade will ich zu Isy sprechen, als es in meinem Ohr piept.

»Leute«, höre ich Isy in meinem Ohr.

»Was ist los, Isy?«

Ayden wird hellhörig.

»Hier ist niemand. Ich verstehe nicht …« Es kratzt und rauscht. Dann höre ich sie nicht mehr.

»Isy?«

Doch sie bleibt stumm. Die Verbindung ist weg. Ich sehe zu Ayden auf, der mit zusammengekniffenen Augen die Umgebung absucht.

»Wir müssen Finn finden.«

»Nein. Ich muss zu Isy. Du kannst Finn suchen.« Genervt schüttelt er den Kopf. »Vergiss es. Wir gehen zu Isy und hoffen, dass mit Finn alles in Ordnung ist.« Und dann spüre ich das Schwingen der Zellen. Ich schrecke hoch. Schnell setze ich zum Sprint an und laufe in Richtung des Hauses. Sie spielen ein Spiel mit uns. Ich höre Aydens Rufe hinter mir.

»Cass! Warte.«

Doch ich kann nicht. Ich muss zu Isy. Dieses Mal werde ich nicht zu spät sein. Meine Lunge brennt, während ich durch den Wald hechte und über dicke Wurzeln und andere Stolperfallen springe. Ayden ist noch immer hinter mir.

Kurz bevor wir das alte verlassene Haus erreichen, halte ich an. »Du bleibst hier!«

»Cass, bitte.«

»Nein, Ayden. Ich will nicht, dass dir etwas passiert. Wenn ich die ganze Zeit an deine Sicherheit denken muss, kann ich mich nicht auf die Tecus konzentrieren. Bitte.« Ich stocke, weil mir die nächsten Worte schwerfallen. »Du bedeutest mir etwas, und ich würde es nicht ertragen, wenn ich dich auch noch verliere.«

Er greift meine Hand, hält sie an seinen Mund und küsst sie sanft. »Pass auf dich auf.«

Ich nicke und befreie mich nur widerwillig. Das Schwingen ist kräftiger geworden, und bevor ich zum Haus gehe, drehe ich mich noch einmal zu ihm um.

Das ist kein Abschied.

Isys Worte.

Als ich das Haus erreiche, hat Isy eine Position auf der alten Veranda eingenommen und sucht jeden Winkel um sich herum ab. Jegliche Furcht ist aus ihrem Gesicht verschwunden. Pure Entschlossenheit und Stärke zeigen sich nun in ihren Zügen. Ich trete aus dem Wald heraus und warte auf ihre Reaktion. Als sie mich entdeckt, verändert sich etwas und ihre Augen weiten sich.

»Cass! Pass auf! Hinter dir!«

Ruckartig drehe ich mich um und werde im selben Moment in Richtung des Hauses geschleudert. Die Landung ist alles andere als galant und der Stoß, der durch meinen Körper rauscht, tut höllisch weh. Trotzdem richte ich mich auf und wir stehen den beiden Tecus Brüdern gegenüber, auf die wir gewartet haben.

Belà betritt mit viel zu viel Lässigkeit den Schauplatz. Als müsste er nur mit den Fingern schnipsen, und wir würden wie eine Sandburg zerfallen.

»Ich freue mich, euch wiederzusehen.« Seine Stimme ist arrogant und überheblich.

»Freu dich nicht zu früh«, zischt Isy hinter mir und erhält als Antwort ein belustigtes Lächeln.

»So mag ich dich am liebsten, Isy«, erwidert er und betrachtet seine Hand, die er in der Luft wendet und dreht. Was hat er vor? Ich erinnere mich noch sehr gut an die unsichtbare Kraft, die mich wie aus dem Nichts erfasst hat. »Also, wie ist euer Plan? Wolltet ihr uns mit dem Lockenkopf angreifen, den wir aufgegriffen haben?«

»Was meinst du?«, frage ich und Belà und Nelio wechseln den Blick von Isy zu mir.

»Ach, Cassandra.« Belà schnipst mit den Fingern und Finn tritt aus dem dichten Wald zu ihm.

»Finn«, rufen Isy und ich zeitgleich. Aber er zeigt keine Reaktion.

Ich schnalze mit der Zunge, das Schwingen wird immer stärker. Wir müssen uns beeilen, ich muss ihn zu mir locken.

»Also, was war euer Plan?«, fragt Belà erneut.

Wir schweigen, und ich muss an Ayden denken. Hoffentlich ist er versteckt, wenn er an Finns Stelle dort wäre, ich wüsste nicht, wie ich reagieren würde.

Nelio tritt vor. »Wir wollen euch nichts Böses. Ihr habt keine Ahnung und wir können alles erklären. Es muss doch nicht so ausarten …«

»Sie haben uns verbannt, schon vergessen? Ich traue ihnen nicht«, fällt Belà ihm ins Wort.

»Ihr habt sie. Wo sind Thia und Billy?«, ruft Isy ihm zu.

Doch Belà rollt nur die Augen. »Sie sind genau da, wo sie hingehören, und ihr werdet euch zu ihnen gesellen.«

Thia und Billy sind wirklich bei ihnen. Wut macht sich in mir breit und ich verenge meine Augen zu Schlitzen.

Belá atmet aus. »Das bringt nichts.« Es geht so schnell. Mit einem Ruck hängt Finn in der Luft und ringt nach Luft. Seine Beine zappeln und mit den Händen greift er sich an den Hals, als ob er eine unsichtbare Schlinge öffnen wollen würde.

»Warte! Er hat nichts damit zu tun!«, brülle ich.

Es ist Nelio, der sich zu seinem Bruder stellt und die Hand auf seine Schulter legt. Belà wirft ihm nur einen genervten Blick zu. »Meinetwegen.«

Finn gleitet wieder zum Boden und sieht ihn mit weitaufgerissenen Augen an. Was ich dann mitansehe, lässt alles in mir gefrieren. »Verschwinde von hier, du hast uns nie gesehen und du wirst nie wieder für die Sola Nocte arbeiten.«

Und dann geht Finn, ohne sich noch einmal umzudrehen.

»Wie ist das möglich?«, flüstere ich.

»Beeindruckt?« Belà landet aus heiterem Himmel vor mir und berührt mit dem Zeigefinger mein Kinn, um es anzuheben. Seine Augen erinnern mich an pures Gold. »Wir sollten das alles nicht länger hinauszögern.«

»Cass, es wird Zeit«, höre ich Isy hinter mir und verstehe sofort.

Ich greife zu meinem Amulett und schärfe den Blick. Belà runzelt die Stirn, doch dann bemerkt er die Kette und reißt die Augen auf. »Du wirst ab sofort nur noch nach meinen Befehlen handeln und deinen eigenen Willen unterdrücken.« Als ich die Worte ausgesprochen habe, beobachte ich Belà, der sich nicht rührt. Ich sehe mich suchend nach Isy um, die vor Nelio steht und ihn augenscheinlich beeinflusst hat. Kann es so einfach sein? Belà sieht mich schweratmend an. Wehrt er sich? Ist meine Kraft stark genug, um seine zu bändigen? »Heb deinen Arm!«, befehle ich ihm. Belà befolgt meine Anweisung.

Sein Gesicht verzieht sich, als ob er Schmerzen hätte. Seine Kiefer mahlen.

»Das ist unglaublich«, flüstert Isy genauso fassungslos. »Aber ich vermute, wir haben nicht viel Zeit. Wir sollten sofort ins Institut.«

»Wir können sie nicht ins Institut bringen«, antworte ich. »Man holt den Wolf nicht zu sich nach Hause.«

»Stimmt.«

»Ich bleibe hier«, höre ich Ayden, der aus dem Wald tritt.

»Nein. Du musst dich verstecken. Wir wissen nicht, wie lange es funktioniert. Ihr Wille ist stark.«

»Dann beeile dich«, zischt Isy mich an. Ich schaue zu ihr und zu Belà. Alles in mir sträubt sich. Ich atme tief ein und aus.

»Bringt sie zu unserem Lager. Der Lost Place reaktiviert sich gleich«, befehle ich und Isy nickt. Ich greife erneut zu meinem Amulett und sehe Belà in die Augen. »Du folgst ihnen«, sage ich eindringlich und öffne den Iter.

Kapitel 21

Der Iter bringt mich zum Institut und ich betrachte die zwei imposanten Gebäude, die hoch in den Himmel ragen und von einer dunklen Wolkendecke eingehüllt sind. Das Schwingen lässt allmählich nach, was mich eigentlich beruhigen sollte, aber nicht in diesem Fall. Denn Isy und Ayden sind mit den beiden Tecus allein und wir wissen nicht, wie lang die Beeinflussung bei ihnen wirkt. Sie sind keine Menschen und besitzen ihre eigene starke Magie.

Mein Herz hämmert immer noch wild und bei den Gedanken an Belà zieht sich alles in mir zusammen. Bei Nelio ist es anders. Er ist zwar ein Tecus, aber nicht so rücksichtslos, wie sein Bruder. Egal, unterschätzen sollte man ihn genauso wenig. Ich will mir gar nicht ausmalen, wie grausam der dritte Bruder sein muss - dieser Conlayd.

Aus meiner Jackentasche hole ich mein Handy und wähle Joels Nummer. Es raschelt am anderen Ende der Leitung und ich warte.

»Cass? Was gibt's?«

»Joel, wo bist du? Wir haben sie. Ihr müsst euch beeilen.« Ich renne die Treppenstufen zum Hauptkomplex hoch, vorbei an den Sicherheitsleuten und gelange ins Innere. Der Gang zur Zentrale befindet sich auf der rechten Seite.

»Wen habt ihr?«

»Die Tecus!«

Plötzlich ist es still an meinem Ohr. Ich stürme den Gang entlang. Mir kommen Nox entgegen, sie reißen die Augen auf, doch ich ignoriere sie allesamt. Schnaufend biege ich um die Ecke und renne so schnell ich kann. Mein Herz schlägt wild unter meiner Brust. Die verschiedensten Gedanken kreisen in meinem Kopf.

Wie geht es weiter? Werden wir die Tecus wieder verbannen? Wie holen wir Thia und Billy zurück? Als ich am Ende des Ganges zum Stehen komme, öffnet sich die Tür mit einem lauten Summen. Joel springt aus der Tür und wir kommen voreinander zum Stehen.

»Wir müssen uns beeilen! Wir haben keine Zeit!« Meine Stimme ist schrill und er legt mir die Hände auf die Schultern.

»Beruhige dich! Wir können nicht helfen, wenn ich nicht ganz genau weiß, was los ist.« Ich zittere am ganzen Körper. »Wo sind sie?«, fragt er mit ruhiger Stimme.

»Wir konnten sie beeinflussen, und haben sie zu unserm Lager gebracht.«

Er schlägt sich die Hand vor dem Mund und ich sehe die Panik in seinen Augen. »Das ist nicht möglich! Verdammt!« Er rauft sich die Haare und ich verstehe nicht, was er meint. Aus seiner Hosentasche holt er sein Handy hervor und drückt einen Knopf. Erschrocken halte ich mir die Ohren zu. Er muss einen Alarm ausgelöst haben, denn aus dem Nichts schrillt ein heulender Ton durch den Flur.

»Was ist los?«

»Cass! Die Beeinflussung funktioniert bei den Tecus nicht.«

Ich verliere den Halt unter den Füßen und presse meinen Rücken an die Wand.

Die Beeinflussung funktioniert bei den Tecus nicht.

Wie kann das sein? Mir bleibt die Luft weg und mein Körper versteift sich. Wie in Trance beobachte ich Joel, der den Gang auf und ab läuft. An seinem Ohr das Handy, mit dem er den Alarm ausgelöst hat. Sie haben uns getäuscht. Aber wieso?

Joel steckt das Handy zurück und läuft ins Labor. Innerhalb von zwei Sekunden ist er wieder bei mir, mit einer Pistole in der Hand.

»Was hast du vor?«, frage ich und starre die Schusswaffe an.

»Schnell bring mich rüber.« Er schnappt aufgebracht nach Luft.

»Was ist mit dem Alarm? Und den Nox?«

»Sie aktivieren die Sicherheitsmaßnahmen im Institut und informieren die Nox am *New Slains Castle*.«

Ohne weiter darauf einzugehen, öffne ich den Iter mitten im Flur und nehme Joel an die Hand. Er zuckt ein wenig unter der Berührung zusammen, was mich kurz verunsichert. Doch dann reißt uns der Wirbel mit und wir landen direkt in unserem Lager. Als ich losrennen will, erfasst mich ein stechender Schmerz, und ich fasse mir an den Kopf.

»Cass, was ist los?«

Meine Atmung beschleunigt sich wie von selbst. Das darf nicht passieren. Ich spüre kein Schwingen, sondern sofort die Vibration. Meine Sicht verblasst, und ich kann mich kaum halten. Ich stolpere und scheine die Kontrolle über meinen Körper zu verlieren. Immer wieder höre ich, wie Joel meinen Namen ruft, aber es klingt so weit weg. Als wäre er gar nicht hier. Alles ist verschwommen, mein Körper bebt noch ein letztes Mal, bis das Pfeifen einsetzt, und ich den Schmerz herausschreie.

Als es vorbei ist, weiß ich, was geschehen ist, und die vielen Tränen verschleiern meine Sicht. Ich bin unfähig, mich zu bewegen, sie wegzuwischen, aufzustehen. Joel schüttelt mich, ruft meinen Namen. Aber es ist zu spät. Unser Plan ist schiefgegangen. Sie haben uns reingelegt, wieder einmal.

»Ayden«, flüstere ich.

»Wer ist Ayden?«, höre ich Joel, der immer noch neben mir steht.

»Wir müssen ihn suchen.« Ich schniefe und schaffe es endlich, mir die Tränen aus dem Gesicht zu wischen. Hoffentlich haben sie ihm nichts getan.

»Was ist mit Isy?«

Ich presse die Lippen aufeinander und Joel wirft den Kopf in den Nacken, als müsste er sich nach dieser Nachricht erst einmal sammeln. Dann zückt er das Handy und hält es an sein Ohr. Ich muss Ayden finden.

An dem verlassenen Haus ist nur der leise Wind zu hören.

Ein paar Vögel, die ganz in der Nähe miteinander zanken, erinnern mich an Isy. Wir haben oft gestritten. Es schmerzt.

Im Haus hat sich etwas bewegt und ich schleiche mich vorsichtig heran. Sind sie noch hier?

»Cass«, höre ich eine kratzige Stimme und schrecke hoch.

»Ayden!«, rufe ich und stürze hinein. Am Eingang schwebt das Symbol der Zerstörung im azurblauen Staub. Ich sehe es und schließe für einen Augenblick die Augen. Das Haus ist verwüstet und auf dem Fußboden ist alles Mögliche verteilt. Fotografien, Zeitungen, Müllsäcke, Kleidung, alles, was der Familie gehörte, die einmal hier wohnte.

»Ayden?«

»Ich bin hier.«

Hektisch drehe ich mich um und finde ihn. Ayden liegt auf dem Boden und krümmt sich. Ich falle vor ihm auf die Knie und beuge mich über ihn. Vorsichtig drehe ich ihn auf den Rücken und berühre seine Hände, die er auf seinen Bauch presst. Sie sind feucht und dann sehe ich es. Blut. Er blutet.

»Was ist passiert?«

»Die Beeinflussung hat nicht funktioniert. Sie haben sich, kurz nachdem du weg warst, Isy geschnappt. Sie haben mich …« Seine Stimme bricht und er beißt die Zähne zusammen.

»Du hättest im Wald bleiben sollen.« Ich wische mir die Tränen aus dem Gesicht. Meine Augen brennen fürchterlich, und ich kann kaum einen klaren Gedanken fassen.

»Mir geht es gut. Ist nur ein kleiner Schnitt.« Er hustet und krampft sich zusammen. Ihn so zu sehen, versetzt mir ein Stich im Herzen.

»Ich werde Vicky holen. Doch vorher bringe ich dich von hier fort.«

»Wo willst du hin?«

»Zum Schloss.« Sanft lege ich meine Hand auf seine Wange und Ayden schließt die Augen. Seine Gesichtszüge entspannen sich ein wenig. »Kannst du aufstehen?«

Er nickt und richtet sich vorsichtig auf. Ich versuche, ihn zu stützen, und öffne den Iter. Um Joel kümmere ich mich gleich.

Gemeinsam gehen wir zu dem einzigen Ort, an dem ich mich noch zu Hause fühle. Es ist mir egal, ob es der letzte Place ist. Sollen sie doch kommen und ihn holen. Ich habe alles verloren. Sie haben mir meine Familie genommen. Alles, was ich jetzt will, ist den Verlust vergessen und die Zeit mit Ayden genießen. Deswegen mache ich das erste Mal in meinem Leben das, was ich will.

Der magische Wirbel nimmt uns mit und das Erste, was ich höre, sind die schlagenden Wellen an den Klippen. Ein Vogel kreist über unseren Köpfen und der Himmel ist mit dunklen Wolken bedeckt. Der Wind bläst mein langes Haar durch die Luft und ich genieße die Kälte mit geschlossenen Augen.

Vorsichtig streift eine zärtliche Berührung meine Wange und ich schaue auf. Ein wilder Sturm tobt in seinen Augen und ich sehe mich mittendrin.

»Ayden?«, wispere ich. Abwartend sieht er mich an. Tränen bedecken meine Wangen und er fängt sie mit den Daumen auf.

»So habe ich mir das eigentlich nicht vorgestellt«, haucht er, ehe seine weichen Lippen meine berühren und ich mich der Begierde hingebe. Seine Hand wandert zu meinem Nacken und zieht mich fester zu sich. Ich umschlinge ihn, greife in sein Haar, reibe mich an ihm. Das Verlangen wächst mit jeder Sekunde und mein Körper bebt vor Lust. Ayden ist alles, was ich will. Ein Anker, der mich vor dem Ertrinken bewahrt.

Ein heißes Stöhnen, als sich unsere Zungen treffen. Wir befinden uns in einen Strom aus Leidenschaft. Ich fühle mich elektrisiert, während seine Hände meinen Körper berühren und jeden Millimeter ertasten. Er wird langsamer und hält inne. Sein Brustkorb hebt und senkt sich schnell. Die Sehnsucht nach mehr liegt in der Luft. Ich kann nicht aufhören, ihn anzusehen. Er ist alles, was ich noch habe. Alles, was ich noch will.

»Das war schön«, flüstere ich und lege meine Hand auf Aydens Brust. Er versteift sich unter der Berührung. Die Schmerzen müssen schlimm sein. »Du solltest dich hinsetzen. Ich werde Joel zurück zum Institut bringen und mit Vicky zu dir kommen.«

Er nickt und setzt sich vor einen Felsen, an den er sich anlehnt. »Bis gleich.«

Joel finde ich ziemlich schnell. Er läuft unruhig neben dem Haus hin und her, als er mich entdeckt, kommt er zu mir gerannt. »Wo warst du? Ich habe dich gesucht«, blafft er mich an und fuchtelt wild mit den Händen in der Luft herum.

»Ich habe Ayden gefunden und ihn zum Schloss gebracht.«

»Wer zu Hölle ist Ayden? Noch ein Freund, der sich später als Tecus herausstellt?«, fragt er sarkastisch.

»Mach dich nicht lächerlich. Er ist ein Mitarbeiter des Instituts.«

Joel schüttelt nur ungläubig den Kopf, scheint mit den Gedanken aber auch nicht ganz anwesend zu sein. »Bring mich zurück. Ich muss einiges klären.«

Ich verschränke die Arme vor der Brust. Der scharfe Ton in seiner Stimme gefällt mir nicht und am liebsten würde ich ihn hierlassen. Soll er doch sehen, wie er wieder zurück nach London kommt. Anscheinend stehen mir die Gedanken ins Gesicht geschrieben, denn die Falten auf seiner Stirn glätten sich, und er presst die Lippen zusammen.

»Bitte, Cass«, fügt er hinzu, »wir befinden uns alle in einer Ausnahmesituation. Persönliche Emotionen dürfen jetzt nicht im Vordergrund stehen. Wir müssen alle an einem Strang ziehen, um die Tecus noch irgendwie aufzuhalten.«

»Ich werde nicht bleiben.« Ich öffne den Iter.

»Was meinst …«, doch seine Worte verstummen, als ich seine Hand packe und ihn hinter mir herziehe.

Im Institut herrscht bereits das reinste Chaos. Die Nox rennen panisch durch die Gänge und immer wieder dringen verzweifelte Ausrufe an mein Ohr. Ich schaue mich um. Auf dem Boden liegen Notizzettel, Zeitschriften, Bücher, selbst Stühle sind umgeworfen. Die sonstige Ruhe der Nox ist endgültig verschwunden.

»Ich muss Vicky finden.«

Doch Joel hält mich zurück. »Wieso?«

»Ayden ist verletzt und braucht Hilfe. Kannst du ihr bitte Bescheid geben?« Joel mahlt mit dem Kiefer. »Bitte.«

Seufzend holt er sein Handy hervor. Er wechselt schnell ein Wort mit Vicky und ich atme erleichtert auf. Sie wird Ayden helfen. »Weshalb hast du ihn nicht mit ins Institut gebracht?«

»Weil wir nicht hierbleiben. Ich halte das hier nicht länger aus.« Sofort spüre ich den Druck hinter meinen Augen und kann nur schwer die Tränen zurückhalten. »All die Erinnerungen an sie. Ich bleibe beim *New Slains Castle* und werde es vor Ort beschützen.«

Die Worte schmecken bitter. *Beschützen.* Am liebsten würde ich laut auflachen. Wie? Es ist unmöglich. Alles, was wir versucht haben, war nicht genug. Wir haben keine Chance gegen die Tecus.

Joel rauft sich die Haare, die mittlerweile in sämtliche Richtungen abstehen. Die roten Adern in seinen Augäpfeln treten deutlich hervor. Er will es nicht, aber es mir egal. »Wir müssen zusammenhalten. Wir brauchen dich. Hier.« Sein Ton ist fast flehend.

Ich schüttele nur den Kopf. »Nein.«

Klackernde Absätze sind zu hören, und ich drehe mich um. Vicky kommt schnellen Schrittes auf uns zu. Ihr blonder Pferdeschwanz wippt bei jedem Schritt von rechts nach links und umgekehrt. In der Hand trägt sie eine große Tasche.

»Hey was ist passiert?«

»Ayden ist verletzt worden. Ich habe ihm zum *New Slains Castle gebracht.*«

»Und wo ist Finn?«

»Er wurde von den Tecus beeinflusst. Sie haben ihn fortgeschickt.«

Kurz herrscht Stille, doch dann nickt sie. »Bring mich bitte zu ihm.« Erleichtert atme ich aus.

»Macht hier jeder, was er will?«, fragt Joel und schnaubt. Weder Vicky noch ich reagieren auf seine Frage. Sie greift sich eine der medizinischen Notfalltaschen und wendet sich noch mal an ihren Bruder.

»Joel, du sollst dich dringend bei unserem Vater melden. Ich komme nach, sobald ich mich um Ayden gekümmert habe.«

Ich schließe die Augen, rufe den Iter herbei und greife Vickys Hand.

Ayden sitzt noch immer an dem Felsen und lächelt mich an, als er mich entdeckt.

»Ich habe Verstärkung mitgebracht«, rufe ich und Vicky setzt sich direkt neben ihn. Sie öffnet ihre Tasche und wühlt darin herum.

»Cass, ich benötige etwas Ruhe, um die Wunde zu versorgen. Mach dir keine Gedanken.«

Ich verstehe den Wink. »Ja. Entschuldige. Ich warte einfach bei den Klippen.« Als ich am Abhang stehe, genieße ich die kühle Brise, die sanft meine Nase kitzelt. Mein Puls beruhigt sich langsam und ich bin froh, hier zu sein. Wie soll es jetzt nur weitergehen? Wir sind hier und Thia, Billy und Isy sind bei ihnen. Sie haben uns erneut hinters Licht geführt. Doch bei all dem frage ich mich, warum sie nur Isy mitgenommen haben? Weshalb bin ich noch hier? Was hindert sie, das Schloss zu reaktivieren?

Ich drehe den Kopf nach links und betrachte das *New Slains Castle* in der Ferne. Das Meer tobt unter mir und Wellen schlagen gegen die hohen Felsen.

Worauf warten sie?

»Cass!«

Ruckartig drehe ich mich um und Vicky winkt mich herbei.

»Alles in Ordnung?«, frage ich, als ich vor ihnen zum Stehen komme und den Blick zwischen ihr und Ayden wechsle.

»Ja, es war nur eine kleine Wunde. Sah schlimmer aus, als es ist.«

»Ein Glück.«

»Also«, erwidert Vicky. »Ayden meinte zu mir, ihr bleibt hier?«

»Ja. Ich kann nicht im Institut bleiben. Zu sehr schmerzt mich die Erinnerung an alles.«

»Verstehe.«

»Was werden die Nox jetzt unternehmen?«, frage ich.

»Das muss ich auch erst noch herausfinden. Würdest du mich zurückbringen?«

Ich atme laut aus. Noch einmal zurück zum Institut. Die Erinnerungen an meine Schwestern prasseln auf mich ein. Wir haben gelacht, gestritten, geweint und waren jeden Tag zusammen. Aber jetzt sind die sorglosen Tage – genau wie sie selbst – verschwunden. »Ja. Ich muss sowieso noch unsere Campingausrüstung holen.« Mein Blick wandert zu Ayden, der mich aufmunternd anlächelt.

»Mach dir keine Gedanken. Ich warte auf dich.«

Kapitel 22

Das Vibrieren des Grashalmes an meinen Mund fühlt sich ähnlich an wie das Schwingen der Zellen. Ich habe ewig gesucht, bis ich einen Geeigneten gefunden habe. Ein paar Mal habe ich schon einen Ton erzeugt, aber so gut wie Ayden werde ich es nie hinbekommen.

Ich sitze vor dem Zelt, mit einer atemberaubenden Sicht auf das *New Slains Castle*. Wenn die Situation nicht so ernst wäre, könnte ich das hier echt genießen. Aber meine Sinne sind ständig in Alarmbereitschaft.

»Hey«, ruft Ayden und kleine Wassertropfen spritzen mich nass. »Willst du nicht reinkommen?«

Ich drehe mich um. Ayden steht nicht weit von mir entfernt, oberkörperfrei im Wasser. Die Badehose sitzt eindeutig zu tief und spielt mit meiner Fantasie. Er grinst mich an und ich schüttle nur den Kopf. Hätte ich ihm nicht die Badehose besorgt, wäre er nackt schwimmen gegangen, da bin ich mir sicher. Seine Wunden sehen schon viel besser aus, und es ist kaum noch etwas zu erkennen. Drei Tage sind vergangen, seitdem wir hierhergekommen sind, und bis jetzt haben wir keinerlei Informationen von den Nox erhalten.

»Ich habe keine Lust«, antworte ich und wende mich wieder dem Grashalm und meinen musikalischen Künsten zu.

Das Wasser plätschert und plötzlich regnen ein paar Tropfen auf mich herab. Ich lege den Kopf in den Nacken und das Wasser von Aydens feuchtem Haar tropft in mein Gesicht.

»Echt jetzt?«

Er legt sich neben mich auf den Rücken und verschränkt die

Arme hinter dem Kopf. Seit wir hier sind, ist Ayden so ungezwungen. Wird man so, wenn man dem Tod ins Auge gesehen hat? Genießt man plötzlich jeden kleinen Moment und denkt nicht an Morgen? Ich kann mich vor Anspannung kaum rühren, und er lebt seinen besten Sommer.

»Was machst du?« Er greift sich den Grashalm und steckt ihn sich, wie eine Zigarette, in den Mund.

»Den habe ich vollgesabbert«, erwidere ich.

»Schmeckt köstlich«, nuschelt er und wackelt neckisch mit den Augenbrauen.

Ich lasse mich ebenfalls nach hinten fallen und lege den Kopf schräg zur Seite, um ihn anzusehen. Seine Augen sind geschlossen und das Gesicht zum Himmel gerichtet. Er spielt mit dem Grashalm im Mund und hat jede Menge Spaß dabei. Ich muss lachen, weil ich die Zeit mit ihm hier draußen sehr genieße. Auch wenn die letzten Tage nicht einfach waren.

»Ich fühle mich irgendwie nutzlos«, gestehe ich, woraufhin Ayden den Kopf zu mir dreht und die Augen öffnet.

»Aber das wolltest du doch. Nichts machen, nur warten.«

»Ja schon. Wahrscheinlich fällt es mir schwer, mich daran zu gewöhnen. Ich meine, wann hatte ich zuletzt so viel Freizeit?«

»Meinst du, die Nox werden hier bald auftauchen?«

»Vermutlich. Schließlich ist das der letzte Place. Sie werden ihn den Tecus nicht auf einem Silbertablett überreichen.«

»Hast du Angst?«

»Nein. Ich möchte nur, dass du verschwindest, sobald sie auftauchen.«

»Das kann ich nicht, und das weißt du.« Seine Fingerspitzen berühren die Innenseite meines Armes.

»Ayden, sie werden dich nicht noch mal am Leben lassen.«

»Das ist mir egal.«

»Ich werde dich nicht umstimmen können?«

Er schüttelt den Kopf und ich seufze. Ayden umschließt meine Hand und gemeinsam liegen wir da, hören den Klang der Wellen, sehen den friedlichen Bewegungen der Wolken über uns zu und genießen die Zeit, die wir haben. Es ist noch nicht vorbei, das wissen wir beide.

»Wäre es in Ordnung für dich, wenn wir heute unter freiem Himmel schlafen?«

»Findest du es nicht ein bisschen kalt?«

»Keine Sorge. Ich wärme dich.«

Seine Hand umschließt meine mit sanftem Druck und dieses wohlige Gefühl breitete sich in mir aus. Der Gedanke neben Ayden zu schlafen, gefällt mir. Die vergangenen Tage habe ich in meinem Zelt geschlafen und Ayden hat die Nacht draußen verbracht. Er scheint ein richtiger Naturmensch zu sein.

»Gern«, antworte ich deshalb, schließe die Augen und döse ein wenig vor mich hin, bis ich einschlafe.

Der Geruch von Pfefferminz vermischt mit einem sommerlichen, blumigen Duft weckt meine Sinne und ich weiß genau, wo ich bin. Warme Sonnenstrahlen streicheln mein Gesicht, doch ich möchte lieber hier verweilen. Vielleicht für immer. Ich kuschle mich noch weiter in die Samtdecke und sauge das Gefühl der Geborgenheit auf. Starke schützende Arme legen sich um mich und eine vertraute Stimme flüstert an meinem Ohr: »Willkommen zurück«.

Vorsichtig öffne ich die Augen und werde von einem liebevollen Blick empfangen. Eine Hand, die sich zärtlich und warm auf meiner Wange anfühlt.

»Schön, wieder hier zu sein.«

»Hast du mich vermisst?«, fragt Ayden und verzieht den Mund zu einem verschmitzten Lächeln.

Ich lege den Zeigefinger an meine Wange und deute ein angestrengtes Denken an.

»Vielleicht ein bisschen«, gebe ich zu.

»Das genügt mir«, erwidert er und zieht mich zu sich, sodass ich auf seinem Schoss lande. Anders als beim letzten Mal lasse ich mich darauf ein. Ich will es genießen, alles vergessen und jede

Sekunde lieben. Unsere Münder und Hände erkunden erst sanft, dann stürmischer den Körper des anderen. Ich presse mich an ihn, bereit und ungezähmt. Ayden packt mich, so wie die Hitze meinen Körper.

»Du bist so schön«, flüstert er mir zu und streichelt mit den Fingerspitzen über meine Brüste. Leicht küsst er meinen Nacken und ich wölbe mich ihm mit einem leisen Stöhnen entgegen. Es fühlt sich so gut an, mein Herz pocht und klopft wie wild. Der heiße Atem zwischen uns macht mich wahnsinnig und ich küsse Ayden noch leidenschaftlicher. Unsere Zungen treffen sich und ich winde mich unter ihm. Mehr. Ich will mehr. Als wenn er meine Gedanken lesen könnte, gleitet Ayden tiefer hinab, bis zu meinen Schenkeln. Ich streife durch sein Haar und wir ertrinken in den Wellen der Lust.

Ich schrecke hoch und sehe den Mond hell im Meer glitzern.

»Oh, du bist wach«, sagt Ayden überrascht und ich brauche einen Moment, bis ich wieder klar im Kopf bin. Was war das eben? Ich spüre noch immer die Hitze und das Verlangen. Es fühlte sich so real an.

»Ich brauche etwas zu trinken.« Etwas wackelig stehe ich auf und flüchte fast in das Zelt. In wenigen kräftigen Zügen leere ich die Flasche. Als ich mich einigermaßen gefangen habe, gehe ich wieder hinaus und spüre die Wärme, die sich auf meine Wangen legt, als ich Ayden gegenübertrete. Ist es möglich sich so sehr zu einem Menschen hingezogen zu fühlen?

»Bist du bereit für unsere Nacht?«, fragt er und grinst mich an.

»Unsere was?« Ich kneife die Augen zusammen. Habe ich im Schlaf gesprochen? Weiß er etwas?

»Wir wollten die Nacht draußen unter den Sternen schlafen, schon vergessen?«

»Stimmt. Sorry, ich bin noch nicht ganz wach.«

Es war nur ein Traum, nichts davon ist wirklich passiert. Ayden amüsiert sich ein wenig über meine Vergesslichkeit und deutet mit einer Handbewegung hinter mich. Ich drehe mich um und entdecke ein kleines Lagerfeuer, an dem er unsere Schlafsäcke ausgebreitet hat.

»Das sieht sehr einladend aus.«

»Mach es dir gemütlich.«

Gedankenversunken starre ich ihn an. Die oberen Knöpfe seines schwarzen Hemdes sind geöffnet, sodass man einen Blick auf die nackte Brust darunter erhaschen kann.

»Oder möchtest du doch lieber im Zelt schlafen?«, fragt er und zieht eine Augenbraue in die Höhe.

»Nein. Es ist super.« Schnell schlüpfe ich in meinen Schlafsack und betrachte den klaren Nachthimmel über uns. Ayden legt sich auf seinn Nachtlager und atmet tief aus.

»Weißt du, das hier erinnert mich an zu Hause.« Seine Hand greift meine und mit dem Daumen streichelt er sie.

»Von wo kommst du?«

»Oh, ein kleiner Ort. Kennt kaum jemand«, antwortet Ayden und winkt ab. »Dort war es genauso schön wie hier.«

»Ich bin auch gern hier. Jedes Mal, wenn ich eine Sichtung beim *New Slains Castle* hatte, habe ich so etwas wie eine Verbindung zwischen dem Lost Place und mir gespürt.«

Als ich es ausgesprochen habe, wird mir bewusst, dass ich das noch niemandem erzählt habe. Nicht mal meinen Schwestern.

»Das Glück liegt oft im Schatten des Lichts.«

Ich stupse ihn von der Seite an. »Bist du ein Poet?«

Ayden lacht laut auf. »Nein, nur ein Träumer.« Er sieht zu mir hinüber und ich drehe mich gänzlich zur Seite. Ayden macht es mir nach und so sehen wir uns beide an.

»Ich danke dir.«

»Wofür?«, fragt er mich.

»Dass du da bist und mich nicht allein lässt.«

»Ich bleibe bei dir, versprochen.«

Beruhigt und ohne Sorge muss ich lächeln. Er streichelt mein Herz auf eine Weise, wie es bisher niemand getan hat.

Die letzten Tage habe ich nur Trübsal geblasen, aber damit ist jetzt Schluss.

Ich bin Cassandra, eine Zeyna, die eine Aufgabe hat und die Menschen auf dieser Erde schützen muss.

Kapitel 23

Als ich die Augen aufschlage, liege ich nicht mehr in dem weichen Schlafsack. Anscheinend habe ich mich in der Nacht selbstständig gemacht, denn nun habe ich den Arm um Ayden geschlungen. Mein Kopf hebt und senkt sich in einem gleichmäßigen Rhythmus, und ich höre das kräftige Pochen seines Herzens. Seine Hand ruht flach auf meinem Rücken und beim Ein- und Ausatmen kitzelt er mich leicht. Nicht weit von uns entfernt zwitschern die Vögel und begrüßen den wundervollen Morgen. Das Meer liegt ruhig und der Horizont erstrahlt in einem atemberaubenden Farbenspiel. Die Sonne scheint erst aufzugehen, es muss also noch recht früh sein.

Ich habe mir gestern Nacht festvorgenommen, heute direkt nach dem Aufstehen mit dem Training zu beginnen, doch jetzt würde ich viel lieber liegen bleiben. Selbst der böse Albtraum mit Isy in der Hauptrolle, den ich seit ihrem Verschwinden habe, ist ferngeblieben. Ich kuschle mich noch etwas an Ayden, der sich kurz regt und hauchzart meinen Rücken streichelt. Ich bibbere und meine Härchen stellen sich auf.

»Ist dir kalt?« Die tiefe Stimme klingt noch sehr verschlafen.

»Nein, es ist schön.«

Er brummt und vergräbt sein Gesicht in meinem Haar. Wann sind wir uns so nah gekommen? Und wie soll es weitergehen? Gefühlt habe ich hundert Fragen und keine Antworten. Ayden ist so viel mehr in meinem Leben geworden und momentan der einzige Mensch, den ich sehen will.

Ich befreie mich vorsichtig aus seinem Griff. Doch anstatt, dass er liegenbleibt, sieht er mich verschlafen an und wirkt ein wenig enttäuscht.

»Wo willst du hin? Ich habe schon seit Langem nicht mehr so gut geschlafen.« Dabei regt er sich und streckt alle vier Gliedmaßen von sich.

»Ich muss trainieren«, antworte ich.

»Kein Kaffee?«, fragt Ayden, als ich gerade mit den Händen zu meinen Fußgelenken greife, bis es in der Wade ordentlich zieht.

»Den gibt es nach dem Joggen.« Ich setze zum Lauf an. Ayden holt mich ohne Probleme ein, und wir rennen direkt entlang der Klippen. Ein wahnsinnig gutes Gefühl neben dem Meer zu joggen. Das hätte ich schon viel öfter machen sollen. Wie dumm von mir den Fitnessbereich des Instituts vorzuziehen, wenn man sowas haben kann.

Die Luft ist herrlich und so rein, dass mir das Laufen unglaublich leichtfällt. Ich habe mich für ein Intervalltraining entschieden und so sprinte ich zwischendurch immer mal wieder los. Und Ayden macht mit. Dass er äußerst sportlich ist, sieht man ihm direkt an. Er schnauft nicht einmal neben mir, wohingegen ich schon nach einer gewissen Strecke damit anfange. Eventuell bin ich etwas aus der Übung.

Als wir wieder an unserem Schlafplatz angekommen sind, bereitet Ayden den Kaffee mit dem Campingkocher zu. Zwar gibt es eindeutig Besseres, aber leider funktioniere ich ohne Kaffee am Morgen nur zu maximal vierzig Prozent.

»Das tat richtig gut«, japse ich noch etwas aus der Puste und versuche langsam meinen schnellen Puls durch gleichmäßiges Atmen zu regulieren.

Ayden reicht mir meine Tasse und ich trinke einen Schluck. Die bittere Note weckt auch meine letzten Sinne und ich bin startklar für den weiteren Tag.

»Und was machen wir jetzt?«

»Gute Frage. Vielleicht könnten wir …« Ich werde durch Schritte und Gespräche, die immer lauter werden, unterbrochen. Eine kleine Gruppe Nox steuert direkt auf uns zu, an ihrer Spitze sind Joel und Vicky.

Sofort werde ich ein wenig nervös. Gleichzeitig fällt mir der starke Kontrast zwischen den beiden auf. Während Joel, kränklich, blass und erschöpft wirkt, lächelt Vicky verhalten, scheint aber topfit zu sein.

»Schön, dich wiederzusehen«, begrüßt mich Joel, bekommt aber die Zähne dabei nicht wirklich auseinander.

Ich zögere, erwidere dann aber doch ein kurzes ›Hey‹ an Vicky und ihn.

»Und du bist?«, fragt er und sieht Ayden mit einer hochgezogenen Augenbraue an. Ich schnaube. Doch bevor ich reagieren kann, steht Vicky zwischen den beiden.

»Das ist Ayden. Am besten du kümmerst dich um die Befehle und ich um die zwei«, schlägt sie vor und stößt ihren Bruder von uns weg. Doch der bewegt sich nicht von der Stelle, sondern lässt seinen Blick einen Moment lang schweifen. Als er die Schlafsäcke am Boden entdeckt, runzelt er die Stirn und eine Falte bildet sich zwischen seinen Augen. Dann rümpft er die Nase und wendet sich ab.

»Nehmt es ihm nicht übel. Er ist schon seit Tagen so schlecht drauf. Was man aufgrund der aktuellen Lage sicherlich verstehen kann.« Vicky lächelt uns an und wirft auch einen Blick zu den Schlafsäcken. Sie wackelt neckisch mit den Augenbrauen, woraufhin ich Ayden einen kurzen Blick zuwerfe, den er mit einem Schmunzeln erwidert.

»Du bist allerdings ziemlich gut drauf«, stelle ich fest und sehe sie erwartungsvoll an.

Sie winkt ab. »Ach, ich bin optimistisch. Unsere Waffe wird das schon richten. Deshalb sind wir übrigens hier.«

Ich schaue mich um, kann aber nichts entdecken, was nur ansatzweise, wie eine Waffe aussieht.

»Du wirst sie nicht sehen«, erwidert sie.

»Okay. Müssen wir irgendwas machen?«

»Wir werden unser Lager hier aufschlagen und euch Gesellschaft leisten, wenn das in Ordnung ist.«

Ein Blick zu Ayden, und ich weiß, wir denken dasselbe. Vorbei ist es mit unserer Zweisamkeit. Aber immerhin hatten wir drei Tage voller Ruhe.

»Natürlich.«

»Super.«

»Vicky«, setze ich an. »Habt ihr eine Vermutung, warum die Tecus bisher nicht aufgetaucht sind, um sich den letzten Place zu holen?« Diese Frage beschäftigt mich schon eine Weile. Sie wollen doch ihren Bruder befreien, was hält sie ab?

Vicky sieht zuerst zu mir und dann zu Ayden. »Das kann uns nur zugutekommen. So hatten wir wenigstens etwas Zeit, uns vorzubereiten.« Sie winkt uns noch einmal zu und eilt dann zu ihrem Bruder, der uns von Weitem beobachtet hat. Als Vicky bei ihm ankommt, wendet er sich ihr zu.

»Das war's dann wohl mit der Idylle.« Ich ziehe einen Schmollmund und sehe zu Ayden, da er nicht auf meine Worte reagiert. Er starrt zu den Nox und beobachtet das Geschehen. Sein Kiefer mahlt und er hat die Hände zu Fäusten geballt. Die Anspannung ist ihm deutlich anzusehen.

»Wir packen das. Uns war doch klar, dass sie früher oder später hier auftauchen«, antwortet er schließlich und ich nicke. Vermutlich ist es gut, dass die Nox hier sind. Es ist an der Zeit, dass sie handeln und nicht weiter nur zusehen.

»Mir wäre später lieber gewesen«, erwidere ich.

»Mir auch.« Ayden zieht mich zu sich und legt sein Kinn auf meinem Kopf ab. Ich kuschle mich an ihn und schließe die Augen.

Meine Füße planschen im Wasser und ich bewege sie schwungvoll hin und her. Ayden sitzt neben mir und starrt in die Ferne. In den letzten Stunden haben die Nox die freie Grünfläche komplett eingenommen. Überall sind Zelte aufgebaut, keine Campingzelte, wie meins. Sondern Pavillons mit Platz für mehrere Nox und ein ganz großes Exemplar, in dem Vicky und Joel verschwunden sind. Wir haben alles aus der Entfernung beobachtet.

»Was sie wohl da drinnen planen?«, frage ich. Ayden ist ruhiger geworden und ich bin mir sicher, dass es an den Nox liegt.

»Den ultimativen Schlachtplan?« Er kann sich ein abfälliges Lachen nicht verkneifen.

»Etwas spät, findest du nicht auch?«

Ich meine es ernst. Ich bin unglaublich enttäuscht von den Nox. Erst mussten meine Schwestern verschwinden und in die Hände der Tecus fallen, dass die werten Wissenschaftler sich an die Planung einer Geheimwaffe setzen. Warum ist dieser Plan B nicht viel früher entstanden? Schließlich mussten sie doch damit rechnen, dass so etwas geschehen könnte. Warum waren wir nicht besser vorbereitet? Ich schüttle mit dem Kopf.

»Besser spät als nie. Sagt man doch so, oder?«

»Ja«, antworte ich und beiße mir auf die Unterlippe.

Ayden stupst mich an und macht eine Kopfbewegung zum Himmel. »Sieht aus, als wenn sich etwas zusammenbraut.«

Der Himmel hat sich innerhalb kurzer Zeit dunkel verfärbt, und ich schlüpfe schnell mit den Füßen aus dem Wasser.

»Ist mein Zelt unwettertauglich?«

»Ich schau es mir gleich noch mal an. Aber wir sollten vielleicht etwas von den Klippen abrücken. Mit den Wellen ist nicht zu spaßen.«

O ja, da stimme ich Ayden zu. Also bauen wir in Windeseile das Zelt ab und an einem kleinen Felsvorsprung, der uns etwas Schutz bietet, wieder auf.

»So sollten wir dem Wetter trotzen können.« Ayden befestigt gerade den letzten Hering.

»Wir? Wer sagt, dass du mit ins Zelt darfst?« Mit auf dem Rücken verschränkten Armen betrachte ich das Zelt und Ayden. Ich versuche dabei so unnahbar auszusehen wie möglich. Kann mir aber das Grinsen nicht verkneifen.

»Ganz schön frech.« Er verzieht den Mund zu einem schiefen Lächeln. »Wie kann ich verhindern, dass du mich nicht im Regen sitzen lässt?«

Ich lege den Zeigefinger an mein Kinn und überlege. Dann gehe ich zu ihm und schlinge die Arme um seinen Hals. »Erzähl mir etwas von dir.«

Aydens Hände halten meine Hüfte fest und er blickt auf mich hinab. »Was möchtest du denn wissen?«

»Woher hast du die Narbe?« Diese Frage stelle ich mir schon so lange. Mein Daumen streichelt vorsichtig über die wulstige Erhebung. Ayden öffnet den Mund.

»Was macht ihr?«, werden wir unterbrochen und ich verdrehe die Augen. Wieso ausgerechnet jetzt? Wir lösen uns voneinander.

»Was willst du hier?« Und kann ich mir ein erneutes Augenrollen nicht verkneifen. Joel kommt auf uns zu und sieht Ayden abfällig an. Das macht mich sauer und am liebsten würde ich ihm meine Meinung dazu sagen. Doch Ayden lässt sich davon nicht einschüchtern, er tritt hinter mich und legt seine Hände auf meine Schultern. Ich fühle mich stärker mit ihm.

»Ich wollte nur schauen, ob du genügend Schutz hast. Es zieht ein Unwetter auf.« Seine Kiefermuskeln bewegen sich und er sieht immer wieder an mir vorbei zu Ayden, der mir mittlerweile die Schultern massiert.

»Wir kommen zurecht«, brummt Ayden, und Joel betrachtet unser Zelt mit einem Lachen.

»Das sehe ich. Falls es zu ungemütlich wird, wir haben noch ein Zelt frei«, erwidert er und schnalzt mit der Zunge. »Auch für deinen Begleiter.«

»Danke, aber wir schaffen das«, antworte ich schnippisch.

Joel nickt und will gerade gehen, als er sich noch einmal umdreht. Er öffnet den Mund, um etwas zu sagen, verschließt ihn dann aber doch wieder und geht. Ich warte, bis er ganz verschwunden ist und drehe mich zu Ayden um.

»Was für ein Arsch.«

»Er ist eifersüchtig.«

»Was? Quatsch!« Ich muss lachen. Das kann nicht sein Ernst sein. Joel war für mich immer der große Bruder. Nicht mehr und nicht weniger.

»Wie du meinst. Aber ich bin mir ziemlich sicher. Der Typ fühlt sich in seinem eigenen Territorium bedroht.«

Ich schüttle den Kopf und auf meiner Wange landet ein Tropfen. Wir schauen nach oben und wie auf Kommando beginnt es zu schütten. Wie aus dem Nichts regnet es in Strömen und wir rennen zum Zelt. Ayden schnappt sich schnell die beiden Schlafsäcke, die davor liegen, und wir klettern in unsere kleine Höhle. Er schließt die Reißverschlüsse und dann sitzen wir uns in dem viel zu kleinen Zelt gegenüber. Draußen knallt es gewaltig und immer wieder wird es hell. Die wasserdichte Plane erfüllt ihren Zweck, bisher ist alles trocken.

»Also, wo waren wir stehen geblieben?«, frage ich und grinse Ayden an. Er verdreht die Augen und legt sich hin.

»Die Narbe habe ich von einem Kampf«, antwortet er und ich lege mich auf die Seite neben ihn.

»Also ist es beruflich bedingt?«

Er schmunzelt. »Kann man so sagen.«

Damit scheint die Erzählung für ihn beendet zu sein. Also lausche ich dem Donnergrollen und dem Regen, der rhythmisch auf unser Zelt trommelt. Es dauert nicht lange, bis ich durch die Geräuschen einschlafe.

Kapitel 24

Ich muss ein paar Mal blinzeln, weil mein Gehirn das Gesehene nicht so schnell verarbeiten kann, wie ich es will. Wie auch, immerhin ragt direkt vor mir ein Schiff mit Planken und Segeln in den Himmel. Dort sind Männer an Bord, die sich etwas zurufen und wild mit den Händen gestikulieren. Sie tragen Leinenhemden, lockere Hosen, schwere Stiefel an den Füßen und Schwerter an der Hüfte.

»Aus dem Weg«, krächzt eine brüchige Stimme hinter mir und ich weiche erschrocken zu Seite. Eine alte Frau buckelt an mir vorbei. Sie ist knochig und faltig, dennoch scheint sie ohne Probleme ein Holzfass auf der Schulter transportieren zu können. Eine Welle schlägt gegen den Pier und die Holzplanken zittern. Ich zucke zusammen, als die salzige Gischt auf mein Gesicht trifft. Vorsichtig reibe ich meine Augen und entdecke immer mehr, was mich zum Staunen bringt. Hinter mir scheint ein Markt zu sein, auf dem reges Treiben herrscht. Die Geräuschkulisse ist laut und so durcheinander, dass es mir schwerfällt, allem zu folgen. Trotz meiner fehlenden Orientierung erkenne ich etwas wieder, und zwar die Bäume und die dazugehörigen bunten Blüten. Kann das sein? Ich strecke mich und versuche hinter dem Markt, die Gebäude ausfindig machen. Leider vergebens. Aber ich bin mir sicher, dass das hier der Ausblick vom Fenster meines Traumzimmers ist. Dieses Schiff habe ich gesehen. Ein angenehmes und freudiges Kribbeln breitet sich in mir aus. Ich bin aufgeregt und weiß nicht mal, wieso. Jemand räuspert sich neben mir und ich drehe mich um.

»Du verfolgst mich wohl«, sage ich und gebe ihm einen kleinen Stups.

Ein gewaltiger Luftzug streift über unsere Köpfe und ich entdecke mehrere Raben, die am Himmel kreisen.

»Keine Sorge, in der Regel sind die harmlos.« Ayden hat die Hände hinter dem Rücken versteckt und zwinkert mir zu.

»Warum sollte ich vor ihnen Angst haben?«

Mit einem Grinsen wendet er sich ab und geht zu einem der aufgebauten Stände. Es sind kleine Holzgerüste, die aussehen, als würden sie jeden Moment umkippen. Bedeckt sind sie mit einem roten Stofftuch, das vermutlich vor der kräftigen Sonne und den hohen Temperaturen schützen soll. Ich wische die kleinen Schweißperlen von meiner Stirn und begutachte die ausgelegte Ware. Goldene Kämme, Porzellanschüsseln, Spiegel und so viel anderer Schnickschnack. Alles sieht äußerst alt und wertvoll aus. Ayden greift nach einem Kompass und wiegt ihn in seiner Hand.

»Gefällt er dir?«, frage ich.

»Ja, schon. Was meinst du?«

Ich nicke und greife zu einer Kette. Der Anhänger sieht meinem zum Verwechseln ähnlich. Ich will gerade nach meiner Kette greifen, als ich spüre, dass sie nicht da ist. Erst jetzt betrachte ich mich genauer, und sehe, was ich trage. Ich war so von dem Ort gefesselt, dass ich nicht auf mich geachtet habe. Und der Anblick, der sich mir bietet, überrascht mich. Ich trage eine ärmellose weiße Bluse und darüber sitzt eine schwarze Korsage, die meine Oberweite ziemlich einladend präsentiert. Außerdem habe ich eine schwarzgraue gestreifte Stoffhose an mit passenden coolen, dunklen Stiefeln. Wo gibt es bitte sowas zu kaufen? Isy würde Augen machen. Das hier ist so viel besser als das halbdurchsichtige Nachtkleid. Ich fühle mich wie eine Rebellin, die sich jeden Moment an Bord eines Schiffes schleicht und hinaus in die weite Welt segelt. Doch gerade, als ich Ayden von alldem erzählen will, ziehen sich die Wolken über uns zusammen, und es fängt an zu schütten. Na super, jetzt hat mein Unterbewusstsein das Unwetter auch noch in meinen Traum verlagert. Die Menschen packen zügig alles zusammen und verschwinden so schnell sie können.

Plötzlich ist alles ausgestorben, die Holzgerüste umgekippt, zerbrochen und der rote Stoff in Fetzen gerissen. Das Schiff, das eben noch voller Leben und Fröhlichkeit war, hat sich in ein Geisterschiff verwandelt. Riesige Löcher klaffen im Holz und ein Mast ist abgeknickt. Ich schüttle den Kopf und verstehe nicht. Gerade möchte ich Ayden fragen, was hier los ist. Da bemerke ich, dass er ebenfalls verschwunden ist. Irritiert sehe ich mich um, aber hier ist keine Menschenseele. Ich bin ganz allein. Plötzlich höre ich kräftige Flügelschläge und lege den Kopf in den Nacken. Zwar kann ich durch den Starkregen kaum etwas erkennen, aber die Raben über mir heben sich recht deutlich vom dunklen Himmel ab. Ein Schauer jagt über meine Arme, die ich um mich schlinge. Mir ist plötzlich eiskalt. Verzweifelt reibe ich über meine Oberarme, doch die Kälte bleibt.

»Was wollt ihr von mir?«

Meine kratzige Stimme erstickt im wehenden Sturm. Über mir knallt es und ich schrecke zusammen. Schnell versuche ich einen Unterschlupf zu finden, um nicht von einem der herumfliegenden Marktstände oder andere Holzplanken erfasst zu werden. Innerhalb kürzester Zeit bin ich klitschnass. Alles klebt an mir und die Hilflosigkeit verwandelt sich langsam in Panik. Mehr als einmal kann ich nur knapp einem Gegenstand ausweichen. Ich setze mich auf den Boden und lege die Hände über den Kopf. Bitte, bitte. Ich will zurück. Tränen, die eins mit dem Regenwasser werden, rinnen über mein nasses Gesicht und dann wird alles schwarz.

»Hey, wach auf«, vernehme ich eine Stimme, die sich viel zu weit weg anhört. Ich weiß dennoch, zu wem sie gehört, und atme leise die Angespanntheit aus. Vorsichtig blinzle ich und der Schleier vor meinen Augen löst sich langsam auf.

»Cass, ist alles gut? Du hast im Schlaf geschrien.«

»Nur schlecht geträumt, alles gut«, versuche ich Ayden zu beruhigen. Der Traum war wirklich merkwürdig. Es kam mir vor wie eine Warnung. Könnte es sein?

»Willst du darüber reden?«

Ich schüttle den Kopf. Wenn es so ist, wie ich vermute, dann ist das Ende nah. Ich weiß nicht, wieso ich diese Träume habe. Der Letzte könnte eine Vorschau gewesen sein. Was soll ich nur machen? Ich versuche, mich aufzurichten, spüre aber eine unnatürliche Schwere in den Knochen. Das Gewitter hat sich verzogen und es tröpfelt nur noch leicht.

»Merkwürdig, dass ich eingeschlafen bin. Ich war eigentlich hellwach.«

»Lag vielleicht am Regen. Sowas kann schläfrig machen.«

»Kann sein. Hast du auch geschlafen?«

»Ich habe deinem Schnarchen gelauscht.«

Ich presse ihm den Finger in die Brust. »Das ist eine Lüge.«

»Ach ja? Für einen Moment wusste ich nicht, was lauter ist, der Donner oder du.«

Ich boxe ihm in die Seite. Er greift nach meinem Handgelenk und zieht mich zu sich. Viel zu nah in diesem kleinen Zelt. Das Verlangen in mir scheint unaufhaltsam. Was wäre, wenn ich mich darauf einlasse? Wenn wir es zulassen und uns den aufbrausenden Gefühlen endlich hingeben? Würde ich dann alles hinter mir lassen? Ich muss bei klarem Verstand bleiben. Es ist noch nicht der richtige Zeitpunkt.

»Was meinst du, können wir schon wieder raus? Ich brauche dringend frische Luft.«

Ayden akzeptiert meine Entscheidung und nickt, ehe er den Reißverschluss vom Zelt öffnet und den Kopf hinausstreckt. Dann klettert er komplett raus und ich folge ihm. Die Dunkelheit hat sich verzogen und die Wolken lockern auf. Alles ist überschwemmt und mehrere Pfützen haben sich auf der Wiese gebildet. Ich gehe zu den Klippen und schaue auf das weite Meer hinaus, so wie ich es schon so oft getan habe, wenn ich zu einer Sichtung musste. Das Schwingen bei den anderen Lost Places ist fort und ich fühle mich irgendwie leer. Kaum zu glauben, dass vor ein paar Wochen noch alles normal war. Jetzt gibt es nur noch das *New Slains Castle* und mich.

»Wir brauchen einen Plan.« Ich balle die Hände zu Fäusten und zittere, aber nicht vor Kälte. Sondern vor Angst. Wenn das, was ich gesehen habe, wirklich passiert, dann kann ich unmöglich allein kämpfen. Dann muss ich meinen Frieden mit den Nox schließen und wir müssen all unsere Kraft aufbieten, die wir haben.

»Was hast du vor?«

Auch Ayden sieht hinaus auf das unendliche Meer. Ob es ihm bei dem Anblick genauso geht wie mir?

»Wir brauchen die Nox als Verbündete. Allein werden wir gegen die Tecus nicht bestehen.«

Mein Entschluss steht fest und ich hoffe so sehr, dass ich ihn nicht bereuen werde. Ich entziehe mich dem Meer und betrachte Ayden, der mich jetzt ansieht. Seine Gesichtszüge sind wie immer eine Mischung aus Skepsis und Zuversicht.

»Bist du dir sicher? Sie haben nichts getan, um deine Schwestern zu retten. Vermutlich werden sie auch dich nicht schützen können, wenn es darauf ankommt.«

Die Worte treffen mich mehr, als sie sollten und doch weiß ich, dass sie wahr sind.

»Sie werden abhauen, wenn die Tecus mich haben und Caligor zum Leben erweckt wird«, erwidere ich.

»Aber ich nicht.«

Ich lege meinen Kopf an seine Brust und bin dankbar, dass er geblieben ist. Sein mittlerweile vertrauter Duft umschließt mich. Ich atme die angestaute Luft aus und halte Aydens Hand weiterhin fest.

»Wir sollten uns auf den Weg zu ihrem Lager machen.«

Während wir zwischen den teilweise geschlossenen Pavillons hindurchschlendern, begegnen wir mehreren Nox, die uns direkt zu verstehen geben, dass wir nicht willkommen sind. Ich kann ihren Unmut nicht nachvollziehen. Jahrelang habe ich meine Aufgabe erfüllt und mein ganzes Leben den Lost Places gewidmet und jetzt spielt das alles keine Rolle mehr.

»Alles in Ordnung? Willst du zurück?« Ayden legt seine Hand auf meine Schulter und wir halten an.

»Nein. Wir brauchen starke Verbündete und die Nox brauchen uns.« Ich beiße mir auf die Lippen und bin von meinen eigenen Worten nicht überzeugt.

Als wir endlich vor dem Hauptquartier ankommen, beobachten uns die zwei Nox davor mit wachsamen Augen. Sonst habe ich sie immer nur in weißen Kitteln gesehen. Jetzt tragen sie graue Kampfanzüge aus Leder. Dazu klobige Stiefel und einen breiten Gürtel, an dem eine Schusswaffe befestigt ist, die einen sehr langen Lauf hat. Und damit wollen sie es mit den Tecus aufnehmen? Ich fühle mich wie eine Fremde, während ich mich dem Eingang nähere. Sie haben schon im Institut angedeutet, dass sie die Zeynas zukünftig nicht mehr brauchen und jetzt, da ihre Geheimwaffe einsatzbereit ist, scheine ich überflüssig. Dennoch möchte ich meine Aufgabe erfüllen so wie die Jahre zuvor. Alles andere wäre falsch und ich würde mich selbst verraten. Aus dem Inneren des Zeltes sind Stimmen zu hören. Eine davon gehört Joel und die andere Vicky, sie diskutieren und das nicht leise. Als ich durch die Öffnung treten will, stellt sich mir einer der Nox in den Weg.

»Ist das euer Ernst?«, frage ich und muss lachen. Wir stehen am Rand des Untergangs und selbst jetzt gibt es noch Hierarchien und Machtpositionen. Ich bin kein kleines Kind mehr, das vor der grausamen Welt beschützt werden muss.

»Würdest du bitte Joel Bescheid geben, dass Cass hier ist, um mit ihm zu reden?« Ich funkle ihn wütend an, woraufhin er nickt und im Zelt verschwindet. Keine Minute später dürfen wir eintreten.

Joel und Vicky stehen vor einem weißen Klapptisch und haben ihre Hände darauf abgestützt. Auf dem Tisch steht ein kleiner silberner Kasten mit einem integrierten LED-Licht, welches rot leuchtet.

Ich hoffe, dass das nicht die Spezialwaffe ist. Dieses Teil sieht eher aus wie ein Schmuckkästchen als etwas, das uns gegen die Tecus helfen wird.

»Cass!«, begrüßt mich Vicky und winkt mich zu sich an den

Tisch. Ayden wird deutlich zu verstehen gegeben, dass er am Eingang warten soll.

»Schön, dass du da bist.« Joel legt seine Hand auf meine Taille, um mich näher zu sich zu holen. Ich befreie mich aus der Berührung. Was soll das?

»Ich bin nur hier, weil ich den Menschen helfen will und weil wir gemeinsam mehr erreichen können«, stelle ich direkt klar.

»Das sind wir auch«, erwidert er und reckt mir das Kinn entgegen. Hinter mir ertönt ein verächtliches Schnauben, woraufhin sich Joel abrupt umdreht und Ayden aus zusammengekniffenen Augen anstarrt. »Hast du ein Problem?«, fragt Joel und seine Nasenflügel beben bei jeder Silbe.

»Ja, habe ich.« Ayden macht einen Schritt auf ihn zu. Doch Vicky stellt sich vor ihn und schiebt ihn zurück.

»Ayden, wie wäre es, wenn wir Cass und Joel kurz allein lassen? Ich könnte dich etwas herumführen«, schlägt sie vor. Ayden sieht noch einmal zu mir, und ich nicke ihm zu. Für so viel Männlichkeit ist der Pavillon dann doch zu klein. Als Vicky und Ayden draußen sind, sehe ich wieder zu Joel, der mich noch immer mustert.

»Was?«

»Läuft da was zwischen euch?«

Ich werfe die Hände über den Kopf und umrunde den Tisch, um auf den ausgefalteten Papieren etwas zu erkennen. »Das geht dich nichts an«, erwidere ich.

»Cass, du kennst ihn doch überhaupt nicht.«

»Wie schon gesagt, das geht dich nichts an. Können wir jetzt bitte über das reden, wofür ich hergekommen bin?«

Doch er sieht nicht so aus, als würde er mir seine geheime Strategie verraten wollen. Stattdessen haut er plötzlich mit der flachen Hand auf den Tisch. »Wie stellst du dir das vor? Du hast keine Zeit für, was auch immer das da ist.«

»Wenn wir weiter streiten, dann habe ich bald jede Menge Zeit, weil es dann keinen Lost Place mehr geben wird, den ich beschützen muss.«

»Wir werden euch immer brauchen!« Er schüttelt den Kopf und steht in zwei Schritten vor mir. »Ich werde dich immer brauchen.« Joel greift eine meiner Haarsträhnen und dreht sie um seinen Finger. Mit der anderen Hand berührt er vorsichtig meine Fingerspitzen.

»Was wird das hier?«

Er ist mir viel zu nah, und ich will einen Schritt zurücktreten, als er mich festhält.

»Bitte. Hör mir zwei Minuten zu.«

Ich runzle die Stirn und halte inne.

»Ich habe dich nie …« Er bricht ab, als ein Nox in das Zelt tritt und ziemlich aufgelöst klingt.

»Entschuldigt die Störung, aber es gibt wohl eine Auffälligkeit beim Schloss.«

Sofort werden wir hellhörig und treten hinaus ins Freie.

»Ich müsste es spüren, wenn jemand in der Nähe vom *New Slains Castle* unterwegs ist.«

Doch der Nox ignoriert mich und geht voran. Als wir uns auf der Anhöhe befinden und das Schloss sehen, kann ich nichts erkennen.

»Was hast du gesehen?«, fragt Joel ihn. Doch er kratzt sich nur am Kopf, anstatt zu antworten. »Du sollst den Eingang bewachen und dich nicht hier oben herumtreiben«, mahnt Joel den Nox an und wendet sich ab.

Ich will Joel hinterher, halte dann aber doch inne und drehe mich noch einmal um.

Was ist das für ein Gefühl?

Es muss das Schloss sein. Es ruft nach mir.

Kapitel 25

Auf dem Rückweg halte ich Ausschau nach Ayden und Vicky, finde sie allerdings nicht und laufe willkürlich durch die Gänge zwischen den Zelten. Ich begegne einigen Nox mit ihrer ledernen Kampfausrüstung, was so gar nicht ins Bild passt. Die Nox gehören ins Institut und nicht auf ein Schlachtfeld. Sie sind Forscher, Wissenschaftler, Erfinder – keine Kämpfer.

Da ich Ayden nicht finden kann, gehe ich zurück zu unserem Zelt. Ist er etwa ohne mich zurückgegangen?

Entlang der Klippen genieße ich die frische Seeluft und den Wind, der meine Haare wild durcheinanderwirbelt. Es ist fast wie in meinem Traum und ich schließe für einen Moment die Augen. Unwillkürlich frage ich mich, ob es der letzte Traum gewesen ist. Es hat sich ziemlich endgültig angefühlt so wie jetzt gerade auch. Ich atme tief ein und wieder aus und will meinen Weg zu unserem Zelt fortsetzen, aber dann entdecke ich Ayden, wie er an den Klippen hinaus aufs Meer sieht. Sein Gesicht zeigt keinerlei Regung, doch wo ich anfangs zurückgeschreckt wäre, trete ich nun erhobenen Hauptes zu ihm.

»Hast du nicht was vergessen?«, frage ich und meine Fingerspitzen berühren seinen Oberkörper. Sie gleiten linienförmig an ihm entlang. Ayden lässt mich nicht aus den Augen. Ich gehe um ihn herum und hülle ihn ein, so wie er es immer mit mir macht. Es fühlt sich gut an.

»Ich weiß nicht, wovon du sprichst«, haucht er mir ins Ohr und ich schließe genüsslich die Augen.

»Wie war es mit Vicky?«

Aydens Lippen kräuseln sich und er legt den Kopf etwas schief.

»Sie hat mich herumgeführt.«

»Und hat sie dir hübsche Augen gemacht?«

»Was wäre, wenn es so wäre?«

Ich presse die Lippen aufeinander. Wie würde ich reagieren? »Ich wünsche mir das Beste für dich. Wenn Vicky dich glücklich machen kann, würde ich mich für euch freuen.«

»Lüge«, flüstert er mir ins Ohr und ich bekomme sofort Gänsehaut.

»Vielleicht. Vielleicht aber auch nicht«, erwidere ich und kann mir ein Schmunzeln nicht verkneifen.

»Wie war es bei Joel? Hat er dich eingeweiht?«

Ich zucke mit dem Schultern. »Er wollte, dass ich mich von dir fernhalte.« Langsam löse ich meine Hand von seiner Brust, woraufhin Ayden blitzartig meine Hand ergreift und sie an sich drückt.

»Und was hast du gesagt?« Wieder dieses tiefe melancholische Brummen, was mir sämtliche Beherrschung raubt. Am liebsten würde ich mich ihm an den Hals werfen.

»Dass es ihn nichts angeht.«

»Mehr nicht?«

»Er wollte mir noch etwas sagen, wir wurden allerdings unterbrochen.«

»Oh«, erwidert Ayden und lächelt mich an. Dann greift er mit der freien Hand nach meiner Taille und zieht mich an sich. Nicht mal ein Faden würde noch zwischen uns passen, so nah stehen wir beieinander. Ich lege den Kopf in den Nacken, um Ayden anzusehen. Der Glanz in seiner dunklen Iris funkelt wild und ich lecke mir genüsslich über die Lippen. Ich liebe dieses Spiel zwischen uns und könnte es ewig hinauszögern. Auch ihm scheint es zu gefallen und ich spüre seine Finger, die über meinen Rücken bis zu meinem Po wandern.

»Das heißt, wir waren bei den Institutsleuten und wissen immer noch nichts«, säusle ich daher und gleite mit meinen Fingern in sein volles dunkles Haar.

»Nein, aber wir wissen, dass sie eine echt coole lederne Rüstung besitzen.« Ein Schmunzeln huscht über sein Gesicht und ich erwidere es sofort.

»Damit ist uns der Sieg gewiss.«

»Zumindest sehen sie gut aus, wenn sie untergehen.«

Mittlerweile sind Aydens Fingerspitzen wieder nach oben gewandert und ruhen sanft an meinen Hals. Ich spüre den heißen Atem auf meinen Lippen und wechsle den Blick zwischen seinen Augen und den leicht offenen Lippen, die so einladend aussehen.

»Sie werden vorher verschwinden und uns opfern«, antworte ich. Sein Daumen streift meine Unterlippe und lässt mich die Luft hörbar einziehen. Wer wird wohl zuerst nachgeben?

»Dann sollten wir die Zeit, die wir haben noch gut nutzen.«

Damit ist der letzte Funke zu einer lodernden Flamme geworden. Ich presse meine Lippen auf seine und ziehe ihn weiter zu mir herunter. Mein Herz pocht wie wild bis hoch zur Kehle und ich öffne den Mund, wo sich unsere Zungen finden. Ayden packt mich am Po, ich recke mich ihm automatisch entgegen und er hebt mich auf seine Arme. Ich klammere beide Beine um ihn und er trägt mich fort. Keine Sekunde hören wir auf, uns zu küssen, und ich genieße das Rauschen meiner Sinne wie das wilde Treiben des Meeres an den Klippen. Es kribbelt heftig in meinem Bauch und mein Unterleib spannt sich vor Verlangen an. Er trägt mich zu einem Felsvorsprung und setzt mich dort ab. Die schwarze Nacht ist über unsere Köpfe gezogen und nur der Mond gibt etwas Licht ab. Ayden steht vor mir wie ein dunkler Schatten und knöpft sein Hemd auf. Er lässt es fallen und klettert zu mir, um mich direkt wieder zu küssen. Ich knabbere an seinen Lippen, was er mit einem tiefen Raunen erwidert. Meine Finger ertasten den stählernen Oberkörper, der nur so vor Männlichkeit strotzt. Ich habe ihn beim Baden gesehen, aber ihn jetzt zu spüren, ist so viel besser. Er küsst meinen Hals und ich stöhne auf. Auf dieses Zeichen hat er gewartet, er zieht mir das Shirt über den Kopf und liebkost meine Brüste mit Händen und Küssen. Ich lasse mich nach hinten fallen und das Verlangen wird übermächtig. Ayden sieht zu mir hinauf und ein kurzes Lächeln huscht über unsere Gesichter, ehe wir uns in einem Rausch aus Leidenschaft und Sehnsucht verlieren.

Wir liegen auf der Wiese und schauen zum Himmel hinauf. Die Sterne funkeln und leuchten wie tausende Brillanten. Mit dem Zeigefinger male ich Kreise auf Aydens Brust und er streichelt meine Schulter. Seine Atmung ist ruhig und so langsam normalisiert sich auch mein Herzschlag. Ich muss lächeln.

»Ich denke, wir haben die Zeit optimal genutzt«, flüstere ich.

»Wir haben noch jede Menge Zeit«, erwidert Ayden und drückt leicht meine Schulter.

»Das wäre schön.« Ich seufze, richte mich auf und betrachte das gewellte Spiegelbild des Mondes im Meer. Es hat etwas von einer Schwingung. Zu gern würde ich es noch einmal spüren. Ich sehe zu Ayden hinab.

»Was ist los?«, fragt er.

»Ich würde gern noch etwas anderes machen, bevor sie kommen.« Ich grinse ihn an. Ayden greift sich das Hemd und streift es sich über. Dann sieht er mich an und wartet darauf, dass ich weiterrede. »Ich möchte noch einmal zum Schloss.«

»Meinst du, das ist eine gute Idee?«

»Ich will es noch einmal spüren. Das Schwingen meiner Zellen. Es klingt albern, aber irgendwie vermisse ich es.«

»Das klingt wirklich albern.« Er lächelt.

»Kommst du mit?« Ich klimpere mit den Wimpern und versuche so zuckersüß zu lächeln, wie es nur geht.

Ayden runzelt die Stirn. »Nur, wenn du dieses seltsame Gesicht nicht noch mal machst.«

»Hey!« Ich schubse ihn. »Das war ja wohl total süß.«

Ayden steht auf und hält mir die Hand hin, die ich gern ergreife. »Aber nicht mehr heute. Ich bin müde.«

»Du brauchst doch sonst nicht so viel Schlaf.«

»Stimmt. Allerdings braucht auch der größte Held etwas

Ruhe.« Ayden verschränkt die Arme hinter dem Kopf und zwinkert mir zu.

»Wow. Da ist aber jemand von sich eingenommen.«

»Vielleicht ein wenig, kleine Zeyna.«

Kopfschüttelnd wende ich mich ab und gemeinsam gehen wir zu unserem Zelt zurück. Ich sehe schon von Weitem, dass etwas nicht stimmt, und renne los.

»Was ist hier passiert?«, rufe ich.

Mein Zelt ist zerrissen und die Stoffteile liegen in Fetzen auf dem Boden verteilt. Ayden hockt sich hin und hebt eins auf.

»Sieht so aus, als ob jemand nicht möchte, dass wir in diesem Zelt schlafen.« Er legt Daumen und Zeigefinger an sein Kinn. »Sind unsere Rucksäcke noch ganz?«, fragt er und sieht zu mir.

Ich wühle mich durch die Überreste und hole die Rucksäcke hervor. Ein Glück haben sie nicht viel abbekommen.

»Dann packen wir mal zusammen, was noch in einem Stück ist, und gehen zum Lager der Nox«, schlage ich vor.

»Vielleicht können wir ja etwas bezüglich der Geheimwaffe aufschnappen.«

Wir nehmen unsere Rucksäcke, die Schlafsäcke und auch das zerrissene Zelt mit. Schließlich müssen wir es entsorgen.

»Wie passend, dass Vicky mir vorhin ein freies Zelt gezeigt hat«, murmelt Ayden und sieht schmunzelnd zu mir.

»Meinst du, sie war das?«

»Oder Joel«, erwidert er und legt den Arm um mich. Er senkt den Kopf. »Soll ich dir etwas verraten?«

»Ja?«

»Ich glaub, er mag mich nicht.«

Lächelnd lehne ich mich an ihn. Trotz der Müdigkeit ist unser Tempo entspannt. Lieber wäre mir das Zelt, auch wenn die Schlafmöglichkeiten im Lager der Nox sicherlich um einiges bequemer sind. Der Gedanke, Joel nun öfter über den Weg zu laufen, nervt mich. Ich wollte mit den Nox zusammenarbeiten und mich nicht direkt wieder unter ihre Fittiche begeben.

Als wir im Lager ankommen, ist es ruhig und ich folge Ayden bis zu unserer neuen Unterkunft.

»Wir hätten auch im Freien schlafen können.« Er sieht mich belustigt an und ich erwidere sein Grinsen.

»Auch wenn es sehr schön war, ziehe ich eine bequemere Schlafmöglichkeit vor.«

»Was könnte bequemer sein als mein Körper?« Er zwinkert mir zu. Ich halte ihn zurück und schlinge die Arme um seinen Hals.

»Ein Bett«, antworte ich und ziehe ihn zu mir herunter. Ayden zieht die Augenbrauen hoch und mustert mich.

»Möglich.« Seine Mundwinkel zucken belustigt. »Man kann dir nichts vormachen, oder?«

»Nein, ich durchschaue alles.«

Ayden küsst mich und öffnet den Mund, um noch etwas zu sagen, hält dann aber doch inne. Wir gehen schweigend weiter und ich schiele immer mal zu ihm rüber. Seine Kiefermuskeln bewegen sich und er scheint mit sich zu ringen.

»Was ist los?«, frage ich.

»Vielleicht sollten wir doch direkt zum Schloss gehen«, antwortet er und ich lächle ganz automatisch.

»Woher der Sinneswandel?«

»Wer weiß, wie viel Zeit wir noch haben. Wir wollten sie doch sinnvoll nutzen, oder?«

»Okay, dann lass uns aber zumindest die Ausrüstung in unser neues Quartier bringen.«

Wir suchen das Zelt auf, welches für uns vorgesehen ist. Zwei Feldbetten stehen nebeneinander und ich weiß ganz automatisch, dass Vicky dafür verantwortlich ist.

Ich hänge den Rucksack über einen Klappstuhl, der an einem winzigen Tisch steht. Zwar haben wir hier deutlich mehr Platz und Komfort, aber in meinem Zelt war es irgendwie gemütlicher. Gerade die Enge hatte ihren Charme. Ayden wirft die Reisetasche auf das Feldbett und den Rucksack daneben.

»Sollen wir zu Fuß gehen oder den Iter nehmen?« Ich grinse

übers ganze Gesicht und hoffe, dass er die richtige Wahl trifft.

»Ich hätte nichts gegen einen ausgedehnten Spaziergang«, antwortet Ayden und streckt dabei die Arme in die Höhe. Ich verziehe den Mund und frage mich wirklich, ob das sein Ernst ist. »War nur ein Spaß. Ich freu mich auf deine Zauberei.«

»Zauberei?« Ich schüttle lächelnd den Kopf und konzentriere mich auf das *New Slains Castle*. Die Verbindung ist anders, stärker als jemals zuvor. Ich schärfe die verschwommenen Umrisse, bis das Bild klar ist. Irgendwas ist anders als sonst. Ich versuche meinen Gefühlen nachzuspüren und bemerke erst nach einigen Minuten, was die Ursache ist. Das Kribbeln, welches ich normalerweise gefühlt habe, ist aufwühlend und nicht sanft. Es fühlt sich unruhig an, fast schon alarmierend.

Ayden tritt zu mir. »Stimmt etwas nicht?«

Ich sehe ihn an und bin mir nicht mehr so sicher, ob wir wirklich den Iter nutzen sollen. Der Wirbel ist kurz davor uns mitzureißen.

»Cass?«

»Ich weiß nicht, etwas ist anders als sonst.«

»Meinst du, es ist eine Falle?«

»Könnte sein.«

»Dann bleiben wir hier?«, fragt er, und ich fühle mich hin- und hergerissen. Schlussendlich siegt doch die Neugier. Mutig nehme ich Aydens Hand, und der Windzug trägt uns hinfort.

Kapitel 26

»Beeindruckend, oder?« Wir sind circa 100 Meter von der Ruine entfernt. »Wenn ich hier bin, setze ich gedanklich Türen und Fenster ein. Stelle mir ein Dach vor und eine imposante Treppe, die in das Schloss hineinführt. Die Grünflächen sind gepflegt und mit verschiedenen bunten Blumenarten und Sträuchern bepflanzt.«

»Wirklich schön«, erwidert Ayden und tritt neben mich.

»Ich stand oft dort oben an den Klippen.« Dabei zeige ich auf die rechte Seite der Ruine. »Da hat man die beste Sicht«, erzähle ich weiter. »Hier habe ich mich immer geborgen gefühlt, es muss an der Verbindung zwischen mir und dem Schloss liegen.«

»Und wie ist es jetzt?«

»Anders, warnend. Ich verstehe es nicht. Niemand ist hier.«

Meine Zellen schwingen nicht, aber wir sind auch noch nicht nah genug am Lost Place. Schritt für Schritt setze ich einen Fuß vor den anderen und warte auf das altbekannte Gefühl. Ayden folgt mir, hält aber dennoch Abstand. Vermutlich schaut er sich um, falls die Tecus auftauchen. Es ist ruhig hier, nur das Meer rauscht und der Wind flüstert.

Nur noch wenige Meter, dann sollte etwas passieren. Und so ist es auch. Das Schwingen setzt ein, ganz sanft wie der Klang einer Harfe. »Ich spüre es«, flüstere ich.

Ayden tritt zu mir und sieht mich neugierig an. »Willst du noch weiter?«

»Eigentlich schon. Ich würde gern noch einmal kurz zu meiner Lieblingsstelle.«

»Worauf warten wir dann?«

Ich schließe die Augen und atme tief durch. Etwas lauert in

den Schatten des *New Slains Castle*. Etwas Böses, nicht die Tecus. Etwas, das viel mächtiger ist und kaum zu bändigen. Es will raus und das jagt mir Angst ein. Vielleicht war es falsch hierherzukommen und doch ist die Sehnsucht so groß wie nie.

»Komm. Aber wir müssen uns beeilen.« Ich versuche, die negativen Gefühle zu unterdrücken.

Es ist dunkel und der Weg zum Schloss ist nur kläglich durch den Mondschein beleuchtet. Es riecht erdig und Unkraut sowie anderes Gestrüpp erschweren uns den Weg. Doch schon bald kommen wir am gegenüberliegenden Ende der Eingangspforte an. Dort bleiben wir vor einer auseinandergebrochenen Steinmauer stehen und schauen direkt auf die Klippen, an denen sich das Meer bricht. Ich gehe bis zum Rand und betrachte die unendliche Weite. Das Schwingen nimmt zu und wird stärker, aber auch die Unruhe wächst in mir. Ich fühle mich anders, fast schon mächtig, fast so wie in meinem Traum, als ich die Krone trug.

Ayden sieht auf das Meer hinaus und bekommt meinen inneren Kampf nicht mit. Ein entsetzlicher Stich erfasst meinen Kopf und ich schwanke kurz zur Seite. Eine Hand umklammert meinen Oberarm und hält mich fest.

»Sollen wir zurück?« Er sieht besorgt aus. Doch das muss er nicht. Es ärgert mich, nicht mal hier ist mir das Gefühl von Heimat vergönnt. Stattdessen kämpfe ich mit etwas anderem, einer starken Kraft, die eine Verbindung zum Schloss hat. Hierbei handelt es sich nicht nur um das Schwingen.

»Nein, so schnell reaktiviert sich in der Regel ein Lost Place nicht. Bisher ist nur das Schwingen da. Ich fühle mich einfach nicht gut.«

Ayden zieht eine Augenbraue in die Höhe und wirkt nachdenklich. Er berührt mein Kinn und hebt meinen Kopf leicht an, sodass er mir direkt in die Augen sieht. Meine Atmung ist schwer und ich schnaufe regelrecht.

»Am besten bringe ich dich zurück.«

Doch ich halte meine Hand in Höhe. »Es geht schon. Ich

brauche nur einen Moment.« Mit der Armbeuge wische ich mir die nasse Stirn trocken und muss ein paar Mal blinzeln, ehe meine Sicht wieder klar wird. Ich versuche dagegen anzukämpfen, doch es hilft nicht. Ayden stützt mich noch immer und ich bin ihm dankbar.

»Cass, wir können morgen noch mal herkommen.«

Ich nicke. Auch wenn ich es nicht will, aber es ergibt keinen Sinn. Das Vibrieren setzt jeden Moment ein und dann müssen wir sowieso von hier fort. Es war eine dumme Idee hierherzukommen. Plötzlich spüre ich noch etwas anderes als Enttäuschung. Es ist gewaltig und voller Zorn. In mir brodelt eine Wut, die hinaus will. Ich schließe die Augen und versuche zu verstehen, woher diese Emotion kommt und schrecke vor den aufkeimenden Gefühlen zurück. Mein Blick verfinstert sich und ich starre Ayden an. Der Wunsch, ihn zu verletzen, wächst von Sekunde zu Sekunde. Er soll entsetzliche Schmerzen verspüren und ich werde es mit jedem Atemzug genießen. Ich umfasse meinen Kopf und will diese schrecklichen Gedanken unterdrücken. Ayden packt mich an den Schultern und schüttelt mich. Doch ich kann nichts erwidern, wie erstarrt sehe ich auf seine Lippen, die sich rühren und irgendwo hallt seine Stimme. Alles ist verschwommen und die Bewegungen sind wie in Zeitlupe. Ich fühle nichts mehr bis auf Kälte. Eisig und grausam.

Die Kälte ist plötzlich verflogen und ich fühle wieder Wärme. Ich habe eine Ahnung, woran es liegen könnte und wo ich bin. Als ich die Augen öffne, ist es wie nach Hause kommen. Ich neige meinen Kopf zur Seite. Dort steht der Baum, auf dem ein Vogel zwitschert. Alles ist genauso, wie zuletzt. Ich hätte nicht gedacht noch mal herzukommen und mich in diesem weichen Bett wiederzufinden. Aber jetzt bin ich froh darüber. Diesmal klettere ich nicht aus den Laken, sondern bleibe einfach liegen. Ich muss daran denken, was beim New Slains Castle geschehen ist. Der Lost Place wurde nicht reaktiviert, nein, diese düsteren Gedanken kamen von mir und jagen mir eine gewaltige Angst ein. Was ist geschehen? Ich muss wieder aufwachen. Jetzt!

Als ich die Augen öffne, sind der Efeu und die Blüten verschwunden. Nur ein grauer Stoff hängt über mir, den ich verwirrt anstarre.

»Guten Morgen, Schlafmütze«, höre ich Ayden und richte mich langsam auf. Er sitzt auf dem Campingstuhl unseres Zeltes und trinkt eine dampfende Flüssigkeit aus einem Pappbecher.

»Was ist passiert?«, frage ich und ziehe die Bettdecke beiseite, um meine Beine über die Bettkante zu schwingen.

»Du warst wie erstarrt und dann bist ohnmächtig geworden. Ich habe dich zurückgetragen.«

»Was ist mit dem Lost Place?«

»Keine Sorge, es ist nichts passiert.«

Ich atme tief ein und aus. Alles in mir zieht sich zusammen, wenn ich an die Worte in meinem Kopf zurückdenke, die niemals von mir kamen.

»Danke.« Nie und nimmer könnte ich ihm etwas antun.

»Dafür bin ich doch da, oder?« Ein Lächeln huscht über sein Gesicht, als er einen weiteren Schluck trinkt. »Kannst du mir sagen, was passiert ist?«

»Es war schrecklich. Es war ein Gefühl, als ob etwas Besitz von mir ergreifen will. Und diese Gedanken, ich kann sie gar nicht laut aussprechen …«

Ayden zieht die Augenbrauen zusammen und stellt den Becher zur Seite.

»Ich wollte dich töten«, wispere ich leise mit gebrochener Stimme. Ich will nicht, dass etwas zwischen uns steht. Deswegen spreche ich es an.

Er regt sich kurz, ehe er zu mir sieht und seine Hand an meine Wange legt. »Das kam unerwartet. Aber ich weiß, dass du diesem Drang widerstehen wirst. Oder zumindest hoffe ich das.«

Unwillkürlich muss ich schmunzeln. Ayden hat so viel Selbstvertrauen in sich und andere, das ist wirklich bewundernswert.

»Die Frage ist allerdings, weshalb du diese Gedanken hattest.« Er reibt sich über das Kinn.

»Soll ich mit Joel oder Vicky darüber sprechen?«, frage ich, woraufhin Ayden den Mund verzieht. Er ist unsicher, genau wie ich.

»Wie geht es dir denn? Du hast lange geschlafen.«

»Ich bin etwas erschöpft«, gestehe ich.

Ayden löst sich von mir und ich schaue zu ihm auf. Er holt eine Wasserflasche aus der Tasche und reicht sie mir. Dankbar nehme ich sie entgegen.

»Wie wäre es, wenn ich mit Vicky darüber rede und du dich noch ein wenig ausruhst?«

Ich wäge ab. Lieber wäre ich bei dem Gespräch dabei, als hier Däumchen zu drehen. Aber ich spüre noch immer die Schwere in meinen Knochen und so kann ich den Tecus nicht gegenübertreten.

»In Ordnung«, antworte ich und leere fast in einem Zug die Flasche Wasser. Ich lege mich wieder hin und spüre wie meine Augen zufallen.

»Ich bin gleich wieder zurück«, höre ich Ayden und dann ist er verschwunden, und ich bin allein.

Als ich die Augen wieder öffne und mich aufsetze, geht es mir schon besser. Ich werfe einen Blick durch das Zelt und senke den Blick. Ayden ist noch nicht zurück. Ich werde nicht weiter hier liegenbleiben und schlüpfe in meine Schuhe, um hinauszugehen. Vielleicht ist er noch bei Vicky? Ich sollte ihn suchen.

Vor dem Zelt muss ich meine Hand schützend vor die Augen legen. Die Sonne ist bereits aufgegangen und lässt den blauen Himmel strahlen. Kaum eine Wolke ist zu sehen, und ich ziehe das karierte Hemd aus, um es mir um die Hüften zu wickeln. Entlang der Pavillons gehe ich zu Vickys und Joels Zelt. Ein paar Nox kreuzen meinen Weg, doch ich ignoriere sie. Die Nox links und rechts vor dem Eingang beachten mich diesmal nicht und gewähren mir Zugang. Ich danke ihnen mit einem Nicken.

Im Inneren finde ich die beiden Geschwister. Ayden ist nicht da. Enttäuscht trete ich dennoch ein. Vicky bemerkt mich zuerst.

»Wie mir zu Ohren gekommen ist, habt ihr euch doch für einen neuen Schlafplatz entschieden.«

»Gezwungenermaßen«, antworte ich ein wenig steif. Ich wechsle einen kurzen Blick mit Joel und betrachte die kleine Schatulle auf dem Tisch.

»Ihr seid zusammen in einem Zelt?«, fragt Joel.

Ich ignoriere seine Frage und stütze die Hände flach auf dem Tisch ab. »Also, wir sind gestern unterbrochen worden. Wie ist der Plan?« Fragend sehe ich erst Vicky und dann Joel an.

Vicky seufzt. »Ich weiß es auch nicht.« Sie zeigt zu ihrem Bruder und kräuselt die Lippen.

»Es ist besser so und das weißt du, Vicky. Wir schließen dich nicht aus, sondern entscheiden zu deinem Besten.«

»Wir haben keine Zeit für sowas«, zische ich genervt und hoffe, dass meine Haltung und meine Mimik deutlich machen, wie ernst die Lage ist.

»Siehst du. Cass will auch wissen, was Sache ist.«

Joel zieht die Augenbrauen zusammen und schüttelt den Kopf. »Es geht nicht. Je weniger davon wissen, desto besser. Ich kann euch aber versichern, dass wir mit allen Mitteln, die wir haben, kämpfen werden.«

Ich ziehe scharf die Luft ein. »Du meinst die ledernen Helden in Rüstung dort draußen?« Das kann nicht sein Ernst sein. Die Nox sind keine Krieger, sondern Wissenschaftler. Sie gehören ins Labor und nicht in den Kampf.

»Sie haben Waffen«, erwidert Joel und wirkt sichtlich genervt. Es bereitet mir Freude ihn zur Weißglut zu bringen.

»Können sie damit denn umgehen?«

»Wenn unser Plan aufgeht, werden sie nicht kämpfen müssen.«

Ich trete zu Vicky, die mich über ihr Brillengestell hinweg mustert. »Hast du mit Ayden gesprochen?«, frage ich sie.

»Ja, leider habe ich keine Ahnung, was deinen Zustand hervorgerufen hat.«

»Welchen Zustand?«, mischt sich Joel ein.

»Nichts. Je weniger du weißt, desto besser für dich«, kontere ich und kann mir den bissigen Unterton nicht verkneifen.

Er schnalzt mit der Zunge. Ich ignoriere ihn und wende mich wieder Vicky zu. »Könntest du mich zu den Waffen bringen? Auf einen Haufen Wissenschaftler möchte ich mein Leben nicht setzen. Das mache ich dann doch lieber allein.«

»Cass«, seufzt Joel, »ich mach das alles nur für uns.«

»Für uns?«, frage ich und reiße die Augen auf.

Stöhnend reibt er sich die Schläfen und sieht zu seiner Schwester. Diese zuckt allerdings nur mit den Schultern. »Du warst mir schon immer wichtiger als alle anderen, Cassandra«, beginnt er den Satz, und ich greife Vickys Hand. Dafür bin ich nicht bereit und werde es auch nie sein. Ich brauche seelischen Beistand und hoffe, Vicky lässt mich nicht hängen. Das ist jetzt nicht das, was ich hören will. Er kommt zu uns und steht mit gesenktem Kopf vor mir. »Es tut mir leid, dass ich nicht immer mit offenen Karten spiele. So gern ich es würde, es geht nicht. Aber du bist mir wichtig und ich will dich nicht verlieren. Das musst du mir glauben.«

»Ich weiß nicht, was ich dazu sagen soll.«

»Du musst nichts sagen. Ich möchte nur, dass du das nicht vergisst.«

Ich nicke. Mir fehlen die Worte und eine unangenehme Stille breitet sich aus.

Vicky rettet uns und räuspert sich. »Soll ich dir die Waffen zeigen?«

»Bitte.« Ich kann gar nicht schnell gut verschwinden.

Wir gehen nebeneinanderher.

»Also damit habe ich jetzt auch nicht gerechnet«, beginnt sie ein Gespräch und ich halte inne.

»Wieso sagt er mir das jetzt? Ich meine, wir hatten alle Zeit der Welt. Warum ausgerechnet jetzt?«

Vicky schenkt mir ein aufmunterndes Lächeln und schlingt einen Arm um meine Schultern. »Vermutlich wegen Ayden. So sind Männer halt.«

»Ja.« Ich atme laut aus. »Wo ist er eigentlich?«, frage ich und sehne mich nach seiner Nähe.

»Er wollte sich umsehen. Wird bestimmt gleich wieder auftauchen. Und was läuft da zwischen euch?« Sie grinst mich an, was ich lächelnd erwidere. Ich hätte nie gedacht, mit Vicky mal so ungezwungene Gespräche zu führen.

»Ich mag ihn.«

»Mehr nicht?« Sie wackelt neckisch mit den Augenbrauen.

»So gut kennen wir uns ja nicht. Wir hatten bisher ja kaum Zeit.«

»Ach! Sowas schweißt doch viel mehr zusammen.«

»Ich bin gern mit ihm zusammen. Er gibt mir ein Gefühl von Sicherheit.«

»Deshalb habe ich ihn dir zur Seite gestellt.«

»Du bist dafür verantwortlich?«

Sie nickt mit einem breiten Lächeln im Gesicht. Ich schüttle den Kopf. »Tja, man unterschätzt mich oft.«

Sie zwinkert mir zu.

Wir gehen an einem freien Platz vorbei, wo ein paar Bänke aufgereiht stehen.

»Hier könnt ihr euch etwas zu Essen holen.« Dabei zeigt sie auf einen weißen Cateringwagen.

»Für alles vorbereitet.«

Vicky geht nicht weiter darauf ein, sondern eilt voraus. »Wir sind da. Nehmt euch, was ihr benötigt. Dein Katana hast du ja bereits dabei?«

»Ja, es liegt im Zelt.«

Vor dem Lager mit den Waffen stehen erneut zwei Nox, die den Eingang bewachen. Sie lassen Vicky und mich jedoch ohne Murren durch. Im Inneren gibt es alles, was man wohl für einen Kampf braucht. Die Waffen, die die Nox bei sich tragen und Schwerter, Messer, sogar einen Bogen mit Pfeilen.

»Ich hätte nie gedacht, dass ich wirklich mal kämpfen muss«, gestehe ich Vicky und erschrecke fast vor dieser Wahrheit. Schließlich war ich immer diejenige, die alles für das Training und die Lost Places gegeben hat. Diejenige, die sich wohl am meisten geopfert hat für ihre Aufgabe. Vicky sieht mich traurig an.

»Alles wird gut, du wirst sehen.«

Ich hebe meine Mundwinkel und versuche, ihren Optimismus zu teilen. »Warum haben sie noch nicht angegriffen?«

Vicky schiebt ihr Brillengestell hoch und ich weiß, dass sie die Antwort auch nicht kennt.

»Es ergibt einfach keinen Sinn.« Ich greife zur Pistole und betrachte sie genauer. »Sie ist leicht«, flüstere ich.

»Und tödlich«, ergänzt Vicky.

Aber kann ich töten?

Kann ich das mit meinem Gewissen vereinbaren?

Kann ich Richter und Henker sein?

Kapitel 27

Zurück im Zelt lege ich die Waffen auf den Tisch. Von Ayden fehlt bisher jede Spur und ich mache mir allmählich Sorgen. Wo ist er nur so lange? Zusätzlich zum Katana habe ich jetzt eine Waffe, die ich mit einem Gürtel an meiner Hüfte befestige. Womöglich wäre nun der richtige Zeitpunkt zum Trainieren. Ich bin mir nicht sofort sicher, habe allerdings auch keine andere Idee. Also schnappe ich mir eine neue Wasserflasche, trete wieder hinaus aus dem Zelt und verlasse das Lager.

Auf einer Anhöhe finde ich einen guten Platz und beginne mit verschiedenen Übungen. Ohne einen Gegner fühlt es sich im ersten Moment seltsam an, aber nach und nach, stört es mich kaum noch.

Ich sprinte los und ziehe dabei die Waffe, um einen Angriff anzutäuschen. Das wiederhole ich ein paar Mal. Die Fläche ist groß genug und bietet ausreichend Platz.

Als ich ein Gefühl für die Waffe habe, lege ich sie beiseite und trinke einen großen Schluck aus der Wasserflasche. Die Sonne ist stark und erhitzt meinen schon aufgeheizten Körper zusätzlich. Ich wische mir mit der Armbeuge den Schweiß von der Stirn und greife zu meinem Katana.

Ich drehe und wende mich mit dem Schwert und steche immer wieder zu. Auch diese Übung ist ohne Kampfpartner nicht befriedigend. Dennoch führe ich sie weiter aus. Als ich fertig bin, setze ich mich für einen Moment ins Gras und kontrolliere meine Atmung. Das Katana und die Waffe der Nox liegen neben mir, während ich den Kopf in den Nacken lege und hinauf in den azurblauen Himmel sehe. Ob mich Ayden schon sucht? Egal.

Jetzt dreht es sich mal um mein Training und nicht um ihn.

Ich beschließe noch einige Kampftechniken anzuwenden, verteile Tritte und schlage mit den Fäusten nach meinem unsichtbaren Gegner. Schnaufend lege ich die Hände auf meine Oberschenkel und kontrolliere meine Atmung. Ein entfernter Applaus lässt mich hochfahren.

»Du hast mich gefunden.« Ich grinse ihn an und stemme die Hände in die Hüften.

Er legt den Kopf etwas schräg und mustert mich. »Beeindruckend.«

»Ich befürchte, das wird nicht reichen.« Wir brauchen niemandem etwas vormachen. Und dennoch ist es mir wichtig, alles zu geben. »Wo warst du so lange?«, frage ich ihn, als er zu mir schlendert.

»Hast du mich vermisst?«

»Nein.«

»Du lügst. Deine Gesichtsfarbe verrät dich.«

Ich pruste laut los. »Das ist vom Training, du Witzbold.«

Er grinst schelmisch. »Ich habe die Gegend abgesucht«, antwortet er schließlich und kommt mir ganz nah. Sein warmer Atem streift meine Nase.

»Du solltest auch trainieren, anstatt herumzustreifen.«

»Ich brauch kein Training.« Er wirkt gelangweilt.

»Ach ja?« Ich grinse ihn an und er versteht den Wink sofort. Ohne darüber nachzudenken, hole ich mit der Faust aus, doch Ayden fängt sie mit Leichtigkeit ab.

Ich befreie mich mit einer Wendung aus dem Griff und lande hinter ihm, um von dort anzugreifen. Aber auch hier beiße ich auf Granit. Er weicht allen Angriffen gekonnt aus, was mich nur noch mehr reizt. Wir stehen uns gegenüber und starren uns an. Mir geht so langsam die Puste aus.

»Ich sagte doch, ich brauche kein Training.«

Dann greife ich noch mal an, aber diesmal täusche ich den Schlag nur an. Ayden reißt die Arme hoch, genau in diesem Moment halte ich an und drehe mich mit ausgestrecktem Bein und treffe ihn direkt im Magen. Ayden krümmt sich kurz und schaut mich herausfordernd an. Er stürmt auf mich zu und ich weiche aus.

»Du brauchst wohl doch etwas Training«, rufe ich ihm mit einem Lächeln zu, als wir uns mit erhobenen Fäusten im Kreis drehen. Als Antwort bekomme ich nur ein Knurren. Ich nutze die Gelegenheit und greife erneut an. Diesmal fängt Ayden die erste Faust ab und auch die Zweite. Er hält beide fest in den Händen und drückt mich runter. Ich kneife das Gesicht schmerzhaft zusammen. Er zeigt kein Erbarmen. Als ich auf die Knie sinke, lässt er langsam los.

»Unterschätze niemals deinen Gegner, auch wenn du denkst, dass du gewinnst.«

»Du hast dich mit Absicht treffen lassen?«

»Nein. Das warst du, aber danach hast du dich davon leiten lassen und bist unvorsichtig geworden.«

»Wo hast du das gelernt?«

»Jahrelanges Training, das meiste habe ich mir selbst beigebracht.«

Ayden hat sich mittlerweile hingehockt und sitzt mir gegenüber.

»Auch wenn ich wöchentlich trainiert habe, fühle ich mich nicht als Kämpferin«, ich seufze und lasse den Kopf hängen, doch Ayden legt den Zeigefinger an mein Kinn und hebt es wieder an.

»Und ob du das bist und noch so viel mehr.« Ayden küsst meine Stirn, bevor er sich langsam aufrichtet und seine Hand nach mir ausstreckt. Ich ergreife sie und mit einem Schwung zieht er mich zu sich. Er sieht zu der Waffe, die achtlos am Boden liegt. »Du hast dich um eine Waffe gekümmert.«

»Ja. Und für dich habe ich auch eine. Sie liegt im Zelt.«

»Du warst bei Vicky und Joel?«, fragt er irritiert.

»Ja.«

Ayden runzelt die Stirn.

»Keine Sorge, erst nachdem ich mich ausgeruht habe. Vicky

sagt, sie weiß auch nichts von dem, was mir beim *New Slains Castle* passiert ist.«

»Ich weiß.« Er grummelt laut. »Gibt es sonst noch etwas Neues?«

»Wir werden nicht erfahren, um was es sich bei der Geheimwaffe handelt. Selbst Vicky darf es nicht wissen.«

Er schüttelt den Kopf und seine Hände ballen sich zu Fäusten. Ich verstehe seine Wut, denn mir geht es genauso. Aus welchem Grund sollen wir nicht wissen, was das für eine Waffe ist? Warum vertrauen uns die Nox so plötzlich nicht mehr? Andererseits vertrauen sie ja nicht mal ihren eigenen Leuten, wenn man Vicky Glauben schenkt.

»Ich könnte ihn beeinflussen?« Dabei greife ich zu meinem Amulett, in der die blaue Flüssigkeit schimmert.

»Zu gefährlich.« Ayden legt seine Hand behutsam auf das Amulett und verneint meine Frage mit einem leichten Kopfschütteln. Er hat recht und ich könnte es nicht. Es wäre falsch und vermutlich sind ihre Gründe auch gerechtfertigt, bei unseren Alleingängen.

»Was machen wir dann?«

»Abwarten.«

»Ich frage mich ehrlich gesagt, ob die Tecus überhaupt noch kommen.«

Und ich muss an die neue Verbindung zum *New Slains Castle* denken und sehe in die Ferne. Ich schlinge die Arme um mich, weil ich diese grauenvollen Gedanken nicht noch einmal erleben möchte.

»Cass, egal was passiert. Ich bleibe an deiner Seite. Das habe ich dir versprochen.«

Ich schlucke. Ja, das hat er. Ich falle in seine Arme und presse mich an seine Brust. Es fällt mir schwer meine Gefühle zu kontrollieren und ich kneife die Augen zusammen, weil ich nicht weinen möchte. »Ich … vermisse … sie …« Die Fürsorge von Thia, die Gelassenheit von Billy, selbst die schnippische Art von Isy. Ich fühle mich nicht vollständig und das schmerzt.

Ayden streichelt meinen Rücken und legt sein Kinn auf meinen Kopf. Wenn er nicht wäre, dann wäre ich schon längst zusammengebrochen. Ich brauche einen Moment, bis ich mich allmählich beruhigt habe und den Kopf langsam hebe.

»Ich verspreche dir, alles wird wieder gut werden.«

»Wie kannst du sowas versprechen?«, wispere ich.

Ayden berührt sanft mein Kinn und drückt meinen Kopf leicht nach oben. »Wo wären wir, wenn es keine Hoffnung gäbe?« Ich zwinge mich zu einem Lächeln. »Du musst Hunger haben. Lass uns zurück ins Lager gehen.«

In den letzten Tagen hatte ich kaum Hunger, bis auf ein bisschen Obst und Nüsse habe ich nichts runter bekommen.

Als wir bei unserem Schlafplatz ankommen, findet Ayden die Schusswaffen für ihn vor. Ich habe ihm zwei mit passender Halterung mitgebracht. Beides sitzt perfekt.

»Und kann ich mit den Nox mithalten?«

»Fast«, antworte ich. »Dir fehlt die lederne Rüstung.«

Ayden verzieht das Gesicht. »Vicky hat mir gezeigt, wo sie mit den Waffen üben. Du kannst dir ja schon mal etwas zu Essen holen und ich komme nach«, schlägt er vor.

»Ja klar. Ich warte auf dich.« Ich will gerade gehen, als ich mich doch noch mal umdrehe. »Ach Ayden.« Er sieht mich erwartungsvoll an. »Schieß dir nicht ins Bein.« Ich grinse. Um seine Mundwinkel zuckt ein verräterisches Lächeln und in seinen Augen blitzt der Schalk. Ich weiß schon jetzt, dass ich dafür eine Retourkutsche bekomme, aber das soll mir recht sein.

Ich gehe zu dem Cateringwagen und mein Magen meldet sich direkt bei den leckeren Gerüchen von Kaffee, Rührei und *Tattie Scone*.

»Hi, was kann ich dir bringen?« Im Cateringwagen taucht eine junge Frau mit blonden engelsgleichen Locken auf. Sie lächelt mich an.

»Auf jeden Fall einen Kaffee und einen Donut.«

Sie grinst. »Wie wäre es, wenn ich dir ein leckeres schottisches Frühstück zubereite?«

»Danke, sehr gern. Bist du von hier?«

Sie nickt und werkelt direkt in der transportablen Küche. Die Nox müssen ihr viel Geld bezahlt haben, dass sie hier rauskommt. Sie weiß sicher nicht einmal, welcher Gefahr sie ausgesetzt ist. Vielleicht sollte ich sie warnen.

»Fertig«, ruft sie und schiebt mir ein Tablett zu.

Ich staune, als ich das üppige Frühstück betrachte, woraufhin mein Magen vor Freude einen Salto vollführt.

»Danke, wie heißt du eigentlich?«

»Susann. Und du?«

»Cassandra, aber alle nennen mich Cass.«

»Freut mich, Cass. Ich frage mich schon seit Tagen, was hier eigentlich los ist. Zuerst dachte ich an ein seltsames Festival. Ich meine, es gibt ja wirklich die verrücktesten Sachen weltweit, da wären Männer in Rüstungen nicht außergewöhnlich.« Sie zwinkert belustigt.

»Nein. Kein Festival.« Ich sehe zu ihr und alles in mir schreit danach, sie fortzuschicken.

»Setz dich und iss erst mal was. Falls du noch was brauchst, sag mir Bescheid. Aber ich vermute danach wirst du dich nicht mehr bewegen können.«

Ein herzliches Lachen erklingt, als sie sich umdreht und Pfannen und Töpfe laut klappern.

Ich suche mir einen freien Platz und setze mich. Zuerst wickle ich den verpackten Donut aus dem Papier und beiße genüsslich rein.

»Oh, wow«, seufze ich laut mit vollem Mund.

»Du hattest schon immer eine Schwäche für diesen Süßkram«, höre ich Joel hinter mir und verdrehe die Augen.

»Schmeckt ja auch lecker.«

»Stimmt, ich wollte mir nur einen Kaffee holen.«

Ich versuche seinen Blicken auszuweichen und starre auf

meinen Teller, der mit Rührei und Bacon beladen ist, während er zu Susann geht und sich einen Kaffee holt.

Joel setzt sich zu mir und sieht mich erwartungsvoll an.

»Es sind noch andere Tische frei«, murmle ich.

»Ich möchte aber gern hier sitzen.«

»Wenn es denn sein muss.«

Ruckzuck verspeise ich das Rührei und knabbere an dem knusprigen Bacon. Joel trinkt seinen Kaffee. Zumindest lässt er mich in Ruhe essen. Als ich fertig bin, schiebe ich das Tablett beiseite und strecke den Kopf, um Ausschau nach Ayden zu halten. Wo bleibt er nur?

»Können wir nicht vernünftig miteinander umgehen?«, fragt Joel und ich kneife die Augen zusammen.

»Das könnten wir, wenn du mit offenen Karten spielen würdest.« Ich verschränke die Arme vor der Brust. Joel weicht meinem Blick aus.

»Ich mache das, was von mir verlangt wird.«

»Du meinst, was dein Vater von dir verlangt? Wo ist er eigentlich?«

Müsste er nicht hier sein und das Kommando übernehmen? Mr Eriksson sitzt vermutlich im Institut in London, während wir hier den letzten Lost Place verteidigen. Irgendwie habe ich erwartet, dass er an der Front kämpft. Anscheinend habe ich ihn überschätzt und er ist doch nicht der, für den ich ihn gehalten habe.

»Er kümmert sich um andere wichtige Angelegenheiten. Deshalb sind Vicky und ich hier, stellvertretend für ihn.«

»Aha.«

Ich weiß, dass meine Art patzig ist. Aber es fällt mir schwer über meinen Schatten zu springen nach allem, was passiert ist.

»Welche Hebel muss ich in Bewegung setzen, dass du mir wieder vertraust?«

»Mir meine Schwestern zurückbringen, wie du es von Anfang an versprochen hast«, fauche ich ihn an.

»Genau daran arbeite ich Tag und Nacht.«

Ich sehe zu ihm und bemerke die dunklen Schatten unter

seinen Augen und meine auch zu erkennen, dass er abgenommen hat. Ein Schmunzeln taucht auf seinen Lippen auf.

»Das ist deine letzte Chance«, erwidere ich.

»Danke, Sommersprosse.«

Ich trinke den letzten Schluck von meinen Kaffee aus und werfe einen Blick zu Susann. »Ach, und Joel? Findet du es für eine Zivilistin wie Susann nicht ziemlich gefährlich hier draußen?«

»Wer ist Susann?«

»Die Dame vom Catering«, antworte ich.

»Schon. Aber wie sollen wir sonst alle versorgen?« Er zuckt mit den Achseln. »Wo ist Ayden?«, fragt er vorsichtig und trinkt auch einen Schluck.

»Er testet die Waffen.« Ich beschließe, ihm direkt nach dem Kaffee noch ein wenig Gesellschaft zu leisten.

»Traust du ihm?«

»Joel!«

Beschwichtigend hebt er die Hände. »Ich mein ja nur.«

Mit einem Augenrollen setze ich den Kaffeebecher ab und wende mich ihm zu. »Er hat mich mehr als einmal gerettet. Ayden ist auf unserer Seite. Wir sollten uns auf die wahren Feinde konzentrieren, anstatt in unseren eigenen Reihen zu suchen. Den Fehler habt ihr auch mit Billy gemacht und was ist dabei rausgekommen?«

Er nickt. »Ich hoffe, du hast recht.«

»Außerdem wart ihr es doch, die die Idee mit den Aufpassern hatten.«

»Ja, Vicky hat es mir erzählt. Irgendwie ist das komplett an mir vorbeigegangen.«

Deshalb also die Verwunderung, wer Ayden ist und seine Skepsis ihm gegenüber. »Das bedeutet dann wohl auch, dass du keine Ahnung hast, was aus Finn geworden ist.« Ich habe wenig Hoffnung auf eine Antwort.

»Finn war für Isy verantwortlich?«

Ich nicke. »Er wurde von den Tecus fortgeschickt, bevor wir sie beeinflussen konnten.«

Vicky taucht an unserem Tisch auf und setzt sich zu uns. »Ihr redet über Finn?«, fragt sie.

»Ja, du hast doch nach ihm gesucht?«, erkundigt sich Joel.

»Sicher. Ich habe ihn kontaktiert und kann ich euch beruhigen, ihm geht es gut. Er hat zwar keine Ahnung mehr, wer wir sind. Aber das ist in Ordnung.«

Das schlechte Gewissen nagt an mir, weil ich ihn vergessen habe. Ich senke den Kopf.

»Cass, alles in Ordnung?« Vicky legt ihre Hand auf meine Schulter.

»Es passiert gerade so viel, ich komme kaum hinterher das alles zu verarbeiten.«

Mit einem Lächeln sieht Vicky abwartend zu mir, als ein Grollen über uns hereinbricht und sie die Augenbrauen zusammenzieht. »Habt ihr das auch gehört?«, fragt sie daraufhin und steht ruckartig auf. Sie dreht sich in jede Richtung, bis sie zum Himmel hinaufsieht. Ich folge ihrem Blick und erstarre. Über unseren Köpfen zischt es laut und der Himmel glüht. »Was ist das?«, fragt Vicky verwirrt, wobei Ehrfurcht und Fassungslosigkeit in ihrer Stimme mitschwingen. Joel dagegen bleibt nicht ansatzweise so ruhig, sondern springt auf und schreit: »Feuer!«

Kapitel 28

Die Erde zittert und der Himmel glüht rot. Ein gewaltiger Feuerball, der aussieht wie ein Meteorit, rast auf uns zu. Wir blicken der Gefahr direkt ins Auge, werden aber von der Angst und der Unfassbarkeit der Situation gelähmt. Keiner von uns rührt sich, bis die Bank plötzlich nach hinten kracht und ringsherum Flammen züngeln. Endlich können wir uns aus der Starre lösen und springen panisch auseinander.

Innerhalb weniger Sekunden brennt alles um uns herum und das Feuer frisst sich immer weiter. Die Erde unter unseren Füßen bebt permanent und die Zelte fallen in sich zusammen. Schützend halte ich mir die Hand vor das Gesicht und blicke mich hilfesuchend um, denn der große Feuerball hat die Erde noch nicht erreicht.

»Wir müssen hier weg«, schreie ich.

Die Flammen springen in Windeseile auch auf die anliegenden Zelte über und wir stehen inmitten einer Feuerhölle, die alles mit sich reißt und nur Asche übrig lässt. Verbrannte Stofffetzen fliegen umher und ich starre ihnen nach.

»Los kommt mit«, ruft Joel, der sich ebenfalls schützend den Arm vor das Gesicht hält und die Augen zusammenkneift. Vicky stürmt sofort los und ich schaue mich suchend nach Susann um.

Ich finde sie und renne zu ihr. Mit weitaufgerissenen Augen steht sie neben ihrem Cateringwagen und starrt in den Himmel.

»Susann!« Als sich unsere Blicke treffen, nutze ich sofort die Gelegenheit und greife zu meinem Amulett. »Bring dich so schnell du kannst in Sicherheit und vergiss alles, was du hier gesehen hast«, rufe ich ihr zu. Sie nickt, verschwindet und der Cateringwagen düst davon.

Neben mir stürzt ein weiteres Zelt in sich zusammen und wo eben noch Susanns Truck stand, wütet jetzt das Feuer. Ich muss hier schleunigst weg.

Alles um mich herum glüht, die Hitze schlägt mir ins Gesicht und brennt sich in meine Haut. Das Feuer tobt erbarmungslos. Wie sollen wir die Flammen aufhalten, geschweige denn den Feuerball. Verzweifelt sehe ich umher, kann aber nur pures Chaos erkennen. Keiner ist auf solch ein Szenario vorbereitet. Alle laufen nur panisch und orientierungslos umher.

»Ayden«, flüstere ich. »Ich muss ihn finden.«

Jemand greift nach meinem Arm und zieht mich mit.

»Sie wollen dich, Cass. Du musst hier weg.« Joel prescht vor mir her und zieht mich mit. *Sie*, er meint die Tecus. Sie sind dafür verantwortlich und wir bekommen ihre ganze Macht zu spüren. Ich werfe einen flehenden Blick über die Schulter. Wo sind sie?

»Was ist mit Ayden und den Nox?« Ich schütze immer wieder meine Augen vor der glühenden Hitze. Joel stoppt und sieht mich finster an.

»Ich kann nicht alle retten.«

»Bitte«, flehe ich ihn an.

Er greift sich ans Ohr und spricht ein paar Sätze hinein. »Ein paar werden uns folgen.«

»Was ist mit Ayden?« Panik breitet sich in mir aus. Ich kann ihn nicht zurücklassen.

»Er ist bei ihnen.« Joels Miene verrät keine Emotion. Kann ich ihm glauben? Er hasst Ayden.

»Wenn du uns belügst«, warnt Vicky und funkelt ihn an.

Wir rennen an den Zelten vorbei, die alle in sich zusammenfallen, während die Flammen sämtlichen Stoff verzehren. Über unseren Köpfen steigt Rauch auf und der beißende Geruch treibt mir die Tränen in die Augen. Es brennen nicht nur die Zelte. Ich sehe lederne Rüstungen, die in Flammen stehen. Einige Brandherde bewegen sich, geben komische Laute von sich. Es ist ein Urlaut, der an mein Ohr dringt. Woher kommt das? Wer oder was kann solch groteske Geräusche erzeugen? Doch nur ein Wesen, das um sein Leben kämpft. Mein Hirn arbeitet zu langsam. Dann endlich fällt der Groschen. Dieser markerschütternde Schrei ist ein Hilferuf. Einer, der durchsetzt ist von Panik und Angst. Das sind die Nox, die um ihr Leben kämpfen. Ich muss mehrmals blinzeln, um mich davon zu lösen. Drehe mich im Kreis, sehe überall Rauch, Blut, Tod. Ich beiße die Zähne zusammen, um die aufsteigende Übelkeit zu unterdrücken. Wir müssen hier weg und weichen dem Feuer aus. Immer wieder kracht etwas vor uns zusammen und wir sind zu einem weiteren Umweg gezwungen. Der dunkle Qualm steigt in den Himmel empor und die Hitze brennt sich immer tiefer in meine Haut. Es ist unerträglich heiß geworden. Gleichzeitig versuche ich, Joel und Vicky nicht aus den Augen zu verlieren. Meine Kehle ist trocken und ich bekomme nur noch schwer Luft. Immer wieder huste ich und muss sogar kurz anhalten, weil jeder weitere Schritt kraftraubend ist. Joel zieht Vicky und mich mit sich, und wir schaffen es, das Lager zu verlassen.

»Joel, bist du dir sicher? Wir sind hier die perfekte Zielscheibe.« Ich blicke mich um. Wir stehen inmitten einer riesigen grünen Grasfläche. Vereinzelt liegen Felsbrocken herum, doch sie bieten nicht genügend Schutz vor dem, was über uns lauert.

»Ja, bin ich.«

Wir kommen dem Schloss zu nah. Um genau zu sein, laufen wir direkt darauf zu. Ich halte an. Was hat er vor? Ist ihm nicht klar, dass wir eine Reaktivierung riskieren? Ist das womöglich der Plan der Tecus? Uns aus dem Lager und zum Schloss zu treiben?

»Was ist los?«, fragt Joel, als er bemerkt, dass auch Vicky stehen bleibt und mich fragend ansieht.

»Das Schloss …«

»Ich weiß. Wir suchen Schutz im anderen Lager«, erwidert Joel.

»Wovon sprichst du?«

»Wir haben entschieden, dass die Nox, die schon vorher hier waren, bei ihrem Lager bleiben.«

Ich nicke, werfe erneut einen Blick zurück und entdecke Ayden in einer kleinen Gruppe Nox, die uns hektisch folgen. Erleichterung durchströmt mich.

Plötzlich kracht es hinter uns und ich werde durch die Luft geschleudert. Eine enorme Hitzewelle rauscht über mich hinweg und ich presse meinen Oberkörper fest auf den Boden. Es knallt und kracht erneut und ich höre nur noch einen langgezogenen, unangenehmen Piepton. Der Tinnitus verschwindet auch nicht, als ich auf dem Boden weiterkrieche, um Schutz zu suchen. Hinter einem großen Felsen lehne mich an und atme schwer. Der Himmel ist schwarz, als würde auch er sich auf den Weltuntergang vorbereiten. Die lodernden Flammen bahnen sich weiter ihren Weg. Zurück bleibt nur Asche, die vom Wind in alle Richtungen weht. Panisch blicke ich mich um. Ich kann aber niemanden finden. Überall ist Rauch. Ich huste und krieche hinter dem Felsen hervor.

»Ayden?«, rufe ich heiser.

Es bleibt still. Ich entdecke ein paar Nox auf dem Boden, die sich vor Schmerzen krümmen. Ich weiß nicht, ob sie Verbrennungen haben, eine Rauchvergiftung, von irgendwas getroffen wurden oder einfach nur panisch sind. Doch ich kann ihnen nicht helfen. Ich habe weder die Mittel noch die Kraft. Erneut kracht es. Anscheinend ist etwas explodiert.

»Ayden?«, rufe ich wieder in die sich ausbreitende Stille. Auch jetzt bekomme ich keine Antwort. Wo ist er nur? Ich muss ihn finden. Ich muss zu ihm. Also rapple ich mich auf und wanke durch den dichten Rauch. Etwas hält mich am Fuß fest und ich brauche meine gesamte Willenskraft, um nicht panisch loszuschreien.

»Cass«, raunt die Stimme kaum hörbar. Ich versuche, die Person am Boden zu erkennen und reiße die Augen auf, als mein Gehirn endlich realisiert, dass es Joel ist, der im verbrannten Gras liegt. Auf den ersten Blick scheint er keine größeren Verletzungen zu haben, was mich erleichtert aufatmen lässt.

»Du suchst Vicky und ich Ayden«, befehle ich ihm und gehe weiter. Immer wieder rufe ich seinen Namen und endlich sehe ich ihn. Er blickt sich suchend um. Als er mich entdeckt, laufe ich ihm entgegen und springe in seine Arme.

»Ein Glück geht es dir gut.« Ayden drückt mich an sich.

»Wir müssen zum Lager«, erwidere ich und ergreife Aydens Hand. Hoffentlich hat Joel auch Vicky gefunden.

Man kann kaum etwas erkennen, alles ist bedeckt, und wir finden nur schwer aus dem Rauch heraus.

Auf unserem Weg zum Lager treffen wir auf Vicky, Joel und ein paar Nox, die sich ihnen angeschlossen haben. Ich weiß nicht, wie viele überlebt haben. Aber ich hoffe, dass sich ein Großteil in Sicherheit bringen konnte.

Wir erreichen das Lager in wenigen Minuten, es befindet sich nördlich des Schlosses und liegt direkt an den Klippen. Auch hier hat sich der Rauch stark ausgebreitet, aber die Sicht ist etwas besser. Die dort stationierten Nox kommen zu uns geeilt und bringen Wasserflaschen, die wir dankend annehmen.

Einer von ihnen stellt sich vor, sein Name ist Quinn und er hat anscheinend die Leitung von diesem Lager.

»Wie ist das weitere Vorgehen?«, fragt Quinn Joel, während ich mich geistesabwesend umsehe.

Das Lager ist sehr übersichtlich, dadurch aber auch nicht zu auffällig. Man könnte die Zeltgruppe auch für Camper halten, die die Aussicht genießen.

»Stellt ein kleines Team zusammen, das sich auf die Suche nach Überlebenden macht. Die verletzten Nox müssen so schnell wie möglich ins Institut und medizinisch versorgt werden. Wir kommen nach.«

Sofort schalte ich mich ein. »Wie sollen sie es bis nach London schaffen? Ich habe keine Zeit, jeden einzeln durch den Iter zu bringen.«

Joels Kiefermuskeln bewegen sich. Vicky legt eine Hand auf seine Schulter.

»Erzähl ihr davon.«

Ich runzle die Stirn. »Wovon?«, frage ich verwirrt.

»Einige der Nox können selbstständig den Iter öffnen.«

»Wie bitte?«

»Um dir das zu erklären, fehlt uns die Zeit. Wichtig ist jetzt, dass alle Verletzten versorgt werden.«

Ich schaue zu Ayden, der Joel und die restlichen Nox verhalten mustert. Wie können die Nox den Iter öffnen, wenn sie keine Zeynas sind? Brauchen sie uns deshalb nicht mehr? Diese Information wiegt schwer und ich habe keine Ahnung, wie ich damit umgehen soll. Ob sie auch die Fähigkeit der Beeinflussung beherrschen? Allerdings haben wir keine Zeit, um uns damit näher auseinanderzusetzen. Und hier sind wir nicht sicher.

»Wir haben hier keinerlei Schutz«, bemerke ich.

»Es ist nur eine Frage der Zeit, bis sie sich zeigen, und wir sie erledigen können.«

Hinter uns höre ich ein abwertendes Schnauben und ich weiß sofort, zu wem es gehört. Joel wirft ihm einen finsteren Blick zu, aber ich muss Ayden recht geben.

»Joel, du warst eben dabei! Die haben mit Feuerbällen unser gesamtes Lager zerstört und wir hatten ihnen nichts entgegenzusetzen! Nichts!«

»Wir müssen uns gedulden.«

Ich werfe die Arme in die Luft und schnaube vor Wut. Das kann doch unmöglich sein Ernst sein. Gedulden? Warten? Worauf? Auf den nächsten Feuerangriff? »Also ist dein glorreicher Plan zu warten?«, frage ich, um noch mal sicherzugehen.

Vicky tritt zu ihrem Bruder und verschränkt die Arme vor der Brust. »Vielleicht wäre jetzt der Zeitpunkt, um uns von der Geheimwaffe zu erzählen.«

Joel rauft sich durch die Haare. »Könnt ihr mir nicht einfach vertrauen? Cass, du hast mir jahrelang vertraut und jetzt?« Er drückt Vicky beiseite und sieht zu mir. »Seit er in deinem Leben aufgetaucht ist, hinterfragst du plötzlich jedes Wort, jede Geste, jeden Gedanken.« Seine Worte sind voller Zorn und er funkelt Ayden an. Schützend stellt sich Ayden vor mich und baut sich vor Joel auf.

»Cass, wir gehen. Das ist Selbstmord«, raunt er und mustert Joel von Kopf bis Fuß. Sein Kiefer zuckt.

Ich schlucke. Er hat recht. Trotzdem fühlt es sich an, als würde ich die Nox im Stich lassen. »Hattest du jemals einen Plan?«, frage ich tonlos und will wissen, ob sich die Nox auf einem Selbstmordkommando befinden.

»Ja. Außerdem sind wir nicht ganz schutzlos. In den Klippen gibt es zahlreiche Höhlen. Lasst uns eine geeignete suchen«, schlägt Joel vor und sieht uns abwartend an.

Ich wechsle einen Blick mit Ayden, aber er gibt mir zu verstehen, dass ich diese Entscheidung treffen soll. Auch Vicky trägt nicht wirklich etwas zu dem Gespräch bei. Sie schaut sich nur immer wieder um und beobachtet angespannt die Situation.

»In der Höhle haben wir zwar Schutz vor einem weiteren Feuerangriff, aber sie kann noch immer einstürzen. Wir brauchen einen Plan B, und zwar schnell«, überlege ich laut. Ayden nickt. »Dein Iter?«, wirft er ein.

»Das könnte funktionieren«, überlege ich.

Wir sehen beide zu Joel und Vicky hinüber, die in ein Gespräch miteinander vertieft sind.

Was hat er nur vor?

»Kannst du mir bitte einen Gefallen tun?« Ich wende den Blick ab und sehe Ayden in die Augen.

»Immer.«

»Falls Joel weiter so großartige Pläne hat, musst du mich davon abhalten, ihm den Hals umzudrehen.«

Seine Mundwinkel zucken belustigt. »Ich weiß nicht, ob ich das versprechen kann.«

»Er ist dein Vorgesetzter.«

Woraufhin er nur mit den Schultern zuckt. »Und deiner.«

Ich muss mir ein Grinsen verkneifen.

Kapitel 29

Die Höhle ist winziger als mein Apartment. Ich schaue mich um und lege meine flache Hand auf die kalte Wand. Meine Haare flattern vom Wind, der in die Höhle weht. Es muss einen weiteren Eingang geben. Ich gehe noch ein Stück hinein und sehe nichts bis auf Dunkelheit.

»Eine Taschenlampe wäre jetzt hilfreich«, flüstere ich und erwarte keine Antwort. Die Nox sind im Lager geblieben und folgen der Anweisung von Joel, sich um die Verwundeten zu kümmern. Zu gern würde ich wissen, ob sie tatsächlich den Iter benutzen können, wie wir. Ich drehe mich um und schaue zu Joel, der sich am Eingang der Höhle an einer Steinkante festhält und immer wieder hinausschaut.

»Wir hätten jetzt Zeit über den Iter zu sprechen«, rufe ich und sehe ihn weiter an.

»Kann das nicht warten?«, antwortet er.

»Bis wann?«, will ich wissen und ziehe eine Augenbraue fragend in die Höhe. Jetzt ist doch der perfekte Zeitpunkt. Auch Vicky hält inne und schaut kurz auf.

»Bis nach alldem hier. Das muss warten. Ich muss mich jetzt konzentrieren und euch beschützen.«

»Ganz ehrlich, Joel?« Wütend gehe auf ihn zu. »Wie sollen wir dir vertrauen, wenn du uns keine Infos gibst? Andauernd deutest du etwas an, aber wenn wir nachfragen, schweigst du. So funktioniert das nicht!«

Er tritt einen Schritt auf mich zu und schüttelt genervt den Kopf. »Das mache ich nur, um dich zu schützen.«

»Vor was?« Mit geballten Fäusten trete ich ihm gegenüber. Uns trennt nur eine Armlänge. Doch statt mir eine Antwort zu geben, bleibt er stumm und sieht zu seiner Schwester.

»Kannst du nicht auch mal was sagen?«

Vicky verdreht die Augen. »Sie hat recht. Selbst ich weiß nicht alles und ich bin deine Schwester.«

Er seufzt und dreht sich um. Das Gespräch ist für ihn anscheinend beendet. Heißbrodelnde Wut kocht in mir und ich starre ihn böse an. Wie kann er nur so stur sein?

»Vielleicht wäre es klüger, uns nicht länger zu verstecken. Wir werden ihnen früher oder später sowieso entgegentreten müssen«, meint Ayden schließlich, der an einer Mauer gelehnt auf dem kalten Boden hockt.

»Diesen Gedanken hatte ich auch.«

»Warum sitzen wir dann noch hier unten?«

Ich schüttle den Kopf und schaue ihm direkt in die Augen. »Was können wir schon gegen die Tecus ausrichten? Ihre Macht ist eine Nummer zu groß für uns.«

»Eventuell wird niemand mehr verletzt, wenn du dich ihnen stellst.«, erwidert Ayden.

»Eine dumme Idee, aber was will man schon von jemandem wie dir erwarten«, unterbricht Joel uns. Entsetzt sehe ich ihn an.

Ayden steht blitzartig auf und stürmt auf Joel zu, packt ihn und drückt ihn gegen die nächste Wand, woraufhin dieser plötzlich anfängt zu lachen. Niemand wagt es auch nur zu atmen. Die angestaute Wut knistert in der Luft.

»Kannst du versprechen, dass Cass bei deinem Plan nichts passiert?«, stößt Ayden hervor.

Joel antwortet nicht, sondern knirscht mit den Zähnen. Woraufhin Ayden den Arm noch fester gegen seine Kehle drückt und mir schon beim Zuschauen die Luft wegbleibt.

»Ayden«, flüstert Vicky und tritt zu ihm.

Joel versucht sich zu befreien, doch er kommt nicht gegen Ayden an.

»Antworte!«, brüllt Ayden und ich zucke zusammen, starre gebannt auf die Szene und kann nur hoffen, dass Joel die richtige

Antwort gibt. Aber er schüttelt nur langsam den Kopf, woraufhin Ayden fluchend von ihm ablässt.

»Wer bist du?«, krächzt Joel und hält sich stützend an der Wand fest. Mit der anderen Hand tastet er seinen Hals ab und keucht auf. Er funkelt Ayden finster an.

Vicky setzt zwei Schritte in Richtung Joel, hält jedoch inne und tritt wieder zurück. In ihrem Blick sehe ich Enttäuschung. Und auch ich bin es. Joel kann mir, bei seinem Plan, keinen Schutz bieten. Aber hatten wir diesen jemals?

Wir haben so oder so keine Gewissheit, dass wir unbeschadet aus dieser ganzen Sache wieder herauszukommen.

Ich lausche dem Wind, der außerhalb der Höhle pfeift und dem Wasser, das mit voller Wucht gegen die Klippen peitscht. Die Sonne ist verschwunden und die Nacht bricht an. Ayden dreht sich um und kommt auf mich zu. Joel sieht ihn noch immer an, als wäre er der Teufel höchstpersönlich.

»Vicky, wo hast du ihn aufgegabelt? Der Typ hat sie nicht mehr alle«, presst Joel hervor und richtet sich langsam auf.

»Ich …«, setzt sie an. »… er wurde mir empfohlen genau wie Finn.«

»Ach ja?« Joels Blick ist voller Zorn, sodass sogar Vicky die Panik ins Gesicht geschrieben steht. Sie weicht zurück und ich ziehe sie schützend zu mir.

»Vielleicht ist er der Spion? Habt ihr daran mal gedacht? Er taucht hier aus dem Nichts auf und wirft sich Cass an den Hals, um sie abzulenken.«

Ayden schnaubt verächtlich. »Eifersüchtig, du kleines Täubchen?«

Joel reißt vor Bestürzung die Augen auf. Sein Kopf ist feuerrot und er verzieht das Gesicht zu einer Grimasse. »Wie hast du mich genannt?«

Ayden lacht ihn aus und ich sehe mich gezwungen dazwischenzugehen.

»Jetzt beruhigt euch mal. Wir vergessen gerade unseren eigentlichen Feind und der ist dort draußen!«

Ich wende mich Joel zu und strecke ihm warnend den Finger entgegen. »Ich habe dir gesagt, dass ich ihm vertraue. Du wolltest eine letzte Chance. Ich habe sie dir gegeben. Du hast es dir endgültig versaut.«

Joels Nasenflügel beben und er ballt die Hände zu Fäusten. Er schnauft ein paar Mal wie ein wildes Tier und scheint dann seinen Zorn doch herunterzuschlucken, um sich zu sammeln. In den nächsten Minuten bleibt es ruhig in der Höhle.

Ich seufze. »Am liebsten wäre ich jetzt in meinem Traumzimmer.« Ich schlage mir die Hand vor den Mund. Habe ich das gerade laut gesagt?

»Dein Traumzimmer?«, wiederholt Ayden, legt den Kopf schräg und sieht mich interessiert an. Selbst er scheint sich etwas beruhigt zu haben. Ich schließe die Augen.

Super Cass, du konntest dir keinen besseren Zeitpunkt aussuchen, um von deinen verrückten Träumen zu erzählen.

»Ich hatte in letzter Zeit seltsame Träume«, erwidere ich ausweichend.

»Erzähl mir davon.«

»Du wolltest doch hinaus, um dich den Tecus zu stellen.« Ich werfe ihm einen Blick zu und er zuckt mit den Achseln.

»Wir geben dem Herrn da drüben noch etwas Zeit, uns endlich seinen Plan zu verraten, bis dahin erzählst du mir von deinem Traum.«

Ich gebe ihm einen sanften Stups in die Seite und vertraue mich ihm an. Jedes noch so kleine Detail erwähne ich und schwärme von allem, was mir dort passiert ist. Außer dass er selbst ein regelmäßiger Gast war. Das ist dann doch ein wenig zu privat.

»Klingt nach einem schönen Traum«, erwidert er und streichelt sanft über meinen Oberschenkel.

»Ja, das war er.«

Plötzlich beginnt der Boden zu vibrieren und ich kralle mich an Aydens Arm.

»Was ist hier los?«, fragt Vicky und versucht, die Balance zu halten. Ayden zieht mich hoch und legt schützend den Arm um mich.

»Ein Erdbeben?«, murmle ich. Es kracht und aus der Mauer bröckeln Steine heraus. Es ruckelt und ich kneife die Augen zu, als Staub auf uns hinabrieselt.

»Das sind die Tecus«, antwortet Joel und greift zu dem Stöpsel in seinem Ohr. »In Ordnung«, ruft er hinein.

»Was ist los?« Vicky steht bei ihm und schlingt die Arme um sich.

»Sie greifen an.«

»Und was machen wir jetzt? Weiter warten?«, rufe ich ihm zu und kann den schnippischen Unterton nicht verbergen.

»Sie werden sich dem Lost Place nähern. Also müssen wir sie direkt konfrontieren.«

Ein erneutes Grollen erfasst die Höhle und ich klammere mich noch fester an Ayden, der nicht begeistert aussieht. Vermutlich wägt er gerade unsere Optionen ab.

»Wenn ich das Gefühl habe, dass die Höhle einstürzt, trage ich dich hier raus, ob du willst oder nicht.«

»Oh, das klingt äußerst verlockend.«, scherze ich versuchsweise.

Ein weiteres starkes Beben lässt den Boden vibrieren. Irgendwo kracht es erneut lautstark und während ich wie angewurzelt dastehe, reißt mich Ayden zur Seite und legt sich schützend über mich. Es rumst immer wieder und Staub wirbelt auf. Ich kann kaum etwas erkennen. Als wieder Stille einkehrt, richte ich mich langsam auf.

»Ayden? Geht es dir gut?« Ich betrachte sein Gesicht und er lächelt mich an. Es ist mit einer Staubschicht bedeckt und das schwarze Haar fast grau.

»Und bei dir?«, fragt er.

Ich nicke. »Dank dir«, antworte ich.

»Hilfe! Hilfe!«

Wir richten uns auf und klopfen den Staub von unseren Klamotten.

»Das ist Vicky«, erkenne ich die Stimme sofort und steige über riesige Brocken.

Ihre Stimme ist flehend und wir finden schnell den Grund dafür. Auf ihrem Bein liegt ein großer Stein. Ayden packt sofort an und ich helfe ihm. Gemeinsam können wir ihn anheben, damit Vicky ihr Bein hervorzieht. Sie beißt die Zähne zusammen. Ihre Brille ist weg. Ein entferntes Husten erreicht uns.

»Wir müssen hier raus«, befiehlt Ayden und hilft Vicky beim Aufstehen. Sie hakt sich bei ihm unter. Joel bietet ihr ebenfalls seinen Arm, sie zögert, nimmt die Hilfe aber an. Sie humpelt aus der Höhle.

Draußen weht mir ein eisiger Wind um die Nase. »Ich gehe vor.«

Gemeinsam laufen wir den Pfad entlang, der uns hierhergeführt hat. Ein Glück ist dieser unbeschadet und nur ein paar kleinere Steine blockieren den Weg, die ich mit dem Fuß beiseiteschieben kann.

Als wir erneut ein Blick über die Ebene werfen können, schlage ich mir die Hand vor den Mund.

»Was haben sie getan?«, frage ich, ohne eine Antwort zu erwarten. Denn das, was ich sehe, zieht mir den Boden unter den Füßen weg. Wo vorher grüne Pflanzen aus der Erde ragten, ist nur noch verbrannter Boden. Mein Zuhause, der Ort, den ich so sehr liebte, ist zerstört. Riesige Löcher klaffen in der Erde und Risse spalten die Landschaft. Ich schaue zum Himmel empor, aber dort hängt nur schwarzer, dichter Rauch. Der Albtraum bewahrheitet sich, nur dass es meinen Lost Place betrifft.

»Das Schloss«, flüstere ich und drehe mich in Windeseile um. Erleichtert atme ich aus – es steht noch. Niemand ist da. Kein Tecus in Sicht. Joel und Ayden setzen Vicky gerade vorsichtig auf die Erde und Ayden kommt in drei Schritten direkt zu mir. Sofort schließt er mich in seine starken Arme und hüllt mich ein.

»Es ist niemand mehr da«, stelle ich fest und hebe den Kopf, um ihn anzusehen. Sein warmer Atem kitzelt meine Nase. Er nickt und zieht mich wieder zu sich. Seine Anspannung ist deutlich zu spüren.

»Vicky, dein Bein ist gebrochen«, sagt Joel und Ayden und ich gehen zu ihr. Ich hocke mich zu ihr und greife ihre Hand.

»Das wird schon wieder.« Ich lächle sie an, was sie schwach erwidert. »Was machen wir jetzt?«, frage ich.

»Wir sollten endlich in den Kampf ziehen. Wenigstens versuchen, sie aufzuhalten. Es darf nicht noch mehr Verletzte oder gar Tote geben«, antwortet Ayden.

»Nein«, erwidert Joel, »wir müssen warten.«

»Worauf in aller Welt willst du warten?«, frage ich aufgebracht.

»Sie sind noch nicht am Schloss.«

Ich schüttle den Kopf. »Nein, ich werde nicht länger dabei zusehen, wie Unschuldige leiden müssen. Schau dir deine Schwester an. Wir gehen jetzt zum Schloss.«

»Na schön. Aber ich komme mit.« Joel reckt das Kinn, bevor er sich umdreht und zu Vicky tritt. Er tätschelt ihre Wange »Soll Cass dich zurück ins Institut bringen?«

»Nein. Ich bleibe hier«, antwortet sie.

»Vicky, es ist kein Problem …«, biete ich ihr an und werde von dem Schwingen unterbrochen. Ruckartig hebe ich den Kopf und drehe mich wie in Zeitlupe zum Lost Place um.

»Cass?«, fragt Ayden alarmiert.

»Sie sind da.« Mehr bekomme ich nicht heraus, aber mehr braucht es auch nicht. Ich schlucke schwer. Das Katana sitzt auf meinem Rücken und die Waffe an meinem Gürtel. Ich bin froh, sie nicht abgelegt zu haben. Auch Ayden trägt seine Waffen bei sich.

»Sehr gut«, höre ich Joel, der zu uns tritt. »Es geht los.«

»Funktioniert dein Plan?« Ich sehe zu ihm, und er nickt siegessicher, ohne den Blick vom *New Slains Castle* abzuwenden. »Wir gehen zum Schloss.«

Joel geht voran.

Ich drehe mich noch einmal zu Vicky um. Sie nimmt meine Hand und lächelt. »Vertrau Ayden«, flüstert sie.

»Das werde ich. Pass auf dich auf, okay?«

Sie grinst und ich bin froh, dass Vicky ihre Fröhlichkeit nicht verloren hat. »Ich laufe schon nicht weg«, murmelt sie.

Ayden berührt zärtlich meine Schulter, und ich stehe auf. »Wir sollten gehen.« Er sieht zu Vicky und dann gibt es nur noch ein Ziel für uns.

Das *New Slains Castle.*

Das Schwingen wird stärker, aber auch das aufbrausende Gefühl von letzten Mal ist wieder da. Ich will nicht, dass dieser Hass, der aus mir hervorbrach, zurückkehrt. Das Zittern kann ich schon nicht mehr unterdrücken.

»Cass, ich bin bei dir. Du brauchst keine Angst zu haben«, redet Ayden mir gut zu, da er das Beben meines Körpers vermutlich falsch deutet.

»Ich habe keine Angst.«

Er bleibt kurz stehen und nimmt mein Gesicht in seine Hände. Seine dunkle Iris schimmert golden und ich bin für einen Moment verwirrt. Halluziniere ich? Meine Stirn fühlt sich nass an und meine Atmung ist schwer.

»Cass, ganz ruhig. Schließ die Augen.«

Ich tue, was er sagt.

»Konzentriere dich auf deine Atmung.«

Meine Lunge zieht sich zusammen und in mir brodelt es. Doch dann fühle ich noch etwas anders. Eine sanfte Melodie dringt zu mir und der Klang beruhigt mich sofort. Es ist wie eine alte Erinnerung an unbeschwerte Zeiten. Die innere Unruhe weicht und ich öffne mit klarem Blick die Augen. Der goldene Schimmer ist verschwunden.

»Besser?«, fragt er und lässt mich langsam los.

»Ja. Danke.« Ich lächle ihn an.

Wir beeilen uns, Joel wieder einzuholen. Er läuft zielstrebig zum Schloss. Das Schwingen nimmt zu, und ich sehe mich alarmiert um.

»Wir dürfen keine Zeit verlieren«, warne ich meine zwei

Begleiter. Joel sieht mich an und betrachtet mich von oben bis unten. Er runzelt die Stirn und wechselt den Blick zwischen dem Schloss und mir.

»Was ist los?«, frage ich.

»Spürst du etwas?«

»Ja, das Schwingen. Deshalb sagte ich, dass wir uns beeilen müssen.«

Er schüttelt nur den Kopf und geht weiter. Kurz vor dem letzten Aufstieg zum Eingang bleiben wir jedoch alle noch mal stehen. Direkt an den Klippen stehen sie. Belà und Nelio.

Kapitel 30

Ayden steht mit verschränken Armen links von mir und Joel, der sein Gewicht von einem Bein auf das andere verlagert, rechts. Sein Blick huscht immer wieder zu mir. Er wirkt verzweifelt. Dagegen ist Ayden die Ruhe selbst. Wie ein Fels in der Brandung passt er perfekt in diese Gegend.

»Du musst nicht mit uns gehen«, murmle ich zu Joel. Er ist eindeutig nicht bereit für das, was gleich passieren wird. Und wenn ich ehrlich bin, fühle ich ähnlich.

»Doch, ich will sehen, wie mein Plan funktioniert.«

Ich nicke. »Wir müssen sie fortlocken.«

»Nein, ich habe sie genau dort, wo ich sie haben will«, antwortet Joel und reibt sich die Hände. Aber in mir rebelliert etwas. Es ist meine Aufgabe, den Lost Place zu schützen. Niemand darf ihm zu nahekommen, geschweige denn sich dort aufhalten. Und auch wenn ich nicht weiß, was die Tecus mit mir anstellen, muss ich diesen Weg gehen.

Belà dreht sich zuerst um. Sein Lächeln ist voller Spot. Er sieht zu Ayden, was mich wundert, denn ich bin es doch, die sie wollen. Ich funkle Belà an und beiße die Zähne zusammen. Das dunkle Haar reicht bis zu seinen Schultern und fällt ihm wild ins Gesicht. Er trägt ein schwarzes Hemd, bei dem die obersten Knöpfe offenstehen und den Ansatz einer muskulösen Brust offenbaren. Seine Hände hat er in der Hose vergraben und die dunklen Stiefel sind halb geöffnet, als ob er nur eben schnell hineingeschlüpft wäre.

»Na endlich.« Belà klatscht freudig in die Hände. »Ich habe echt keine Lust mehr. Lasst uns das jetzt beenden und abhauen.«

Nelio dreht sich ebenfalls um und rückt seinen Kragen zurecht.

Er trägt heute eine schwarze Brille und das dunkle Haar ist am Hinterkopf zu einem Zopf geflochten. Vereinzelt blitzen weiße Strähnen hervor. Ihre Augen leuchten golden auf. Sie sehen uns an, als wäre dieses Aufeinandertreffen ein Spaziergang im Mondlicht. Mein Hals ist trocken und ich atme stockend aus.

»Wenn ihr das Schloss reaktiviert, wie geht es dann weiter? Fallt ihr anschließend wahllos über die Menschen her?«, frage ich, um Zeit zu schinden. Doch Belà schweigt und sieht nur verwirrt in die Runde.

»Sie weiß es noch immer nicht.« Es ist Nelio, der sich seinem Bruder zuwendet.

»Antworte mir!«, fordere ich ihn auf. Ich muss das Gespräch am Laufen halten, vielleicht verschaffe ich Joel dadurch Zeit.

Nelio tritt vor und kommt ein Stück auf mich zu. »Hier gibt es ein großes Missverständnis, aber wir werden dir alles erklären. Vorher müssen wir allerdings den Sternenpalast zurückbekommen.«

Den Sternenpalast?

»Damit ihr euren Bruder befreien könnt? Vergiss es!«

Belà lacht auf, doch Nelio bringt ihn mit einem Blick zum Schweigen.

Das Schwingen hat bereits zugenommen und es wird nicht mehr lange dauern, bis meine Zellen heftig vibrieren. Ich werfe einen Blick nach hinten, kann Joel aber nirgends entdecken. Ist der feige Hund jetzt etwa doch abgehauen oder bereitet er die Geheimwaffe vor? Ich hoffe sehr auf Letzteres. Wir haben nicht mehr viel Zeit.

Belà schaut schmunzelnd zu Ayden, dessen Brustkorb sich zügig hebt und senkt.

»Was ist los?«, frage ich, da mir der Blickwechsel natürlich nicht entgangen ist. Doch anstatt zu antworten, steht Ayden nur schweigend neben mir und schüttelt den Kopf.

Konzentriere dich, Cass, ermahne ich mich, *du musst Zeit schinden.*

»Wo sind meine Schwestern? Was habt ihr mit ihnen gemacht?«, frage ich wütend.

Wenn ich an sie denke, zieht sich alles in mir zusammen. Ich fühle mich einsam und will eigentlich nur noch zu ihnen. Sie wieder in die Arme schließen und wissen, dass es ihnen gut geht. Wir gehören zusammen. Doch ich bin die Einzige, die zurückgeblieben ist.

Nelio tritt einen weiteren Schritt nach vorn und der Abstand zwischen uns wird geringer. Ich weiche automatisch zurück.

»Ihnen geht es gut«, antwortet er.

»Ihr habt sie entführt!« Wie kann er da behaupten, dass es ihnen gut geht? Heiße Wut kocht in mir hoch.

Belà lacht bei meiner stürmischen Reaktion laut auf und verschränkt die Arme hinter seinem Kopf: »Entführt ist wohl das falsche Wort. Sie sind höchst freiwillig mit uns gegangen.«

»Du lügst! Ihr habt sie manipuliert«, kontere ich. Es brodelt gewaltig in mir. Die Wut gegenüber ihnen ist enorm und ich will Rache für das, was sie uns angetan haben.

»Bitte. Können wir mit diesem Theater aufhören?«, erwidert Belà und wirkt gereizt. Er schreitet auf uns zu und ich greife unwillkürlich nach Aydens Hand.

»Keine Sorge«, antwortet er und streichelt über meinen Handrücken.

»Das Schwingen ist stark. Wir müssen hier weg.« Plötzlich spannt sich alles in mir an. Und ich reiße die Augen auf. Es ist zurück. Der Zorn und die Rachegelüste. Ayden legt schützend seinen Arm um mich.

»Cass?«

Doch ich kann nicht antworten.

»Ich habe nichts gemacht«, höre ich Belàs Stimme, verstehe aber den Sinn dahinter nicht. Alles ist verschwommen und ich sehe nicht mehr klar. Mir wird heiß und kalt im Wechsel.

»Was passiert mit mir?« Meine Stimme klingt kratzig und fremd. Ich verliere das Gleichgewicht, doch ehe ich den Boden erreiche, spüre ich zwei Hände, die mich packen und hochheben. Mir wird schwarz vor Augen.

Ich fühle mich benebelt, als ich die Augen öffne. Bewegen wir uns? Wo gehen wir hin? Etwas zieht sich in mir zusammen. Dann sehe ich Ayden über mir und glaube zu halluzinieren. Ich schließe meine Lider kurz und öffne sie wieder.

»Deine Augen«, flüstere ich.

Ayden presst die Lippen aufeinander. »Wir müssen sie fortbringen.«

Wir? Was meint er? Wen fortbringen? Ist Joel da? Ist er endlich mit seiner Geheimwaffe aufgetaucht? Wo sind die Tecus?

»Halt!«, schreit jemand und wir stoppen mitten in der Bewegung. Die Stimme kommt mir bekannt vor. Ich kneife die Augen zusammen, um etwas zu erkennen. Ayden trägt mich auf den Armen und ich sehe Joel, der sich ihm in den Weg stellt. Die Vibration ebbt langsam ab. Wir haben uns vom Lost Place entfernt. Aber wo sind Belà und Nelio? Was habe ich verpasst?

»Lass mich bitte runter.« Ich sehe zu Ayden, der die Augenbrauen zusammenkneift und den Blick senkt.

»Beende es jetzt«, höre ich Belá hinter mir und zucke zusammen. Sie sind noch immer da. Was hat Ayden vor? Wie hat er sie vom Schloss weggebracht? Die Verbindung zum Lost Place ist nach wie vor vorhanden. Die Reaktivierung fand nicht statt. Dankbar lehne ich mich kurz an ihn, kratze dann jedes Körnchen Restenergie zusammen, um es erneut mit Belà und Nelio aufzunehmen.

»Lass mich runter!«, wiederhole ich.

Ich brauche einen Augenblick, um mich zu sammeln und mich auf die Tecus zu konzentrieren. Doch als ich wieder einigermaßen klar denken kann, zieht sich mein Herz schmerzhaft zusammen. Das kann nicht sein. Mein Kopf wechselt immer wieder die Richtung, als würde ich bei einem hochinteressanten Tennismatch zusehen. Ich starre zwischen Ayden, Bela und Nelio auf der einen Seite und Joel auf der anderen Seite hin und her.

»Ich wusste es!«, brüllt Joel und ballt die Hände zu Fäusten.

Ayden macht einen Schritt auf mich zu und ich weiche zurück.

»Lass dich nicht von ihm täuschen, er ist der Feind.«

Ich zittere und meine Augen werden feucht. »Nein, nein, nein.« Ich schüttle den Kopf. Wie kann das sein? Joel hatte recht. Er gehört zu ihnen und ich habe mich ihm anvertraut. Alles geteilt. Meine Sorgen, Ängste, einfach alles. Isy und Joel hatten recht und ich wollte es nicht wahrhaben, obwohl es so deutlich war. Mit ihm fing alles an. Billys Verschwinden, meine Träume, die Reaktivierung der Lost Places. Der Wind hat sich gedreht und der Schmerz presst sich mit jedem Windzug stärker in mein Gesicht. Ich habe mich mit dem Feind verbündet.

»Cass«, höre ich Joel direkt neben mir. Doch er kann nicht weitersprechen, denn im nächsten Moment schwebt er in der Luft und ein Schrei löst sich von seinen Lippen. Es ist Belà, der die Hand gehoben hat.

»Sei einfach ruhig, Täubchen.« Belustigt schaut er zu ihm hinauf.

»Lass ihn runter«, brülle ich los, doch Belà wechselt nur einen stummen Blick mit Ayden, als würde er auf seine Reaktion warten.

»Wie konntest du mich so belügen?«, schreie ich verzweifelt in seine Richtung. Wie in Zeitlupe hebt er den Kopf und die schwarze Iris fixiert mich. Seine Gesichtszüge sind wie eingefroren. Er sagt nichts.

»Conlayd!«, ruft Belà und ich runzle die Stirn. In meinem Kopf fängt es an rattern. Hat er ihn Conlayd genannt? Nein. Ich muss mich verhört haben. Das ist nicht möglich.

Ich versuche, die Teile zusammenzusetzen, bis es mir den Boden unter den Füßen wegzieht. Ich falle auf meine Knie und der Schmerz zieht durch die Beine. Wie in Zeitlupe sehe ich, dass Ayden sich zu ihm umdreht. Er macht eine Handbewegung in Richtung Belà und dieser fliegt nach hinten. Joel knallt mit voller Wucht neben mir auf.

»Das hättest du dir sparen können«, höre ich Ayden.

Joel hockt auf allen vieren neben mir und sieht mit weitaufgerissenen Augen zu Ayden.

»Du dürftest nicht hier sein! Wie hast du das geschafft?«, brüllt er. Ayden dreht sich wieder um, geht auf ihn zu und hockt sich vor Joel hin. Wie in Trance sehe ich zu ihm und fühle mich wie betäubt.

»Die Frage ist, wer hat mir geholfen?« Ayden erwartet keine Antwort und hält mir die Hand hin. »Cass, wir müssen gehen.«

Doch ich reagiere nicht. Meine Muskeln zucken und ich versuche verzweifelt nach Luft zu ringen.

»Was ist mit dem Schloss?«, fragt Nelio und alles zieht wie in einem Film an mir vorbei.

»Es geht nicht«, antwortet er und seine Kiefermuskeln arbeiten. Sie reden miteinander, als wenn sie sich schon ewig kennen würden. Plötzlich sieht er zu mir und die Wahrheit offenbart sich endgültig. Seine Augen sind genauso golden wie die von Belà und Nelio.

»Es geht nicht?«, wundert sich Nelio und wirkt verdutzt.

»Ich erkläre es dir später.«

»Was machen wir mit ihm?«, unterbricht Belà das Gespräch.

»Mach was du willst, aber lass ihn am Leben.« Ayden winkt mit der Hand und kommt auf mich zu. Einem Impuls folgend, springe ich auf und will weglaufen, doch ich komme nicht vom Fleck.

»Bleib stehen«, befiehlt Ayden. Wieder ist da die Wut, die durch meine Adern rauscht. Was bildet er sich ein? Das ist also sein wahres Gesicht.

»Nein!«, brülle ich ihn an. »Du hast mich belogen, betrogen, benutzt! Du bist einer von ihnen! Du bist ihr Bruder!« Der Zorn ist ungezügelt und dennoch bildet sich ein Schleier vor meinen Augen. Meine Seele weint. Die Stille zwischen uns wiegt schwer. Nur der Wind rauscht in meinen Ohren, während wir uns tief in die Augen sehen.

»Habe ich nicht«, antwortet er, was mich zusätzlich reizt.

Ich ziehe das Katana und stelle mich ihm entgegen. Doch er reagiert nicht auf meine Angriffshaltung. Warum auch? Er ist viel stärker als ich und dennoch werde ich nicht einfach kampflos untergehen.

»Cass, bitte, hör mir zu. Nur zwei Minuten. Danach kannst du mir gern das Teil in den Bauch rammen.«

Ich kneife die Augen zusammen und renne ohne Vorwarnung auf ihn zu. Die Wut, das missbrauchte Vertrauen, die Angst, alles schwirrt in mir und bringt mich dazu, leichtsinnige Dinge zu tun. Doch natürlich komme ich nicht weit. Kurz vor ihm knalle ich gegen eine unsichtbare Wand und falle nach hinten. Erschrocken sehe ich auf und entdecke Nelio, der neben seinem Bruder steht.

»Du solltest dir wirklich anhören, was wir zu sagen haben«, ermahnt er mich.

Ich sehe zu Joel, der immer noch auf dem Boden liegt und das Gesicht schmerzlich verzicht. Belà steht grinsend neben ihm. Was stellt er mit ihm an? Quält er ihn? Was sind das für Kräfte?

»Wieso lässt du das zu?«, frage ich Ayden.

»Weil sie mir das Wichtigste genommen haben.«

Ich schlucke bei den Worten.

»Dein dummes Schloss, deine Stadt, deine Herrschaft?«, fauche ich und kann nicht fassen, wie egozentrisch er in Wirklichkeit ist.

Er senkt den Kopf, atmet schwer und scheint mit sich zu ringen. Vermutlich habe ich einen wunden Punkt getroffen und der überhebliche Kerl hört sicher nicht gern, was ich zu sagen habe. Dann jedoch sieht er mich wieder an und mir stockt der Atem. Tränen schimmern in seinen goldenen Augen.

»Sie haben mir dich genommen«, antwortet er, bevor er vor mich tritt und seine Hand hebt. »Schlaf, kleine Zeyna«, flüstert er mit seiner melodischen Stimme und ich schließe meine Augen.

Kapitel 31 — 54° 58′ N, 11°18′ O — CALIGOR

Das schwarze Nichts löst sich langsam auf. Mich begrüßen eine gewisse Vertrautheit und ein blumiger Duft. Ich habe Angst meine Augen zu öffnen. Ich will nicht träumen, nicht jetzt. Alles, was ich möchte, ist schreien und den Schmerz herauslassen. Dass ich betrogen wurde, ist nicht mal das Schlimmste. Sondern wie spielend leicht es war. Er hat mich benutzt.

»Sie ist wach«, höre ich eine vertraute Stimme und reiße dann doch die Augen auf. Zuerst sehe ich die hellblaue Iris, dann die feinen Lachfältchen.

»Hi«, flüstert sie und presst die roten Lippen zusammen. Eine Träne rinnt über meine Wange und tropft hinab. Das rote Haar hat sie zu einem Zopf gebunden und ich schlucke die Verwunderung hinunter.

»Thia.« Meine Stimme klingt rau, was an dem Kratzen in meinem Hals liegen muss.

»Es tut so gut, dich zu sehen«, erwidert sie und streichelt sanft meine Wange. In mir löst sich ein dicker Knoten, von dem ich gar nicht wusste, dass er dort ist.

»Mach mal Platz.« Ein schwarzer Haarschopf schiebt Thia beiseite. Große, eisblaue Augen richten den Blick auf mich und der Mund verzieht sich zu einem schiefen Grinsen.

»Hey.« Sie beißt in einen saftigen roten Apfel.

»Isy«, erwidere ich und kann es kaum fassen. Sie sind beide hier. In meinem Traumzimmer. Ich berühre ihre Hand und es fühlt sich so real an.

»Die einzig wahre«, antwortet sie und zwinkert mir zu.

»Wieso seid ihr hier?«

Thia und Isy sehen sich verblüfft an. »Wo sollen wir denn sonst sein?«, fragt Isy.

Ich versuche mich aufzurichten und da steht sie. Mit gesenktem Kopf am Ende des Bettes.

»Billy«, flüstere ich.

Sie hebt den Kopf und eine Träne läuft über ihre Wange. Ihr Haar ist so lang wie meines und ich wundere mich kurz. Aber hier ist alles möglich.

»Cass. Schön, dich wiederzusehen.« Ihre Lippen zittern vor Aufregung und dann kommt sie zu mir gelaufen. Sie drückt sich an mich und schnieft laut los.

»Wie geht es dir? Ich habe mir solche Sorgen gemacht.«

»Es ist alles in Ordnung.« Sie lächelt so zuckersüß, dass ich ihr einfach glauben muss.

»Ihr seid alle hier. Was für ein schöner Traum.«

Die Glücksgefühle in mir werden immer intensiver und ich kann gar nicht aufhören, sie anzugrinsen. Doch sie erwidern es nicht, sondern wechseln nur verwirrte Blicke. Thia legt ihre Hand an meine Stirn.

»Fieber hat sie keines.«

»Mir geht es gut, na ja zumindest den Umständen entsprechend«, winke ich schnell ab.

Ich muss an Joel und Vicky denken und hoffe, dass sie sich in Sicherheit bringen konnten.

»Alles wird gut.« Thia greift meine Hand.

Isy setzt sich auf die Bettkante und reicht mir eine Schale mit Weintrauben. »Koste mal, die sind echt lecker. Eigentlich habe ich hier noch nichts gegessen, was mir nicht geschmeckt hat.«

»Was meinst du mit hier?«, frage ich, doch bekomme keine Antwort.

»Iss«, fordert sie nur und tritt zum Fenster, um hinauszuschauen. Ich nehme eine Weintraube und stecke sie mir in den Mund. Der honigsüße Saft berührt meine Geschmacksknospen und ich greife nach einer zweiten.

»Also«, beginne ich den Satz. »Was machen wir hier?«

Billy setzt sich zu mir und nimmt meine Hand. »Sie haben uns mit allem belogen«, antwortet sie und wieder rollt eine Träne über ihre Wange.

»Wen meinst du?«

»Die Nox. Es ist alles eine Lüge. Das Training im Ducator diente einzig und allein dazu, uns das Blut abzusaugen, damit sie leben können. Wir hatten nie eine Chance gegen die Tecus und das wussten sie.«

Ich erstarre und kann nicht glauben, was ich da höre.

»Cass, sie haben uns benutzt, unsere Gehirne manipuliert. Unsere Erinnerungen sind nicht echt.«

Ich versuche das Gesagte zu verarbeiten. Sie haben uns manipuliert. Wie?

»Was ist mit Tera?«, will ich wissen.

Billy schüttelt traurig den Kopf. »Sie gehört zu den Nox. Tera und die anderen wurden von ihnen erschaffen, sie sind keine Zeynas.«

»Wie?«, presse ich hervor.

Es ist Thia, die ihre Hände auf meine legt. »Das und alles andere erklärt dir besser jemand anderes.« Sie sieht zu Billy, die daraufhin wissentlich nickt. Thia streichelt mir mütterlich über die Wange. Ich verstehe nicht, was sie meint, doch bevor ich weiter darüber nachdenken kann, öffnet sich eine Tür und er steht im Türrahmen. Alles in mir erstarrt, und ich klammere mich an der Schüssel fest.

»Würdet ihr Cass und mich bitte kurz allein lassen?«, fragt er in die Runde und sofort stehen alle auf.

Isy und Billy lächeln mich an. »Hör ihm bitte zu.« Thia streichelt mir noch einmal liebevoll über den Arm, dann sind sie auch schon alle zur Tür hinaus. Billy und Isy voran und Thia hinterher. Sie verweilt einen Augenblick bei ihm und drückt seine Schulter, ehe sie verschwindet und die Tür zufällt. Was für eine intime Geste das war. Was habe ich alles verpasst? Und warum fühle ich mich jetzt noch einsamer als je zuvor?

»Ich weiß nicht, wie oft ich diesen Moment in Gedanken durchgegangen bin.«

Ich kann nicht anders, als ihn anzustarren. Er sieht aus wie immer. Und die Gefühle, die er in mir auslöst, selbst nachdem, was geschehen ist, sind genauso stark wie zuvor. Alles schreit danach ihm den Hals umzudrehen und zeitgleich kann ich mir nichts Schöneres vorstellen, als mich an seine Schulter zu lehnen und seinen unvergleichlichen Geruch einzuatmen. Wie dumm von mir.

»Das Gespräch ging immer schief.« Er zuckt mit den Schultern und setzt sich zu mir aufs Bett, wo ich weiterhin regungslos sitze und ihn anstarre. Dann lässt er den Kopf in seinen Schoss fallen und greift sich mit den Händen in sein dichtes schwarzes Haar.

»Wo bin ich?«, frage ich und habe das Gefühl, die Antwort zu kennen. Er dreht sich zu mir.

»Ich denke, du weißt, wo du bist.«

»Ist das ein Traum?«

Mit einem Kopfschütteln verneint er meine Frage und ich sehe mir das Zimmer genauer an. Alles ist wie in meinem Traum. Der Efeu rankt an den Wänden entlang, bunte Blumen erfüllen den Raum mit einem Duft, der mich an das Meer und warme Sommernächte erinnert. Der Baum hat Wurzeln geschlagen und ragt bis zur Decke hinauf. Der kleine Tisch steht am Fenster und auf ihm die Teekanne mit einer dampfenden Tasse daneben.

»Cass, du bist in Caligor. Dort, wo du und die anderen hingehören.«

Die Worte hallen in meinem Kopf nach, doch sie ergeben keinen Sinn. Mein Traum stammt von hier. Ich habe von Caligor geträumt. Aber wie ist das möglich?

Es sei denn … Ich schaue zu ihm auf und die sonst so dunkle Iris hat sich verändert. Goldene Sprenkel lassen seine Augen heller strahlen.

»Warst du das mit den Träumen?«, frage ich ihn und er nickt. Sofort schießt mein Puls in die Höhe und meine Ohrspitzen beginnen zu glühen. Für einen Moment setzt mein Herzschlag aus.

»Ich bekomme keine Luft«, gestehe ich und atme plötzlich schwer.

Er greift zu meiner Hand und legt sie an seine Brust. Unter meinen Fingern prickelt es und ich schließe die Augen. Eine unsichtbare Hülle schlingt sich um mich und mein Herzschlag normalisiert sich wieder.

»Wie machst du das?« Ich weiß, dass es von ihm kommt. Das Puzzle setzt sich allmählich zusammen. Welche Magie steckt dahinter?

»Ich erschaffe Illusionen.«

»Das heißt, du hast mich manipuliert?«

Er seufzt und eine Träne läuft mir über die Wange.

»Cass …«

Meine Mimik spielt verrückt. Ich weiß nicht, ob ich lachen, weinen oder schreien soll. Ich spüre, wie sich etwas tief in mir zusammenzieht, sich kleinmachen will, dem Schmerz ausweichen möchte. Doch der kommt mit solch einer Wucht, dass ich mich nicht dagegen wehren kann. Alles war gelogen.

»Das zwischen uns war nicht gespielt. Alles, was ich gesagt habe, war auch so gemeint.«

»Wie soll ich Illusion und Realität unterscheiden?« Ich schlucke den dicken Kloß herunter.

»Indem du auf dein Herz hörst. Ich würde dich nie betrügen. Wir haben eine gemeinsame Vergangenheit, nur leider hast du sie vergessen.«

»Was soll das?«, fauche ich ihn an. »Hör auf damit! Den anderen kannst du vielleicht etwas vormachen, mir nicht. Du willst die Nox schlecht reden, weil sie deine Feinde sind. Das verstehe ich, aber wie kommst du auf die absurde Idee, dass sie uns manipuliert hätten? Nur, weil das deine Methode ist, heißt das nicht, dass es auch ihre ist.«

Er seufzt und greift sich ins Haar. Eine Geste, die mir so vertraut ist. »Das kannst du nicht vergleichen. Ich habe die Träume hervorgerufen, weil ich gehofft habe, dass du dich erinnerst. An

Caligor, an dein Zuhause. Die Nox haben dich und die anderen manipuliert, weil sie euch benutzt haben.«

»Warum hast du es mir nicht gesagt?«

Er atmet laut aus. »Wenn ich mir deine Reaktion jetzt so anschaue, dann hättest du zu einem früheren Zeitpunkt vermutlich noch heftiger reagiert. Das wollte ich nicht riskieren, denn wenn ich ehrlich sein soll, war ich ziemlich egoistisch. Ich wollte die Zeit mit dir genießen. Jeden Augenblick, den du mir geschenkt hast, habe ich genossen und will ich nie mehr missen. Verurteile mich gern dafür.«

Ich reibe mir über das Gesicht, weil ich nicht weiß, was ich sagen soll.

»Außerdem brauchten wir Zeit, um zu erfahren, was die Nox planen«, ergänzt er.

»Wie konntest du die Nox täuschen? Sie hätten dich erkennen müssen.«

»Sie haben mich nicht so gesehen, wie du mich. Ein Vorteil, wenn man die Magie der Illusionen nutzt. Überwiegend bin ich ihnen auch aus dem Weg gegangen.«

»Was …«

Es klopft an der Tür und wir werden unterbrochen. Vorsichtig öffnet sie sich. Ich kenne ihr Gesicht. Mariposa steckt ihren Kopf durch die Tür und lächelt mich entschuldigend an. Sie ist so sanft und bildschön, genau wie in meinem Traum. Ist sie eine Tecus?

»Ich wollte nicht stören, aber deine Brüder wollen dich sehen.«

Er presst die Lippen zusammen und sieht mich an.

»Geh.« Ich klammere mich an die Bettdecke, als wäre sie mein letzter Halt. Enttäuscht öffnet er den Mund, um etwas zu sagen. Ich kann meine Bitterkeit nicht verbergen. Es schmerzt zu sehr und daher unterbreche ich ihn. »Geh! Ich brauche Zeit, um nachzudenken.«

Die Matratze unter mir bewegt sich und ich weiß, dass er mich anstarrt, doch ich kann nicht erneut in diese goldenen

Augen blicken. Es tut zu sehr weh. Also starre ich zur Seite und höre sich entfernende Schritte.

Erst, als ich sicher bin, dass er weg ist, flüstere ich mit einer Träne auf der Wange seinen richtigen Namen: »Conlayd.«

Epilog

Conlayd

Die Enttäuschung und die Wut in ihrem Gesicht setzen mir zu, aber ich wusste, dass sie so reagieren würde. Ich muss ihr Zeit geben, das alles zu verarbeiten. Zeit, die wir leider nicht haben.

Als ich das kleine Lokal ›Seestern‹ am Hafen betrete, sitzt Belà mit hinter dem Kopf verschränkten Armen am Tisch und unterhält sich angeregt mit Nelio. Es tut gut, sie so zu sehen, so ungezwungen und unbeschwert.

»Und? Wie hat sie reagiert?«, fragt Belà, als er mich bemerkt.

»Vermutlich wie die anderen. Enttäuscht und irritiert, oder Conlayd?«, mutmaßt Nelio.

Ich setze mich zu ihnen. »Sie glaubt mir nicht, was ich nachvollziehen kann. Ich hab's versaut.«

Beide ziehen fragend die Augenbrauen in die Höhe. Ich hebe die Hand und bestelle mir ein Bier bei Roswita, der Wirtin.

»Gut, Cassandra war schon immer skeptisch. Sie hat also ihre Charaktereigenschaften bei der Gedächtnismanipulation nicht verloren.« Nelio nickt mir zu und rückt seine Brille zurecht.

»Nein, sie ist noch genau dieselbe«, antworte ich. Die Erleichterung darüber zauberte mir in den ersten Tagen unserer Zusammenarbeit immer wieder ein Lächeln ins Gesicht und ich musste mich wirklich anstrengen, die Maskerade aufrecht zu halten.

»Konntest du noch etwas herausfinden?«, fragt Belà.

»Nicht wirklich. Vicky und ich haben alles versucht, aber sie trauen ihr nicht. Das hat ihr Vater nie.«

»Er wusste, dass sie so ist wie wir«, schlussfolgert Nelio und fasst sich nachdenklich an sein Kinn.

»Ja. Bemerkenswert, dass sie ihre Magie so lange geheim halten konnte«, erwidere ich.

»Wie sollen wir mit ihr umgehen?« Belà sieht fragend zu uns. Er hatte sich bei unserem Vorhaben nicht immer unter Kontrolle. Es gab viele Situationen, wo ich ihn zu gern in seine Schranken gewiesen hätte. Aber dann wäre ich aufgeflogen und wir hätten noch weniger Zeit gehabt, an Informationen zu gelangen.

»Sie hat uns befreit«, antwortet Nelio.

»Ja und? Sie hatte sicher ihre Gründe. Wir sollten sie im Auge behalten.«

Wortlos lausche ich ihrer Diskussion, bin aber mit den Gedanken noch immer bei Cass. Wie können wir die Erinnerungen der vier Zeynas zurückbekommen? Sie fühlt sich betrogen, dabei waren die Träume nur Versuche die verlorenen Bruchstücke an Caligor in ihrem Gedächtnis hervorzulocken. Die Bindung zwischen uns ist stark genug, das habe ich direkt gespürt und sie auch. Nur wusste Cass nicht, wieso.

»Ich vertraue Vicky. Sie hat die Geburtstagsfeier geplant, damit ihr Billy zu euch holen konntet. Sie war es, die im Hintergrund gehandelt hat, um uns zu helfen, und das bis zum Ende«, erinnere ich Belà und hoffe, die Diskussion damit zu beenden. Vicky ist auf unserer Seite.

»Der Sternenpalast ist immer noch nicht zugänglich«, presst Belà hervor und ich nicke. »Du hättest ihn zurückholen können.«

»Ja, das hätte ich, wenn mir Cass egal wäre, aber wie ihr vielleicht mitbekommen habt, ist sie das nicht.« Ich schlage mit der Faust auf den Tisch. »Etwas stimmt nicht.«

Belà hebt beschwichtigend die Hände: »Okay, finden wir heraus, was sie mit den Zeynas gemacht haben.«

Ende Band 1

Glossar

- Tecus: Seelenlose Monster, die verbannt wurden
- Zeyna: Wächterinnen der fünf Lost Places
- Caligor: Heimatort der Tecus
- Iter: Magischer Wirbel zur Nutzung eines Portals
- Schwingen der Zellen: Warnsignal, dass sich jemand bei den Lost Places aufhält
- Reaktivierung: Umso länger jemand bei einem der Lost Places verweilt, desto stärker wird die getrennte Verbindung von Caligor zur Welt.
- Aura: Äußerliches Erkennungsmerkmal der Reaktivierung
- Institut Sola Nocte: Gebäude in London, das von den Nox geleitet wird
- Nox: Wissenschaftler einer höheren Spezies, die fortgeschrittene Technik erschaffen
- Ducator: Individuelles Kampfsystem der Zeynas, das von den Nox erfunden wurde
- New Slains Castle: Lost Place in Schottland
- Autofriedhof: Lost Place in Schweden
- Casino Constanta: Lost Place in Rumänien
- Château Pavarotti: Lost Place in Frankreich
- Bergstadt Craco: Lost Place in Italien

Danksagung

Mit *Im Schatten des Lichts* schicke ich mein erstes Urban Fantasy Buch hinaus in die Welt der Leser*innen. Und wie ihr wisst, hat alles seinen Anfang. Bei mir war es eine bestimmte Frage: *Wieso gibt es Lost Places und weshalb kümmert sich niemand mehr um sie?*

Mit dieser Frage war Caligor geboren. Ich entwickelte eine Story, die sich im Laufe des Schreibprozesses immer mehr veränderte und viel größer wurde als anfangs gedacht. Diese Geschichte zu schreiben war für mich ein absolutes Abenteuer und ich freue mich schon jetzt darauf, sie weiter zu erzählen.

Aber das alles wäre nicht möglich gewesen, ohne dich, liebe Virginia. Du warst von der ersten Sekunde an begeistert. Danke, dass du der Caligor-Trilogie ein Zuhause im THEIL Verlag schenkst. Ich bin mehr als glücklich ein T(h)eilchen zu sein. Auch möchte ich mich bei Carina bedanken. Für dein offenes Ohr und den regen Gedankenaustausch. Du hast mir nicht nur einmal eine andere Perspektive gezeigt.

Und dann gibt es eine wundervolle Person, die ein ausgezeichnetes Gespür zeigt und den Plot bis ins kleinste Detail auseinandergenommen hat. Ein riesengroßes Dankeschön an meine Lektorin Cara. Ich liebe deine Kommentare, deine Sicht und deine Arbeit. Es ist mir eine große Ehre, dass wir auch gemeinsam an Band 2 arbeiten werden. Ich freue mich auf die Zeit.

Ein weiteres herzliches Dankeschön schicke ich dir, liebe Anna, für den finalen Feinschliff und deine brillante Arbeit. Du bist eine Bereicherung für den THEIL Verlag und eine gute Seele.

Ich möchte mich natürlich auch bei meiner Familie bedanken. Vor allem bei meinen Mann, der es nicht immer einfach mit mir hat und viel Verständnis für dieses aufwendige Hobby aufbringen muss. Ich danke dir, dass du an meiner Seite bist und an mich glaubst.

Ein dickes Dankeschön geht raus an meine Eltern. Meine Mutti, die immer noch nicht wirklich versteht, von wem ich die Leidenschaft zum Bücherschreiben habe und meinen Papa, dem ich als Erstes von der Idee mit den Lost Places erzählt habe.

Auch möchte ich mich bei meinen Freundinnen Cindy und Nancy bedanken, die immer mitfiebern und sich für mich freuen. Zum Release gibt eine dicke Party. Ich stelle schon mal den Champagner kalt.

Danke an meine Testleserinnen Nicole und Anki. Eure Anmerkungen haben mir sehr geholfen. Ich hoffe, euch gefallen die Änderungen, genauso wie mir. Danke an mein Bloggerteam, dass es euch gibt und für eure tatkräftige Unterstützung.

Ganz besonders dir, liebe Sophie (so_leviosa), für die Organisation des Fotoshootings und deine perfekte Verkörperung als Cass. Dankeschön auch an die Models Oxana, Anni, Netti (nettisdiary) und an die hervorragende Fotografin Maddy von SixxesPhotography. Ihr habt den Zeynas Leben eingehaucht und mich absolut verzaubert.

Und zu guter Letzt möchte ich mich bei dir bedanken, liebe Leserin und lieber Leser, dass du dieses Buch gekauft, gelesen und – hoffentlich – geliebt hast. Die Reise ist noch nicht zu Ende und bald geht das Abenteuer weiter. Ich würde mich freuen, wenn du dabei bist und an der Seite der Zeynas kämpfst.

Triggerwarnung

(ACHTUNG: ENTHÄLT SPOILER FÜR DAS GESAMTE BUCH)

Caligor – Im Schatten des Lichts enthält folgende potentiell triggernde Inhalte:

Explizite Darstellungen von psychischer und körperlicher Gewalt
Darstellungen von Angst
Beschreibungen von Krieg, Flucht und Verfolgung
Trauma (dissoziative Amnesie, Schuld)

Bitte lies dieses Buch nur, wenn du dich momentan emotional dazu in der Lage fühlst. Falls es dir mit diesen (oder anderen) Themen nicht gut geht, findest du hier kostenlose und anonyme Hilfe.

Telefonseelsorge Deutschland
0800–1 110 111 // 0800–1 110 222
https://www.telefonseelsorge.de/

Nummer gegen Kummer
*Jugendtelefon /
montags bis samstags 14:00 - 20:00 Uhr
116 111
*Elterntelefon /
montags bis freitags 09:00 - 17:00 und
dienstags & donnerstags bis 19:00 Uhr
0800 111 0 550

Krisenchat.de (24/7!) für alle unter 25 Jahren.
Auf deren Website ist ein Button *Nachricht schreiben.*
Klickt ihr da drauf, öffnet sich automatisch euer WhatsApp.
+49 1573 5998143

Hilfetelefon *Gewalt gegen Frauen*
24h/ANONYM
08000 116 016

Pass auf dich auf.
Deine Katarina

Das war:

Band 1 der „CALIGOR - Trilogie"

von Katarina Podehl
aus dem Theil Verlag

Diese Trilogie erscheint auch als E-Book.
PRINT: ISBN 978-3-96857-008-2
eBook: ISBN 978-3-96857-038-9

THEIL

Dieses und weitere wundervolle Lesehighlights unter:
www.theil-verlag.de

– Die Autorin –

Katarina Podehl

Katarina Podehl wurde 1989 in Magdeburg geboren und lebt dort bis heute mit ihrem Mann und der gemeinsamen Tochter. Schon immer tauchte sie gern in andere Welten ab, ob als Bücherwurm oder leidenschaftlicher Film- und Serienjunkie. Ihre Kreativität lebt sie aber am liebsten beim Schreiben aus und erschafft so fesselnde Geschichten.